吞噬星空

典藏版 21

我吃西红柿 著

时代出版传媒股份有限公司
安徽文艺出版社

图书在版编目（CIP）数据

吞噬星空: 典藏版. 21 / 我吃西红柿著. — 合肥:
安徽文艺出版社, 2023.8（2025.6重印）
ISBN 978-7-5396-7793-4

Ⅰ. ①吞… Ⅱ. ①我… Ⅲ. ①幻想小说－中国－当代
Ⅳ. ①I247.5

中国国家版本馆CIP数据核字(2023)第118067号

TUNSHI XINGKONG DIANCANG BAN 21

吞噬星空 典藏版21

我吃西红柿 著

出 版 人：姚 巍
责任编辑：李 芳
装帧设计：周艳芳

出版发行：安徽文艺出版社 www.awpub.com
地　　址：合肥市翡翠路1118号 邮政编码：230071
营 销 部：(0551)63533889
印　　制：湖南天闻新华印务有限公司 电话：(0731)88387856

开本：710 mm × 1000 mm 1/16 印张：18 字数：290千字
版次：2023年8月第1版
印次：2025年6月第3次印刷
定价：32.00元

目录
CONTENTS

第989章

宝藏之地

从九幽时空归来后，罗峰就一直在闭关潜修，时间已过去五百年。

祖神教的宝藏之地山脉连绵，一眼看不到尽头，或是巍峨，或是险峻，山脉间还有或大或小的湖泊。

“宝藏之地好久没有出现新的宝物了，都说宝藏之地隐藏着无数宝物……”一名异族强者盘坐在那里，他的蛇尾呈三角形，随意扫动着，将后面的山石捣毁得干干净净。

“经常出现宝物那还得了？宝物再多，在漫长岁月中也会被消耗光。”

“宝物不出世，一点意思都没有；宝物出世，那场景真是震撼啊！多希望那个场景是为我而出现的。”

“哈哈……你在宝藏之地都逛了千万次了，死心吧。”

忽然——

“是刀河王。”

“刀河王来了。”

“刀河王从九幽时空归来后，很快就销声匿迹了，这么多年一直未曾现身，一出现，竟然就来到了宝藏之地。”

“在哪儿呢？刀河王在哪儿呢？”

很多传承者朝四周遥遥看去，有些甚至腾空而起，在高空中张望，很快就锁定了一个方向。只见身穿银甲的罗峰正在破空飞行，直接飞向宝藏之地一百零八座山峰中的一座。

罗峰扫了一眼四周，暗自笑道："看来我成了祖神教传承者中的风云人物。"对此，他只是笑笑。这五百年来，他在修炼方面的进步的确不小，特别是第三分身在不断成长，自然心情非常好。

"估摸再过一百多年，第三分身就成了，到时候就可以突破成为不朽神灵了。在突破之前，我当然要来宝藏之地逛逛。"罗峰的目光扫向藏有无数宝物的苍茫山脉，"我现在是界主，说不定有一些超级存在专门为界主级传承者准备了一些宝物，我若是突破成为不朽神灵，就得不到专门为界主级传承者准备的宝物了。"

嗖！

罗峰的第一个目的地就是那座最高的山峰。

在宝藏之地，这一百零八座山峰明显高于其他山峰，这一百零八座山峰中藏着极珍贵的一百零八个宝物，其中的四十二个宝物已经被历史上的传承者得到，剩余的在等待与之有缘的生命。

"看，刀河王去了那座山峰。"

"看来刀河王来宝藏之地也是为了获得宝物啊。我刚才还在想，刀河王来过一回宝藏之地，和贝山尊者斗了一次后就离开了，并没好好逛过，当时还以为他对宝藏之地没想法。"

"宝藏之地的一百零八座山峰中藏着极珍贵的一百零八个宝物，刀河王一来宝藏之地，就去最高的那座山峰，这名震宇宙的超级天才野心大着呢。"

……

远处众多异族强者中，有些是对罗峰嫉妒甚至仇恨的。

"哼！"一个冷哼声从站在一座山峰上的佝偻身影的嘴里传出。他有着金色鬃毛、金色眼眸，腰一直弓着，仿佛一只时刻欲扑出的野兽。

"吠镜王，你说刀河王能得到宝物吗？"

"他直奔那座最高的山峰呢。"

旁边的几名传承者说着。

吠镜王远远看着，嗤笑一声：“那座最高的山峰中的宝物，自祖神教开辟宝藏之地以来就已经存在。据传，是祖神教的一位祖神亲自放入的，到如今已有漫长岁月，历史上曾有界主级的特殊生命试过，但没有人能开启宝物。至于刀河王，他还差得远，肯定不符合宝物的开启条件。”

旁边的几名传承者都连连点头。

“吠镜王。”一个声音传来，同时一道魁梧的身影飞来。

吠镜王看了过去，来者正是贝山尊者。

贝山尊者的独眼先是瞥了一眼远处的罗峰，随即道：“刀河王在消失这么多年后突然来到宝藏之地，看来他想要得到宝物的心思很强烈啊。依我看，他恐怕会白忙活一场。”

“滚！”吠镜王突然大喝道。

贝山尊者的独眼瞪得滚圆，满脸错愕。

“哼，你跟刀河王有一些矛盾，我和他也有些仇怨，你以为凭这个就能攀上我？你这个独眼，上次还欺负了我北疆联盟的不朽级传承者，快滚远点，我懒得理你。”吠镜王露出獠牙，金色双眸冷冷地看着贝山尊者。

贝山尊者气得身体发抖。

贝山尊者早听说吠镜王本性阴狠、贪婪，难以亲近，所以一直没有刻意接触。他本以为吠镜王和刀河王结了仇怨，他也和刀河王有些矛盾，双方有共同的目标，关系应该能亲近些。

和吠镜王结交，贝山尊者是极为愿意的。吠镜王现在的实力不比他弱，而且吠镜王一旦跨入宇宙尊者级，只要稍微磨砺一下，很快就会成为宇宙霸主层次的存在。

“好，好，好！”贝山尊者面孔抽搐，“吠镜王，你够狠啊！”

贝山尊者咬牙切齿，怒哼一声，直接飞离。

吠镜王看着这一幕，嗤笑道：“什么东西！”

旁边的几名传承者彼此对视，暗自惊叹。

吠镜王、逐虫王完全可以不给一些宇宙尊者面子，因为他们有这个实力。当然，宇宙尊者之间有区别，称得上宇宙霸主的存在是能轻松碾压吠镜王他们的。

吠镜王、逐虫王就算跨入宇宙尊者级，也得好好磨砺一番，才能达到宇宙霸主层次。

但是毫无疑问，这些生命基因层次是普通生命的数千倍的特殊生命，个个都是宇宙霸主的苗子，所以北疆联盟、祖神教等宇宙中一等一的超级势力都无比重视这些特殊生命，甚至赐予他们至宝。

罗峰没注意到吠镜王和贝山尊者，他直接落在那座最高的山峰上。

“这座山峰最高，代表着这里藏匿着最珍贵的宝物。据传，这个宝物是祖神亲自放入的。”罗峰站在山峰上说道。他在周围走了一圈，但没有引起任何动静。

一般来说，只要符合宝物开启条件的传承者出现在藏匿该宝物的山峰上，宝物就会自动显现。

显然，罗峰没有让这座山峰发生任何变化。

罗峰失败了。

这一幕顿时引起远处很多传承者的议论，特别是吠镜王，难得露出了一丝笑容。

“刀河王就是罗峰的概率超90%，而罗峰和真衍尊者是徒弟和老师的关系。哼，我不会放过你们的！”吠镜王冷哼一声，紧紧地盯着罗峰。

当年，吠镜王遭到了真衍尊者的追杀，被追杀得实在是太惨了。从吠镜王诞生以来，他从未如此接近死亡。吠镜王怒了，恨真衍尊者入骨，发誓一旦成为宇宙尊者，那么定要第一个击杀真衍尊者，而罗峰是真衍尊者的徒弟，他自然不会放过罗峰。

吠镜王一开始就猜测刀河王很可能是罗峰，他曾经疯狂追杀过刀河王，之后遭到真衍尊者的追杀，但他之前与真衍尊者无冤无仇，只能是因为刀河王，所以他几乎肯定刀河王就是罗峰。

“真衍尊者，刀河王！”吠镜王念叨着这两个名字。

“吠镜王，刀河王失败了。”

“他又去了第二高的山峰，一路上，其他山峰、湖泊都没有反应。”

“他抵达第二高的山峰了。”

“哈哈……没有反应，一点反应都没有。”

旁边的几名传承者兴高采烈地说着。

吠镜王的笑容越来越盛，道：“宝物哪里是这么容易就显现的？这一百零八个宝物可是祖神教为了吸引历代传承者而放入的，宇宙诞生至今，只有四十二个被带走，平均下来，经过很长时间，宝物才显现一次，开启条件也极为苛刻。”

……

一座又一座山峰，一个又一个湖泊。

罗峰不断飞行，降落，再飞行……

失败，失败，失败……

从第一座山峰到第六十座山峰，一连串的失败，路途中的很多地方，罗峰都逛了个遍，也没有任何收获。他足足逛了十个多小时。不过，对于不朽神灵而言，十个多小时，也就是喝一杯酒的时间。

“想要得到宝物真的很难啊。”罗峰倒很放松，他这次来宝藏之地，本就是抱着试一试的想法，并不一定要得到宝物，但万一有意外收获呢。

“仇恨我的异族强者似乎不少。”罗峰飞向远处的一个峡谷，一眼看去。

这十个多小时，罗峰一直被围观，绝大多数的传承者都看热闹般地看着罗峰，而有些传承者或是嫉妒，或是怨恨。这些怨恨其实并非针对罗峰，针对的是人类族群。因为人类族群在域外战场上与他们的族群进行了多次对战。

但不仅是人类族群，其他族群也是如此。为了争夺生存资源，四大巅峰族群开辟域外战场，其他族群加入域外战场，在战场上，对战经常发生。

“哪个巅峰族群不是争出来的？心慈手软根本无法成为巅峰族群。想要成为巅峰族群，想要有尊严地活下去，就得抢夺资源！”这是真衍尊者喝酒时曾经和罗峰说过的一句话。

……

罗峰在宝藏之地逛着，中途还有异族强者飞到罗峰身侧直接咒骂人类族群，罗峰只是冷笑。

非我族类，其心必异。

都是在为各自的族群战斗，算不上谁对谁错。

“这就是宇宙，弱肉强食！”罗峰内心何等坚定，哪会理会这些？

就在这时，罗峰即将抵达第一百零六座山峰，但他也没抱有多大的希望。

可当罗峰刚刚降落在这座山峰时——

轰隆隆——

整个山峰都震颤起来，一时间引起无数名传承者震惊，紧跟着，整个宝藏之地都震颤起来。

第990章

古船银河

罗峰不由得有些发蒙："这……这……宝物要显现了？"

整个山峰的震颤幅度越来越大。

"宝物！"

"宝物要显现了！"

远处原本或是交谈，或是寻宝的传承者都腾空而起，朝这个方向看来。一时间，天空中，四面八方都是宇宙各族强者。

吠镜王同样也飞了起来。

"怎么可能?!"吠镜王金色眼眸瞪得滚圆，一眼便看到远处山峰上七名站着的传承者中的罗峰，顿时道，"一定是他们中的一个，一定是，不可能是刀河王！"

吠镜王发自心底厌恶刀河王，不愿接受刀河王将得到宝物的现实。

而且，这可是排名第一百零六的山峰啊。

虽说排在第一百零六名，但也是传说中的一百零八大宝物之一，其中每一个的价值都是无法估量的。而吠镜王只有一件普通至宝，当然不肯相信刀河王将得到宝物。

事情的发展不以吠镜王的意志为转移。

"宝物，是宝物！"

"山峰震颤了！"

"一定是宝物要显露了！"

山峰上的另外几名传承者都激动了，因为他们也在山峰上。

“一定是我，刚才是我碰了那棵树！”

“不，是我，一定是我符合宝物的开启条件！”

这些传承者个个激动、紧张。虽然他们都知道刀河王降落后才引起山峰震动，但他们也在山峰上，万一呢？

哪怕有一丝希望，他们都不会放弃，毕竟这可是一百零八大宝物之一啊！

嗖！嗖！嗖！

宝藏之地上空的五彩极光湖出现变化，数千道五彩极光开始旋转起来，形成旋涡。

嗖！嗖！嗖！

数千道五彩极光从高空射来，每道五彩极光都有上万千米，宛如无数颗流星坠落留下的痕迹。仅仅片刻，这数千道五彩极光完全降临到这座山峰上。此时，五彩极光仿佛珠帘环绕着山峰。

这一幕让无数传承者激动、眼红。这数千道五彩极光蕴含的威力大到不可思议。须知，仅数道五彩极光即可杀死宇宙尊者，数千道五彩极光拥有何等威力啊！

五彩极光湖可是宇宙第一大势力祖神教的护教至宝，也是宇宙最强至宝之一，这个名头可不是开玩笑的。

“是我的！”

“宝物是我的！”

山峰上的传承者都在数千道五彩极光环绕的范围内。

但紧跟着，一股力量直接席卷他们，将他们挪移出去了。

“不！”

“不要！”

“是我的！”

那些异族传承者一个个都很不甘心。

“到底是谁触发了宝物？”

“肯定是刀河王，我看到刀河王降落在了那座山峰。”

“在那座山峰的传承者有几个，宝物说不定是其他传承者触发的。”

那些激动的异族传承者边议论边看着那边，只见——

嗖！嗖！嗖！

一道道身影，或是庞大，或是矮小，或是布满鳞甲，或是透明犹如玻璃，都被一股力量踢了出去。

“谁？到底是谁触发了宝物？”

“都被踢出来了。”

“我们几个都被踢出来了？”

“是刀河王，就刀河王没出来。”

飞出来的这群传承者虽然很不甘心，但迅速察看周围同伴，很快确定了只有刀河王没有出来。

而远处观看的异族传承者也迅速在那些被踢出的传承者中寻找刀河王，发现没有，便立即知晓刀河王就是宝物的触发者。

“哼！”吠镜王哼了一声。

吠镜王咬牙切齿，露出他的獠牙，愤怒、不甘地看着，可又有什么办法呢？

他旁边的几名传承者彼此对视，不敢开口，他们都知道吠镜王这时候肯定很恼怒。

“愚蠢，一只没有任何智慧的发疯的凶兽！”贝山尊者看了一眼远处的吠镜王，暗自咒骂。

凶兽是宇宙中空有强大实力但智慧极其低的生命。

……

外面发生的一切，罗峰看不到却猜得到。

“是我得到了宝物？”罗峰感受着脚下的山峰不断震颤，不由得露出笑容。

关于宝藏之地的宝物被触发时的场景，他早就听说过。

祖神教的一些超级存在将宝物藏在宝藏之地，设置了启动宝物的具体条件。传承者是否达到这些具体条件，能否开启宝物，则由五彩极光湖负责判断。五彩极光湖时刻监控着它覆盖范围内发生的一切，传承者们的一举一动，它都记录下来了。

像罗峰当初被刺杀，然后复活，复活时他的气息明显是界主气息。五彩极光湖当时就记录了罗峰是界主、具有天赋分身等信息。

一旦罗峰符合某个宝物的开启条件，当他抵达这个宝物所处的山峰时，五彩极光湖会让宝物显露。

为了保密，它会封锁周围空间，除了放置宝物者、开启宝物者和五彩极光湖外，没有人知道宝物到底是什么。外界一直都在猜七剑王当年得到的宝物是什么，只要七剑王不公开，不拿出来，就没有人知道。

……

山峰震动时有巨石在升起。

“嗯？”罗峰仔细盯着。

巨石缓缓升起，不一会儿就露出全貌，高约300米，接着飞了起来，最后完全悬浮在山峰的上方。

“到底是什么宝物？”

巨石飞起后，山巅出现一个巨大的窟窿，黑漆漆的窟窿里一片寂静。片刻后，一枚黑色的戒指缓缓飞了上来，然后转弯直接飞向罗峰，悬浮在了罗峰的面前。

罗峰深吸一口气，默默期盼着这是一个适合他的宝物。

他伸手接过这枚戒指。

这是一枚无主的戒指，罗峰轻松就将精神印记印入其中。

“不错，啧啧，赶得上我最好的那枚世界戒指了。戴着它，只要宇宙之主不刻意攻击世界戒指，它就不会损坏。”罗峰暗自点头。世界戒指本来就是很坚硬的，只是要击破也容易。若想从内部击破它，可以直接破坏里面的一方世界，至于如何从外部击破，则取决于戒指的材料。

“到底是什么？”罗峰的念力渗入，开始探测。

这枚世界戒指内的一方世界中，仅有一件物品——一艘古船。

这艘古船长12万千米，宽3万千米，通体泛着点点银光，船身有点像舰，不像宇宙飞船。

“这是……？”罗峰的一丝念力直接钻入那艘古船，一丝精神印记融入古船，顿时大量信息涌入脑海，罗峰脸上忍不住流露出惊喜之色。

“出。”罗峰伸出手。

嗖！

一道银光飞出，直接落在掌心，一个枣核大小的古船出现。

“竟然……竟然是飞行宫殿类的宝物！”罗峰双眸放光，难掩激动之情，他激动地看着这艘古船，“一件顶级重宝却被判定为至宝，难怪啊，这可是飞行宫殿类的重宝！只要拿出去，绝对有强者愿意拿一件至宝来换。”

关于古船的信息，罗峰已经知晓。

这艘古船名为银虬幻影船，是顶级重宝，功能有点类似天狼殿。只要在银虬幻影船内，除非敌人轰破船体，否则物质攻击会被削弱到几乎没有作用，灵魂攻击也会被大幅度削弱。

当初罗峰遭到吠镜王追杀，若是有这艘银虬幻影船，那么他躲在船内，吠镜王根本无法伤到罗峰，罗峰却能凭借银虬幻影船迅速逃走。

像天狼之主当年在九幽时空，面对九幽之主燃烧整个九幽之海的可怕攻击，就是凭借天狼殿才艰难逃出的。

“铠甲等防御类武器是贴身的，不管是物质攻击还是灵魂攻击，都只能削弱部分。”罗峰眼睛发亮，“银虬幻影船体积巨大，我在其中，等于在一个巨大堡垒内，这可比机械族最昂贵的神灵基地还要好。”

银虬幻影船防御性强，灵活性或许差，但直线加速极快。

“哈哈，这可是顶级重宝，宇宙尊者肯定无法轻松毁掉它，就算是宇宙之主，恐怕也得花费大力气才能毁掉它。”罗峰很开心，“银虬幻影船再加上塔珠，一旦跨入不朽级……”

罗峰不由得咧嘴一笑。

当然，宝物也得有足够的实力才能驱动，如果实力弱，驱动这艘银虬幻影船时，速度就会不够快，反而容易被超级强者直接夺去。

“等我跨入不朽级，就可以直接使用这艘银虬幻影船了。”罗峰暗自点头，“待将来实力更强，有能耐驱动星辰塔时，我的底牌便是星辰塔了，银虬幻影船到时只是明面上的交通工具罢了。”

“银虬幻影船，说起来挺别扭的，就叫……银河吧。”罗峰看着船身上的点点银光，仿佛看到银河中无数颗璀璨的星星，当即便起了这么一个名字。

重宝虽有本名，但大多读起来都很别扭。

像紫色古钟，本名叫魔音火神钟，罗峰就直接称它为紫色古钟。

这艘银虬幻影船也是，罗峰直接称之为银河。

“古船银河，在我能驱动星辰塔前，就由你陪着我了。”罗峰看着掌心的古船喃喃道。

第991章

天生兽神

罗峰一翻手，这艘古船银河就融入其手臂。

“我的那些宇宙飞船，大多都是从封王级强者手里得到的，感觉差了一些，我本来计划突破为不朽神灵后，买一艘更好的宇宙飞船，现在看来，这匹敌至宝的古船银河比人类族群、机械族制造的任何宇宙飞船都要好。”罗峰愉悦无比。

嗖！

一道迅速缩小的五彩极光忽然飞来，吓了罗峰一大跳。

当初刺杀罗峰的那名宇宙尊者就是被五彩极光轻松击杀的，罗峰欲闪躲，可周围的空间仿佛凝固了，罗峰移动不了，而这道五彩极光快如闪电，其中一端轻轻碰触到了罗峰的头。

“嗯？”罗峰愣愣地站在原地。

轰！

原本悬浮着的那块巨石忽然坠落，落入窟窿，恢复之前的模样，而原本环绕整座山峰的数千道五彩极光全部冲天而起，迅速飞回浩浩荡荡的五彩极光湖。

“看，刀河王似乎在发呆。”

“肯定是因为太惊喜了。”

“那可是一百零八大宝物之一啊，就这么被他弄到手了！这一百零八大宝物可是拿走一个就少一个，不知道哪一个时代的哪个人物才会放新的宝物进去。”

“你们说，刀河王得到了什么宝物？”

"是一些珍贵的材料？"

"防御类至宝？"

"攻击类至宝？"

"恢复神体的宝物？"

远处无数传承者都好奇罗峰到底得到了什么宝物，毕竟他们都没有看见宝物的样子。

罗峰扫视了周围一眼，直接施展瞬移，到了离宝藏之地非常远的一个峡谷。

峡谷内宁静无比。

罗峰独自在这里，喃喃道："酒之主？"

之前那道五彩极光碰触罗峰脑袋的瞬间，向他传递了一些信息，是宝物存放者给未来得到宝物的传承者的一段留言。

一个狂放的声音响起。

"我无族群，宇宙诞生以来，我便独自一个，真正的生死好友就只有鸹鹤尊者，不过他的际遇不凡，不需要我的宝物，我的宝物反倒不知道给谁。祖神教突然弄了这么一个宝藏之地，我就将这艘银虬幻影船留给后来者吧。

"你是界主，在挑战赛中能赢上千场，你肯定已经达到第三重并且已经圆满。能达到这个条件，我觉得你是一个天才。

"记住喽，给你宝物的是酒之主，哈哈哈……"

一段简单的留言。

罗峰听后顿时明白，留下宝物的是一位宇宙之主，只是称号比较奇怪："酒之主？"

"以酒之主为称号？"罗峰纳闷，当即将意识连接虚拟宇宙。

现如今，罗峰的权限的确很高，宇宙中的很多秘密他都能查到。

罗峰来到虚拟宇宙。

书桌前，罗峰看着笔记本电脑屏幕，开始搜索酒之主的信息。

屏幕上出现了一条信息，仅有这一条。

“嗯？”罗峰连忙点开一看。

酒之主，天生兽神，是风之法则与时间法则形成的融合法则的化身，宇宙中独一无二的特殊生命。自命名乘风，最喜喝酒，宇宙超级强者们送其称号酒之主。酒之主为祖神教最早期的八大兽神之一，现已陨落。

“啊！”罗峰看着这一条简单的信息，脸上露出震惊之色。

这位酒之主竟然是天生兽神！

兽神分后天兽神和天生兽神，那些凭借修炼最终悟透整个兽神之道并且继承兽神之位的，属于后天兽神，而由宇宙诞生的是天生兽神，天生就是宇宙之主，自身就是融合法则的化身。

“陨落了？”罗峰耳边似乎还回荡着那个狂放的声音——“记住喽，给你宝物的是酒之主，哈哈哈……”

“这么一位超级强者却陨落了！”罗峰暗叹。

一个嗜酒的天生兽神。

罗峰闭眼，幻想出一个天生兽神酒之主站在古船上，拎着大酒壶的场景。

“嗜酒？”罗峰轻声叹息，“酒之主，你留给我一件珍宝，我若有机会，定会报答。”

罗峰虽未见过那位已经陨落的酒之主，但已对他心生好感，只可惜这位酒之主在宇宙诞生时就诞生，恐怕比混沌城主、巨斧斗武场的创始者都要古老得多，并且作为祖神教最早期的八大兽神之一的天生兽神，活得太久了，早已陨落。

“即使强如宇宙之主，也有陨落的可能。”罗峰道，“如果众多宇宙最强者拼命围攻某个宇宙之主，那么那个宇宙之主无法逃命，除非是像九幽之主、混沌城主等有独特手段的。”

混沌城主在初始宇宙中无敌。

九幽之主在九幽之海中无敌。

罗峰不由得为自己选择皇子血海作为第三分身而庆幸。

……

罗峰在宝藏之地的一个偏僻峡谷中为酒之主的陨落感叹一番后，很快便被一些传承者发现，不过他很坦然，继续在这里闲逛着。

罗峰准备将整个宝藏之地全部逛一遍，说不定还能再得到宝物。

反正绝大部分时间他的意识都在虚拟宇宙中修炼，且这寻宝的过程也不需要花费多少精力。

……

罗峰在得到古船银河的半个小时后，依旧在宝藏之地闲逛。

“刀河王。”

一道身影直接飞来。

罗峰抬头一看，来者是千雨王。

“千雨王。”罗峰笑着点头。

“恭喜恭喜，我一进荣耀世界就听说你得到了宝物，得到的还是一百零八大宝物之一。”千雨王兴奋地说着，“恭喜啊。”

“还行。”罗峰咧嘴一笑，“察曼王他们呢？”

“真衍尊者为你准备了庆功宴，察曼王他们都在那里呢，真衍尊者让我来通知你。”千雨王笑道，“真衍尊者说，你获得祖神教一百零八大宝物之一，这件事将会流传亿万年，得庆贺，而且得正式点，所以我被吩咐飞来通知你了。”

罗峰一怔，随即不由得笑了：“老师竟然准备了庆功宴。”

“我这……我打算继续在这儿看看的。”罗峰看了一眼周围，“看来只能等之后再来了。”

“逛什么逛？有什么好逛的？你不是得到宝物了吗？”千雨王疑惑地问道。

“说不定我能得到第二个宝物啊。”罗峰道。

“这怎么可能？得到宝藏之地的一个宝物后是绝对无法再得到一个的。”千雨王道，“这是自祖神教开辟宝藏之地，漫长岁月以来形成的一条规则。”

“啊？”罗峰眨巴一下眼睛。

罗峰虽然问过察曼王他们有关宝藏之地的信息，但只问了触发宝物时的情形等，的确没问是否可以再得到一个宝物。

“走吧，不会骗你的。”千雨王道，“幸亏你只逛了一会儿，如果你闲逛了很久，恐怕很多异族传承者都能猜出你居然有想再得到一个宝物的想法，这肯定会让他们暗中笑话的。”

罗峰朝周围看了一眼，远处的一些传承者似乎还沉浸在宝物显现的震撼中。毕竟自宇宙诞生以来，一百零八个宝物才被发现四十二个，算上今天这个，总共四十三个，且宝物是拿走一个少一个的。传承者们偶尔看向罗峰，只是目光中多是羡慕、嫉妒。除了少数和人类有仇怨的异族强者外，也没有人露出贪婪之色。

宝物是要与实力、地位相匹配的。

一个行星级的家伙如果得到至宝，就会引起宇宙强者的抢夺。

就算是界主，也是如此。当初混沌城主赐予罗峰一件至宝弑吴羽翼时，要求罗峰不得公开，否则麻烦就大了。

可现在不一样了，罗峰经历被吠镜王追杀、被沼蚀尊者刺杀等事情后，早就证明了自身能力，没有人想通过战斗得到罗峰身上的宝物。毕竟为了一件根本不知道是什么的宝物而拼命，不值得。

“我当年刚走出地球时，小心翼翼，连拥有一艘机械族的飞船都会引来灭顶之灾。”罗峰摇头一笑，感叹不已，“现在我身怀至宝层次的宝物，却没几个敢下手。”

看着罗峰、千雨王一道离去，吠镜王面目略微抽搐，露出他的獠牙，他身侧的其他传承者都明白——吠镜王此刻很愤怒。

“可恶！可恶的人类！”吠镜王憋着一肚子火，“靠运气的家伙，待我寻到机会，我一定会让你明白，自身的真正实力才是根本！我就不信，下次还有九幽漩涡让你钻！”

吠镜王怨恨真衍尊者，厌恶刀河王。

现在，他看着刀河王得到了一百零八大宝物之一，他气愤，甚至憋屈得难受。

“吠镜王，” 旁边的一个异族强者发出声音，“刀河王现在非常嚣张，可是他仅仅是一个界主，他能够击杀封王级极限强者，靠的肯定是外在宝物所赋予的一些特殊能力。他的实力越强，宝物的用途就越小，等他成了不朽神灵，那些宝物对他的作用肯定不大了。不管怎样，他就是一个人类，生命基因层次很低，就算成了不朽神灵，也是远远无法和吠镜王、逐虫王你们这些宇宙中极强的特殊生命相比的。”

“说得好！”吠镜王眼睛一亮，不由得满意地看了一眼那名异族强者。

“他就是一个人类，生命基因层次能高到哪儿去？”吠镜王舔舐了一下他的獠牙，遥遥看着罗峰消失的方向，“仗着宝物能横行一时，难不成还能一直横行下去？就算他成了不朽神灵，而我在生命基因层次上原本就高他千倍，未来杀他，非常轻松。”

第992章

生命基因层次

吠镜王说得没错，仗着宝物能称霸一时，却无法称霸一世。

星辰塔如此至宝，单单驱动就需要无比惊人的实力，所以没有实力空有宝物是不行的。至于费摩毒液之类的，在宇宙尊者间的战斗中发挥不了作用。连金角巨兽分身穿的金甲，只要吠镜王燃烧神体拼命一击，金甲就会直接爆裂开来。

之前对罗峰用处极大的将甲、王甲、费摩毒液等，有些会随着罗峰实力的日益强大而被淘汰，有些虽然不会被淘汰，可作用也会变得极小。

……

当罗峰和真衍尊者等一同享用过盛宴后，混沌城主召见了罗峰。

虚拟宇宙，雷霆岛之巅，无尽气流中的巍峨宫殿前，混沌城主正俯瞰着整个雷霆岛。

“老师。”罗峰出现，恭敬地行礼。

混沌城主转身，看着罗峰，双眸似星空般深邃，面带笑意：“你得到了一百零八个宝物中的一个？”

“是的，一件飞行宫殿类的顶级重宝。”罗峰说道，“名叫银虬幻影船。”

“银虬幻影船？”混沌城主略一思忖，但没有想起这是什么宝物，说道，“若是飞行宫殿类的，你倒赚了。这一类的宝物一直很罕见很珍贵，飞行宫殿类的顶级重宝怕是比我给你的弑吴羽翼更令宇宙尊者们疯狂。”

罗峰点头，他也知道这点。

“谁留下的宝物？”混沌城主追问道。

“酒之主。”罗峰道，“我查了一下，是祖神教最早期的八大兽神之一。”

“酒之主？乘风？”混沌城主顿时笑了，“我知道了，是他的那艘酒船，没想到现在到你手里了。酒之主是一位很有趣的宇宙之主，他作为天生兽神，实力极强大，可天生兽神注定会遭到围攻猎捕，所以……”

混沌城主摇头感叹。

罗峰听得心中不由得一惊：“天生兽神注定会遭到围攻猎捕？”

这令罗峰忍不住回忆起当年在血洛世界所看到的远古图影，以前的确是有一个超级存在和血洛世界的那位兽神进行了一战，最终致使那位兽神陨落。

“为何会遭到猎捕？”罗峰忍不住开口问道。

混沌城主看了罗峰一眼，平静地道：“天生兽神和后天兽神不同，天生兽神是宇宙中的精华凝聚而生，是天生的宝物，他的鳞甲、皮毛、血液，无一不具有奇效，比千件万件普通至宝都要珍贵。围攻天生兽神是一场‘盛宴’，众多超级存在的一场‘盛宴’。”

罗峰脸上露出震惊之色。

“争，争资源，争机遇。”混沌城主道，“宇宙各族之间彼此钩心斗角，相互争夺资源非常厉害！祖神教高喊着不帮助其他任何一股势力，不争夺疆域，但只是表面不争。”

罗峰点头。

夫唯不争，故天下莫能与之争！

但是要让天下莫能与之争，需要极强的实力和极深的底蕴。

像祖神教，正因为有三大祖神，且表面上执行不帮助任何势力，不争夺任何疆域的方针，才能达到这层境界，才能通过传承令等手段，吸纳宇宙中无数族群的天才。而无数族群都知道祖神教“不争”，自然愿意将族群内的天才送去，让祖神教花费资源培养自己族群未来的强者。

就这样，祖神教成了宇宙第一势力。

“都是在争。”混沌城主感慨，“自从第一位天生兽神陨落，宇宙各族知晓其身体各部分的诸多神奇功用后，其他天生兽神注定会被围攻。即使再厉害，面对围攻，甚至是宇宙一些巅峰存在的围攻，除非永久藏匿，否则也会陨落……几乎无法避免。”

“像你使用的血洛晶，不就是天生兽神的血液精华所化？”混沌城主看向罗峰道。

罗峰一颤：“果然，血洛世界死去的那位兽神是天生兽神。”

“记住，弱肉强食，这就是宇宙法则！”混沌城主看着罗峰，“宇宙中有亿万个族群，你在其他族群面前是异族，大家不会怜悯你，只有厮杀、争夺！所以你要做的就是不断地获取资源来壮大自己。你强，便代表族群的实力更强。族群真正的实力是由最高层的一群存在决定的，每一个都是族群的支柱。你将来有很大希望成为族群的支柱！”

罗峰点头。

“提到血洛晶，你在突破成为不朽神灵之前，记得融合血洛晶到极限。”混沌城主嘱咐道，“这有助于你将来提高自身的生命基因层次。你是黑武者，你的生命基因层次有很大希望达到普通生命的100倍。”

“100倍？”罗峰疑惑。

自己因为修炼《九劫秘典》，地球人本尊的生命基因层次现在已经提高了48倍，若是驱动血洛之力，更是能提高480倍，完全比得上一般的特殊生命了，而金角巨兽分身的生命基因层次更是提高了超过千倍。

“100倍是极限。”混沌城主解释道，“普通生命提高身体力量的极限是100倍，提高灵魂力量的极限是100倍，提高生命基因层次的极限也是100倍，这是宇宙运转法则的一部分。就像在原始宇宙中飞行会最先达到光速，这也是宇宙运转法则的一部分。”

不管是身体力量的提高还是灵魂力量的提高，都是极为罕见的。像罗峰接受的魔音神将传承就是提高灵魂力量的手段。罗峰的灵魂念力至今就只提高了32倍多。至于提高身体力量，罗峰还没有此等际遇。

“极限是100倍？”罗峰喃喃。

“是啊，100倍。”混沌城主道。

“提高生命基因层次的极限就无法超过100倍？没有什么办法吗？”罗峰追问道。

“有。”混沌城主点头。

“什么办法？”罗峰连忙问道。

“夺舍，对特殊生命进行夺舍。只要夺舍成功，就拥有了特殊生命的身体。虽然灵魂上的天赋秘法或许会消失，但一些身体上的天赋秘法，还有生命基因层次都是能继承的。

“可这很难。首先，不朽神灵的生命印记融入了每一个细胞，若是毁掉对方的生命印记，那么等于毁掉整个神体。所以夺舍只能对不朽级下的施展。

“其次，目标得是特殊生命。如果界主成功夺舍普通宇宙级生命的肉体，那么界主的灵魂对该生命的肉体会产生极大的负荷，身体一旦承受不了，就会崩溃。”混沌城主解释道。

罗峰连连点头，灵魂和身体是相互匹配的，若一个人的灵魂达到界主级九阶，肉体最起码要达到界主级七阶，否则灵魂太强，会令肉体崩溃。

“想要夺舍成功，就要寻找能承载自身灵魂的不朽级下的特殊生命。可一旦能承载，就代表特殊生命的实力和你很接近，加上其拥有天赋手段，可能不是你猎杀他，反而是他猎杀你。更何况，界主级的特殊生命几乎都不会离开宇宙秘境，就算运气好能碰到、击败，但特殊生命宁可自爆，也不愿被夺舍。

“总之，夺舍特殊生命肉体，虽然好处极多，但难以成功。宇宙中能做到的极少。”混沌城主道。

罗峰追问：“老师，还有其他办法吗？”

“像你夺舍了金角巨兽的肉体，拥有了其天赋分身之术，孕育出了分身，不就是了？孕育出的分身，一般都属于实力很弱的特殊生命。”混沌城主道。

“是的，我无法孕育出界主级世界树。金角巨兽分身的体内世界是吞噬金属形成的超大体内世界，孕育出的分身的极限估摸着是生命基因层次达到普通生命的数百倍。”

“总之，诸多手段一般都借助特殊生命达成。”混沌城主道。

“那还有其他手段吗？”罗峰又问。

“哪还有什么手段？”混沌城主摇头，“没有了。”

混沌城主略微迟疑，又道：“当然，宇宙有亿万个族群，有些超级存在的手段了得，有些秘密至今未被发现，或许就有一些连我都不知道的方法。但是我可以肯定，宇宙是公平的，宇宙运转规则就是如此，就算有逆天的手段，那么代价也极大。”

罗峰微微点头。

是啊，《九劫秘典》是宇宙最强者之一的坐山客老师花费无数心力创造出的，又弄出价值无法估量的天魂晶才能进行传承。即使如此，也只有一个生命能得到《九劫秘典》的内容。自己凭借《九劫秘典》才让各个分身的生命基因层次突破极限，宇宙运转法则之苛刻，可想而知。

“别想那么多，极限就是100倍。”混沌城主露出笑容，“能达到100倍的，宇宙中罕见，很多宇宙尊者的生命基因层次也只提高10倍。而你是黑武者，现在已经提高了10倍，之后靠兽神之血，还能再提高一大截。”

罗峰点头，他本来也计划在突破成为不朽神灵前融合血洛晶，这样跨入不朽级，神体能直接达到极强层次。

“去吧。若需要兽神之血，可以直接向虚拟宇宙公司申请。”混沌城主道。

“是。”罗峰恭敬地行礼，随即退去。

原始秘境，宫殿内，魔杀族分身盘膝而坐。

体内世界中，金角巨兽分身则开始融合血洛晶。

第993章

6400倍!

当年在域外战场，罗峰曾经让金角巨兽分身融合过血洛晶，金角巨兽分身融合血洛晶的总数量达到165颗，其中右前蹄爪融合了100颗血洛晶，背部融合了65颗血洛晶。那时罗峰才刚刚修炼了《九劫秘典》第一劫，也没经历星辰塔的生死之路的考验，意志还没发生根本性蜕变。

金角巨兽分身宛如山脉般趴在那里。

地球人本尊现在盘坐在金角巨兽分身的背上。

作为长上千千米的金角巨兽，他的背部极其广阔，地球人本尊坐在其背上，仿佛坐在一个一望无际的平原上。

地球人本尊羽翼一动，轻松切割鳞甲，在金角巨兽分身的背部弄出一个伤口，而后扔出手中的三角柱晶体。

“166颗、167颗、168颗……”

一颗又一颗。

金角巨兽分身不停地融合着血洛晶。

“196颗、197颗、198颗……”

地球人本尊坐在那里扔血洛晶，暗自感叹上次生死之路的考验带来的变化。

那煎熬了六千多年的生死历程，的确让罗峰的意志有了一个翻天覆地的蜕变。离上次融合血洛晶已经过去近万年，罗峰的进步明显很大。

“200颗。”

第200颗血洛晶融入金角巨兽分身的背部，他驱动血洛之力，背部的肌肉、骨骼、鳞甲瞬间发生蜕变，背部鼓起，肌肉凸显，鳞甲呈现出耀眼的金色。背部的金色鳞甲表面有血红色的丝线，无数丝线构成了一幅让人心悸的兽神头部咆哮图。

雄厚的力量，强大的力量！

金角巨兽分身的生命基因层次原本就是普通生命的10倍，修炼《九劫秘典》的前五劫后，他的生命基因层次提高了480倍。

此时驱动血洛之力，背部力量暴增，几乎提升了超过20倍，相当于未驱动血洛之力的全身力量的2倍。右前蹄爪也是如此，力量暴增，相当于未驱动血洛之力的全身力量的2倍。

“继续融合。”

“平衡一下，选择左前蹄爪。”

……

地球人本尊看着面前巨大的蹄爪，蹄爪表面鳞甲已经裂开，地球人本尊将血洛晶扔了过去。

“226颗、227颗、228颗……281颗、282颗。

“有点压力了。”

地球人本尊微微皱眉。

金角巨兽分身面对煞气冲击、融合时的剧痛，开始感觉到有压力了。

“融合如此之多的血洛晶后，我能立马感觉到自身的进步，我的意志果真很强大。”金角巨兽分身面不改色，不管是煞气冲击还是融合时的剧痛，和塔珠融入灵魂的疼痛相比，都不算什么。

“299颗、300颗！”

左前蹄爪的融合也快到极限了。

“嗷——”

金角巨兽分身兴奋地叫了一声，同时驱动一双前蹄爪，只见两只蹄爪顿时变粗了一号，鳞甲全部变成金色，左右金色鳞甲上都有血红色丝线构成的一幅兽神头部咆哮图。

金角巨兽分身感受着暴增的力量。

“感觉还能融合几十颗，不过不能集中在一处，益处不大，分散开吧。”

“各个部位都融合10颗吧。”金角巨兽分身做出决定。

……

每次只要能多融合一颗，都能让罗峰兴奋、期待，因为这代表着金角巨兽分身的实力在逐步提升。

可总有尽头，凭借着顽强的意志，在融合第381颗时，金角巨兽分身终于无法承受，煞气冲击自身，金角巨兽分身发出痛苦的嘶吼，失败了。

右前蹄爪、左前蹄爪、背部各融合了100颗血洛晶。

尾巴、两只后蹄爪、一对鳞甲翅膀、头部……这七处区域中，头部融合了20颗血洛晶，其他部位各融合了10颗血洛晶，一共是80颗。

金角巨兽分身融合血洛晶的总数量达到380颗！

“右前蹄爪、左前蹄爪、背部驱动血洛之力，力量暴增，每处力量都相当于未驱动血洛之力的全身力量的2倍，可能还要高点。

“那么总的力量，超过6000倍界主之力！

“也就是说金角巨兽分身现在的生命基因层次已经提高了超过6000倍，接近6500倍。”金角巨兽分身瞬间计算出一个数值。

“嗷——”

金角巨兽分身仰头发出一声咆哮，同时驱动血洛之力，血洛之力布满身体的每一处。

这一驱动，全身迅速发生蜕变，只听到全身骨骼发出咔嚓咔嚓的声音，金角巨兽分身瞬间变大了一号，鳞甲完全变了颜色，前蹄爪和背部的鳞甲呈现出耀眼的金色。全身的每一处鳞甲都遍布密密麻麻的血红色丝线，形成一幅幅兽神头部咆哮图。

这种来自兽神血脉的力量令金角巨兽分身无比强大。

“应该是6400倍。”金角巨兽分身对自身力量做出细致的判断。

“嗷嗷嗷——”

金角巨兽分身肆意地仰头咆哮，咆哮声中满是激动、兴奋。

“哈哈哈……超6000倍！”

“逐虫王是宇宙中独一无二的特殊生命，也只能提高5000倍！

“吠镜王的生命基因层次是普通生命的2000倍，整个宇宙，能与吠镜王媲美的屈指可数。

“而我比逐虫王还强，超6000倍！”

地球人本尊仰头看着金角巨兽分身，双眸中满是激动。

“痛快，痛快啊！

“自身的生命基因层次能力压宇宙中独一无二的生命逐虫王一头！

“生命基因层次能超过5000倍的，个个都不凡，我现在也是其中一员了。根据融合血洛晶的数量判断，如果每个部位最多融合100颗，那么估计将来全身最多能融合1000颗，到时候我的生命基因层次应该能提高10000倍。”金角巨兽分身推算出一个结果。

10000倍！

宇宙中独一无二的特殊生命一般都只能提高数千倍，最多接近10000倍。

如果普通生命的生命基因层次能提高100倍，就已经达到极限了，而这10000倍对普通生命来说，简直难以想象。

……

一番激动后——

“金角巨兽分身的确是我的一大撒手锏，不仅生命基因层次高，还有上千千米长，神体庞大，战斗时不惧燃烧神体。”罗峰暗道。

论体形，金角巨兽分身比地球人本尊庞大多了，能储存的神力也多太多了。生命层次高，神体庞大，何等强大！

“地球人本尊也可以试试融合血洛晶。”

地球人本尊和金角巨兽分身不同，金角巨兽分身体形庞大，所以需要分十处部位融合血洛晶，可地球人本尊远不及金角巨兽分身一只蹄爪大，从理论上来说，地球人本尊最多只能融合100颗血洛晶。

“地球人本尊修炼《九劫秘典》第二劫后，生命基因层次提高了6倍，成功融合了第10颗血洛晶。

“现在地球人本尊把前五劫修炼成功，生命基因层次提高了48倍，不知道这次能融合多少颗血洛晶。”

以罗峰的意志，他现在已经能承受380颗血洛晶，地球人本尊融合血洛晶的情况到底如何，主要看的是地球人的生命基因层次。

“第11颗。”地球人本尊划破手掌，开始融合血洛晶。

“第12颗。”

……

一颗颗血洛晶被融合。

生命基因层次提高了48倍，地球人本尊已经极为优秀，融合血洛晶的极限也提高了很多。

“第61颗。”地球人本尊不断融合着血洛晶，心中愈加期待。

“第81颗、第82颗、第83——不，不！”地球人本尊感觉到自身筋骨断裂、肌肉撕裂，顿时，血洛之力开始回流，逐渐回流到血洛晶中。

“竟然……竟然只能融合82颗。”地球人本尊有些不愿相信。

“当年金角巨兽分身第一次融合血洛晶时就融合了100颗，我还没修炼《九劫秘典》，金角巨兽分身的生命基因层次只提高了10倍。如今地球人本尊的生命基因层次提高了48倍，怎么还不如当年的金角巨兽分身？

“这……这……难道是血洛晶极为适合金角巨兽分身的缘故？”地球人本尊暗道，“从我融合血洛晶的情况来看，其他分身融合血洛晶都很难，地球人本尊修炼完《九劫秘典》第二劫后才能辛苦融合10颗，而金角巨兽分身一直能很轻松地融合血洛晶，现在困扰金角巨兽分身的是仅仅靠意志无法抵抗煞气冲击。”

“金角巨兽属于金属类星空巨兽的巅峰血统，也有‘吞噬’这种空间属性的天赋，或许真的是金角巨兽天生就很适合融合血洛晶。

“想要融合血洛晶，应该对生命基因层次的某个方面要求极高，金角巨兽分身刚好符合要求，但地球人本尊的生命基因层次不如金角巨兽分身，哪怕《九劫秘典》能整体提高生命基因层次，令地球人本尊比较容易地融合血洛晶，但还是远远比不上金角巨兽分身。”

地球人本尊思考许久做出这样的推测。

……

无尽的草原上。

金角巨兽分身趴在那儿，地球人本尊靠在大的蹄爪上。

“怎么办？才融合82颗，离100颗很接近了。只要地球人本尊能融合100颗，一旦驱动血洛之力，生命基因层次就能再提高100倍，那么地球人本尊的生命基因层次就能达到4800倍！地球人本尊的战力将极强！

“难道必须等地球人本尊修炼《九劫秘典》第六劫后，才能融合100颗血洛晶？不，或许……

“兽神之血。”

地球人本尊微微点头，当即分出一丝意识连接虚拟宇宙。

第994章

第三分身，成！

虚拟宇宙，雨相山，书桌前。

罗峰看着屏幕上有关兽神之血的信息，不由得皱眉：“100颗血洛晶能制作出1滴兽神之血，可制作过程有点复杂，只能向虚拟宇宙公司申请了。”

关于兽神之血的功效，罗峰很清楚。

1滴兽神之血的功效虽然只相当于1颗血洛晶，但兽神之血能减弱疼痛、抵挡煞气侵袭，所以融合100滴兽神之血比融合100颗血洛晶容易。

但想要得到100滴兽神之血，需要付出1万颗血洛晶。

这就是代价！

付出百倍的代价才能减弱疼痛，抵挡煞气侵袭。毕竟人类想要融合10颗血洛晶都极其困难。若真有这种人，不知道多少纪元才有一个。

“不知道我能申请到多少滴兽神之血。”罗峰道，“这些珍贵的资源都被严格限制，很多封王级强者想要购买，都得等到拍卖才有机会，有钱都买不到。”

罗峰发出了申请。

片刻——

“罗峰大人，你好。”屏幕上出现了一名有着毛茸茸耳朵，全身是紫色毛发的女子，她应该属于人类族群狐人族的某个分支。

“我需要兽神之血。”罗峰直接开口道。

“按照分配额度，罗峰大人可以免费得到50滴兽神之血。”狐女笑容甜美，内心却大受震撼。因为连宇宙尊者、宇宙之主都没有资格免费得到兽神之血，他们需要对族群做出贡献后才能换取，没有贡献是得不到族群资源的。

而一些值得培养的封王级强者，或许有免费的额度，可一般极少，比如10颗血洛晶，这可是连1滴兽神之血都换不到的啊。

她专门接待人类族群高层，从未听说过有人能免费得到50滴兽神之血，想必罗峰想要得到更多，所付出的代价也不大吧。

“不愧是传说中的绝世天才，而且都说他就是刀河王，如果他是刀河王，就一点都不奇怪了。”这个女子暗道。

“先送来30滴。”罗峰道。

“是。”狐女道，“请问送到哪里？”

“这是地址。”

罗峰直接输入他在原始秘境的详细地址，他现在的所在地是混沌城主的地盘，是原始秘境最核心之处。

“既然是送往原始秘境，”女子微笑着，“30滴兽神之血今天就能送到。”

“嗯。”罗峰点头，随后关闭了通信。

“免费？”罗峰露出一丝笑容，“看来族群对我非常重视，居然给我准备了免费资源。这个资源族群不会主动发放，待我急着使用时，主动向族群提出申请即可。50滴兽神之血，拍卖会上都很难有这么大一笔财富。”

“现在地球人本尊融合了82颗血洛晶，再融入18滴兽神之血即可。至于金角巨兽分身需要600多颗血洛晶，全靠兽神之血不够。”

“金角巨兽分身的生命基因层次已经超普通生命6000倍，以后提升幅度会很小，倒是不急，等我成为不朽神灵，拥有了磅礴的不朽神力后，自然会孕育出超强的意识。意识强大在一定程度上对意志也是有帮助的，那时再融合血洛晶。”罗峰做出了决定。

灵魂强大，意识强大，更有利于坚定意志。

像宇宙之主，神力浩荡，灵魂强大，可以说个个的意志都超越了罗峰，而且他们的际遇不凡，虽然也有神力的缘故，但坚定的意志对他们的帮助更大。若是一个普通人想要获得匹敌宇宙之主的意志，根本不可能。

……

三个多小时后。

罗峰居住的宫殿外出现了一名侍者。

专门的侍者送来一枚空间戒指，里面存放着兽神之血。

“你去吧。”罗峰道。

“是。”侍者恭敬地应道。

在混沌城主的地盘，即使是一名侍者也是不朽神灵，而且都是主动抢着来的，没点实力根本进不来。毕竟在这里能偶尔看到强大的混沌城主，也能偶尔得到混沌城主的指点。居住在这里的，一般是混沌城主的弟子。

回到体内世界，罗峰从空间戒指中取出一个银色手提箱，并打开手提箱。手提箱内放着三十支透明的晶体管，每支晶体管内都有1滴散发耀眼金光、蕴含一阵阵澎湃气息的兽神之血，罗峰耳边似乎都隐隐响起兽神的一声声吼叫。

“兽神之血。”罗峰小心翼翼地拿出一支晶体管，轻轻打开。

若仔细看，能隐约看到液体中的无数法则秘纹丝线在流动。

兽神之血滴落在掌心，瞬间便完全渗入皮肤，紧跟着罗峰全身皮肤都隐隐泛着一层金光。罗峰体内每个细胞蕴含的血洛之力都已经很浓厚，这1滴兽神之血轻松就融入其中，引起的反应极小。

“我成为黑武者就令混沌城主老师开心了，老师还说我融合兽神之血肯定很容易，我现在相当于已经融合83颗血洛晶，远远超过黑武者融合10颗的极限。”罗峰露出笑容，“我吸纳兽神之血就跟喝水一样简单。”

罗峰当即又拿出一支晶体管，倒出兽神之血。

一滴又一滴，兽神之血不断融入罗峰体内。

片刻后——

18滴兽神之血全部融合成功，比罗峰预想的还要轻松。

当罗峰尝试融合第19滴兽神之血时——

那滴兽神之血在罗峰的掌心滚来滚去，怎么都无法融入身体。

“看来100颗果真是极限。”罗峰暗自点头。

“体内的血洛之力已然达到极限。”罗峰双眸发亮，“血洛之力，驱动！”

轰！

罗峰身上猛然爆发出古老悠久的气息，仿佛从最古老时期传递而来。他的身体变得更高更壮实，皮肤表面隐隐冒出鳞甲，无数血红色丝线缠绕全身，特别是胸口上竟出现了巨大的兽神头部咆哮图，图像无比清晰，仿佛真正的兽神在咆哮。随后，金色光晕笼罩全身。

“哈哈哈……好强大的力量！”

罗峰早已脱掉将甲，切实感受着身体里的力量。

“嗯？不对。”罗峰脸色微变。

“怎么才3000多倍？”罗峰疑惑地皱眉，“按照之前的经验，融合100颗血洛晶后，驱动血洛之力，生命基因层次就能提高100倍，金角巨兽分身的右前蹄爪就是如此，后来因为达到1万倍界限，才会无法增长。”

“之前，我的生命基因层次已经提高了48倍，这次融合了这么多颗血洛晶，生命基因层次在之前的基础上居然只提高了60倍多点，效果减弱了。”罗峰疑惑。

“融合血洛晶的效果在金角巨兽分身上非常明显，在地球人本尊身上却减弱了。兽神之血对宇宙中独一无二的特殊生命怕是无效。

“即使某个水属性的特殊生命的生命基因层次达到普通生命的数千倍，这个生命融合兽神之血也不一定有用，因为兽神之血来源于天生兽神，而且那位天生兽神是金之法则与空间法则形成的融合法则的化身。”

“难道说兽神之血的效果越往后越弱？”罗峰如此猜想。

随后罗峰不再多想。

不管怎样，事实已经证明地球人本尊融合兽神之血已经达到极限。

“等我得到下一块黑色金属板，生命基因层次就可以再次得到提升。”罗峰微笑着点头。

虽说没有达到罗峰的预期，生命基因层次只提高了3000多倍，但还是让罗峰很激动，因为他已然达到了宇宙中一些顶尖的特殊生命的层次了。

“幸亏我有《九劫秘典》，否则就和其他普通生命一样，生命基因层次最高只能提高100倍。”罗峰暗道。

《九劫秘典》才是让罗峰能匹敌顶尖的特殊生命的宝物，其他的都只是锦上添花。

……

时间流逝。

自从地球人本尊和金角巨兽分身融合完血洛晶后，罗峰继续潜修，偶尔陪陪家人，一切都很平静。

转眼又过去一百多年，终于迎来了第三分身诞生的日子。

体内世界。

金角巨兽分身的四只蹄爪宛如柱子般粗壮，他仰头看向天空，魔杀族分身则站在金角巨兽分身背上，也看着天空。天空中悬浮着一颗无比巨大的椭圆形金蛋，其实这颗椭圆形金蛋一开始还很小，可随着时间流逝，体积越来越大，现如今，已然有上万千米高了。

“快了，快要诞生了。”

“这么大的体积，难道会孕育出来一片海洋？”罗峰暗道。

椭圆形金蛋中的生命一直处于懵懵懂懂的状态。

八个多小时过去了。

哧哧——

那高上万千米的巨大椭圆形金蛋上出现一丝丝裂缝，地球人本尊、魔杀族分身、金角巨兽分身屏息期待，随着最后啪嚓一声，蛋壳完全破裂，一名身高近万千米的巨人站在半空。

巨人的身体堪称完美，皮肤白皙晶莹，宛如玉石雕刻而成，若仔细看，能隐隐看到血红色丝线，更增添一种妖异感。

“我这第三分身……竟然，竟然是血肉类生命！”

地球人本尊、魔杀族分身、金角巨兽分身都被这意外的惊喜震惊了。

第995章

两大天赋秘法

只有血肉类生命才能修炼《九劫秘典》，魔杀族分身是能量类生命，不能修炼《九劫秘典》，所以魔杀族分身和地球人本尊、金角巨兽分身有着很大的差距。即使魔杀族分身曾经得到了本源类至宝的核心空间之心的精华能量，发生过蜕变，生命基因层次也没有突破100倍这一界限。

魔杀族分身在纯粹的力量上注定了要差得多，但在逃命、隐匿、伪装等方面极为擅长。

战斗还是得靠地球人本尊和金角巨兽分身。

之所以选择类似九幽之海的分身，是因为罗峰看中了其辽阔的神力海洋。

“哈哈……这简直是天上掉馅饼！”罗峰的笑声宛如冲击波，朝四面八方冲击开去，“真是个意外惊喜！第三分身也能修炼《九劫秘典》，注定潜力无穷，估计以后能媲美那位九幽之主。哈哈哈……第三分身便叫……幽海分身吧。”

从此刻起，最后一个分身已定！

“我有地球人本尊、金角巨兽分身、魔杀族分身、幽海分身，根基已成。在宇宙强者之林，我是成为一株弱小的树苗，还是成为一棵最粗壮最高大的参天大树，就看我的努力了！”罗峰此时豪气万丈，凭借本尊和三大分身，立足宇宙强者之林已经没有任何难度。

“我先仔细研究一下第三分身幽海分身。”

幽海分身的确很俊美，只是体形太大，高近万千米。

他盘坐在草原上，宛如一座巨型雕像。

“我的力量大约是300倍界主之力。”幽海分身发出低沉的声音。

“看来幽海分身的生命基因层次大约是普通生命的300倍，界主级世界树的生命基因层次大约是普通生命的1000倍，难怪我能成功孕育幽海分身。不过生命基因层次只有普通生命300倍的幽海分身怎么会有这么大的体形？”罗峰说道。

一般来说，生命基因层次越高，体形越大。

当然像植物类、岩石类的特殊生命，即使生命基因层次只达到普通生命的数百倍，体形也大得吓人。毕竟普通生命摩云藤就有上百万千米长了，可见植物生命在体积方面天生就有优势。

但幽海分身是血肉类生命，怎么会有这么大的体形？

幽海分身盘膝而坐，同时开始仔细感应着自身，很快便感觉到自身的骨骼、肌肉、血管、血液等都蕴含着法则气息。

罗峰的意识收到一些信息。

……

“原来是这样。连混沌城主都不知道九幽之主是否有天赋秘法，实际上，九幽之主确实有天赋秘法，毕竟，幽海分身就拥有着两大天赋秘法。”

这些信息令罗峰明白了九幽世界的一些奥秘。

幽海分身有两大天赋秘法：化海、创造。

第一种天赋秘法化海是指幽海分身能够瞬间化作一片直径约10万千米的幽海，幽海周围的时空都会受到幽海分身的控制，这种控制伴随着幽海分身实力的不断增强而越发夸张。实力较弱时，幽海分身对周围时空的影响还很小；实力强时，可媲美九幽之主，九幽之海对周围时空的控制力达到极限时，没有其他宇宙之主敢闯进九幽时空。

第二种天赋秘法创造是指幽海分身全身骨骼、血肉完全化为幽海时，施展天赋秘法创造可提炼能量，组合生命基因，凝聚出生命体。运用得好，幽海分身完全可以凭此等手段创造出一个族群。由于这个族群是幽海分身创造而成的，所以他们对于幽海分身这个主人，会永远臣服、崇敬。

“好强大的天赋秘法！难怪有这么大的体形。不过若体形小，哪能化作一片海洋呢？

“一旦化海，能在一定程度上控制周围时空，实力暴增。这应该算是一种攻击手段，有点像世界树的掌握时空。

“而创造更是奇特。九幽世界中那个族群恐怕就是九幽之主创造出的。能量类生命应该是最容易被创造的，只要研究出生命晶核，即可创造出一个个生命来。创造出一个完全臣服于自己的族群是颇有成就感的事。”

“哈哈哈……我没想到，幽海分身能够影响周围时空，在时空上都有天赋，而且还是血肉类生命！”罗峰开心地大笑道。

血肉类生命、时空上的天赋都是意外收获，都让罗峰惊喜。

“只是……幽海……幽海的大小怎么不对？”

“幽海分身可以瞬间化为直径约10万千米的幽海，可是皇子和九幽之主的海洋就大多了。”罗峰皱起眉头，思索起来。

界主级皇子的血海直径约8000万千米。

不朽级皇子的皇海直径约9.6亿千米。

宇宙尊者级皇子的皇海直径在320亿千米到1010亿千米之间。

可幽海分身施展化海时，仅仅能化为直径约10万千米的幽海，这跟界主级皇子的差距都很大。

“化海。”幽海分身施展天赋秘法。

轰隆——

高近万千米的幽海分身瞬间化作一片直径约10万千米的海浪滔天的幽海。化作海洋后，幽海就感觉能隐隐控制周围时空，可能因为只是界主级，对时空的控制力显然很弱。

可幽海分身对时间法则、空间法则的感应却极为清晰，显然有着极强的时空天赋。

“大，大，给我大。”罗峰操控着幽海，可任凭他怎么尝试，幽海的直径依旧只有约10万千米，根本达不到界主级皇子的水准。

“怎么会这样？”幽海在半空翻腾，金角巨兽分身、魔杀族分身都在草原上苦思着。

“我的幽海分身化作海洋后，为何和九幽之主、皇子的不同？而且幽海明显没他们的大？直径仅仅约10万千米的特殊生命体宇宙中多的是，那些植物类、岩石类甚至要大得多。”罗峰很疑惑。

罗峰思索片刻，开始整合信息。

“不对，九幽之主、皇子和幽海分身似乎不同。幽海分身施展天赋秘法化海能够瞬间化为幽海，也能瞬间变回原样。”

在半空翻腾的幽海瞬间变回之前高近万千米的幽海分身。

“可是，皇海还有九幽之海都无法移动。”

九幽之海的直径超10光年！

无尽岁月以来，九幽之海一直待在祖神秘境，而皇海也一直待在九幽世界的核心之地，没有移动过。

“而且听混沌城主老师说，九幽之主出去断杀，死后，那九幽之海会再度孕育出一位九幽之主。

“可是，幽海分身施展天赋秘法化海后，或者化成幽海，或者再次变为本尊，根本无法共存。本尊被击杀，应该就直接陨落了，如果能再度孕育，说明死的不是本尊。只有一种方法才能做到九幽之主那样，那就是施展天赋秘法化海后，凭借天赋秘法创造，创造出一个能量分身，将大部分意识转移到能量分身上。这样即使能量分身被毁掉，也可以再度凝聚。

“而且九幽之海为什么一直不移动，恐怕不是他不想移动，而是无法移动。若是能够移动，那么九幽之主携带着九幽之海纵横宇宙，那不是无可匹敌了？

“也就是说，九幽之海虽然辽阔，但无法移动。”

罗峰迅速推断出许多信息，渐渐地，真相在罗峰面前展现。

“九幽之主和他的皇子利用某种特殊方法，令他们的海洋不断变大，但也是有极限的，同时代价就是无法移动。”罗峰暗道，“虽然无法移动，但庞大的体形令他们神力几乎无穷尽，几乎成了不死之身。”

像植物类、岩石类的特殊生命也都难以自主移动。

体形越庞大，自主移动就越难。

九幽之海已经如此庞大，无法自主移动也不奇怪。

“他们到底用什么方法使海洋变得那么大？”

直径约10万千米的幽海不断震荡，怎么才能从直径约10万千米变成直径8000万千米？这完全是两种不同的层次。

直径8000万千米的海洋蕴含的能量可比直径约10万千米的幽海多多了，而且就算幽海分身成为不朽神灵，体形一般也是不变的，身高依旧是约10万千米。

不朽级皇子、宇宙尊者级皇子的海洋却越来越大，宇宙尊者级皇子的海洋中，最大的直径达到1010亿千米。

“九幽之主和他的皇子们到底是怎么做到的？”

第996章

创造生命

幽海不断翻腾，罗峰尝试着各种方法，可都一一失败了。

“幽海的能量储备早就达到极限，无法吸收能量，想要变大一点都做不到。九幽之主，你们到底是怎么将海洋变大的？”罗峰尝试了整整三天后，最终发现，任凭他使用何种方法，都失败了。

“要不去问问九幽之主？”罗峰站在草原上嘀咕着，仰头看着翻腾的幽海。

这显然是个秘密。

九幽之主在刚刚诞生时是没有这么大的九幽之海的，肯定是摸索出了某种特殊手段，凭借这种特殊手段，连他的皇子都有庞大的皇海。

“那就看看第二种天赋秘法创造吧。能够创造生命，真是神奇！”

一施展创造，罗峰就感觉自己进入了一个新的领域，周围的空气，地面上的杂草等都迅速被解析，他仿佛能看透生命的本质。

“创造。”

只见幽海中忽然有一株小草诞生。

“创造。”

一朵花儿在幽海中诞生。

“创造魔杀族分身。”

幽海创造魔杀族分身时，却感觉魔杀族分身的生命基因构成实在太复杂了，没办法瞬间创造出来。

“创造花草没有成就感啊，要是也能够瞬间创造魔杀族分身就好了。”

幽海分身忽然有点沉迷这种创造的感觉。

世界之力虽然能衍生出花草、河流，但与幽海分身创造花草不一样。

幽海先看清该生命的生命基因构成，然后通过天赋秘法创造，复制该生命的基因构成，最后形成新的生命。

按照罗峰的猜测，复制生命基因构成应该是最基础的。至于高等的，应该是像九幽之主一样能创造出一个强大族群来。

创造生命是很梦幻的事。

虽说无法提高自身实力，但创造出一个族群何等奇妙，而且创造出的族群绝对忠诚于自己。

“难怪坐山客老师愿意引导培育出一个族群。”罗峰暗道，“不过我和他不同，我凭借的是天赋秘法，而坐山客老师却是引导原本就存在的族群在一些特殊环境下发生进化，进化出一个新族群。”

“我再试试。”

罗峰开始了试验，他先在体内世界试着创造出一些弱小生命。

罗峰很快发现，实力越弱，生命基因构成就越简单，实力越强大的，生命基因构成越复杂，想要看清都无比艰难，更别提复制了。

……

“九幽之主先是化身为海，接着弄出来一个能量分身和一个族群。”罗峰在试验了天赋秘法创造半个月后，也明白了这一点。

想要创造出一个族群，很难。

族群的生命基因构成是非常复杂的，九幽之主不知道花费了多少心力才最终创造出一个强大的族群。他的一百零八个皇子，估计也都得到了传承，一一模仿创造，但无法创造出新的族群，显然是难度太大的缘故。

想创造出一个能够轻松修炼到界主级的优秀族群，且该族群的每一个生命都拥有生命印记、智慧，能自我修炼……单单创造出一个生命，所花费的能量就很惊人。

“难怪界主级皇子不能创造出生命，毕竟创造出一个族人所耗费的能量非常惊人。不过，最容易创造的还是自身啊！”罗峰感叹道。

因为幽海的每一滴海水都是幽海分身的一部分，海水本身就蕴含幽海分身的生命基因，所以创造幽海分身根本不需要分析自身的生命基因构成。

“创造。”罗峰的意识一动。

哗啦——幽海汹涌澎湃，顿时，幽海中出现新的幽海分身，接着消失，能量回到幽海。

“创造。”

幽海中再次出现新的幽海分身，接着消失。

“创造。”

……

通过一次次尝试，罗峰发现创造出的新幽海分身的高度极限是1000千米，仿佛缩小版的幽海分身，而且新幽海分身的生命基因层次才达到了普通生命的30倍，而幽海分身的生命基因层次已经达到了普通生命的300倍，这是为何？罗峰发现了问题。

“现在新幽海分身的身高只有1000千米，大约是本尊的十分之一，生命基因层次才达到了普通生命的30倍，也是本尊的十分之一，似乎我的天赋秘法创造还有缺陷。”

罗峰察觉到了施展天赋秘法创造出的生命和从宇宙中诞生的生命是有些区别的。他所创造出的生命根本没有天赋秘法，生命基因层次也降低了九成。

“哈哈哈……这才对呀。如果幽海能创造出和本尊一样强大的分身，那才是笑话，分身的能量来源于本尊，又怎么可能强于本尊呢？”

罗峰忽然感觉到整个幽海都在自然而然地吸收着能量，显然创造出一个新幽海分身，消耗了近一成的能量，面积也变小了。

“吸收能量？创造分身前，幽海无法吸收能量；创造分身后，却能自我吸收能量进行恢复？”

罗峰忽然有了一个猜想。

“给我补充，赶紧补充。”

轰！

体内世界中，汹涌的世界之力迅速涌入幽海，仅仅片刻，幽海恢复成之前的大小，不再吸纳世界之力了。

“幽海已经完全恢复，这是新幽海分身，新幽海分身的能量源于幽海，那么……消失！”

新幽海分身坠入幽海，变成幽海海水融入幽海，原本直径约10万千米的幽海朝四周扩张，周围空间都受到了压迫。

幽海所掌控的时空范围也更大了。

“哈哈哈……原来是这样。”

“创造出新幽海分身，再让新幽海分身融入幽海，幽海会朝四周扩张。”罗峰顿时大喜。

“创造。”

“融入。”

每一次扩张后，幽海吸纳能量的界限都能变大。

“创造。”

“融入。”

幽海再度扩张。

……

十次后——

“变回本尊。”

当罗峰尝试将幽海变回幽海分身时，却惊愕地发现变不动了。

幽海太大了，无法恢复成幽海分身。

“难怪九幽之主可以一直复活，因为死的都是创造出的分身，真正的本尊是那辽阔的九幽之海。”罗峰完全明白了，不由得激动不已，发出大笑声。

幽海也发出笑声，声音震天。

“消散。”大量海水化为世界之力，消散开去。

片刻，幽海又变成直径约10万千米的大小了。

“恢复。”

轰隆！

高近万千米的幽海分身再度出现。

“九幽之主获得不死之身的同时战力却被削弱了，所以在外战斗的都是创造出的分身。一得一失吧。”

“幽海变大是一个长期而稳定的过程，若要变得像九幽之海那么辽阔，肯定需要很长时间。”罗峰说道。

罗峰明白九幽之主为什么在九幽时空无敌了。

九幽之主是宇宙之主，亿万年时间一直蓄积神力扩张九幽之海，令九幽之海扩张到直径超过10光年。

量变引起质变。

九幽之海能匹敌宇宙最强至宝了，可惜的是无法移动。

“九幽之主的秘密终于被我发现了。”罗峰欢喜无比。

“暂且不急着扩张幽海，还有另外一件非常重要的事情——让幽海分身修炼《九劫秘典》。”

罗峰可一直期待着这件事。

幽海分身的生命基因层次达到了普通生命的300倍，若将《九劫秘典》前五劫修炼完毕，幽海分身的生命基因层次能提高48倍。一旦幽海分身修炼《九劫秘典》成功，那么从理论上来说，幽海分身的生命基因层次可以提高14400倍！

可是根据罗峰知晓的情报来看，就算是宇宙中独一无二的特殊生命，也都只能将生命基因层次提高数千倍接近万倍。

“10000倍似乎是特殊生命的极限。我倒要看看提升生命基因层次的真正极限是多少。”

罗峰非常激动。

若极限是10000倍，那么幽海分身能凭借修炼《九劫秘典》达到极限。

若是极限不止10000倍，那么幽海分身将会踏入一个崭新的未知的领域。

罗峰怎能不激动？

“幽海分身将真正踏足宇宙生命从未达到的层次？”

罗峰愈加期待，当然前提是幽海分身能修炼《九劫秘典》。

“幽海分身虽然是特殊生命，但也是血肉类生命，一定能修炼。”罗峰虽如此念叨，却又怕宇宙运转法则会限制幽海分身，毕竟地球人本尊和金角巨兽分身都是普通生命，修炼到现在，各自的生命基因层次都只提高数千倍。

而这次幽海分身挑战的是传说中的极限。

“开始。”高近万千米的幽海分身盘坐在草原上，开始修炼起了《九劫秘典》第一劫。

第997章

突破桎梏

幽海分身若是能够修炼《九劫秘典》，那么也将拥有强大的战力；若是不能，那么只能负责神力供应这后勤工作了。

……

“成了！”罗峰忽然发出震天的大笑声，“幽海分身的生命基因层次在进化，好神奇的《九劫秘典》，坐山客老师不愧是宇宙最强者之一！”

罗峰愈加佩服坐山客，同时也对宇宙实力巅峰的一群存在感到忌惮。

“坐山客老师能创造《九劫秘典》，那么其他宇宙最强者呢？我现在和他们的差距还很大，先慢慢修炼，至于其他，等有了和他们对话的实力再说吧。”

罗峰先不去多想，继续修炼。他知道自己的实力还远远不够，只是他的确很幸运，先研究出了让幽海扩张的办法，接着让幽海分身修炼《九劫秘典》。

因为幽海分身的体形比金角巨兽分身还大，进化速度更慢，所以幽海分身修炼完《九劫秘典》前五劫需要很长时间。即使罗峰现在经验十足，修炼完第一劫也需要百年时间。

幽海分身修炼《九劫秘典》，其他分身则继续研究空间法则、《星辰布道图》第三式和《明月策》第三式。

……

转眼已过百年时间。

一直犹如雕塑般坐着、未曾休息的幽海分身缓缓睁开眼，轻声道：“第一劫已成，生命基因层次提高了900倍！”

从300倍到900倍，仅仅是修炼第一劫大成的效果，这让罗峰愈加感叹：“难怪这套秘法被宇宙运转法则限制起来了，而且一开始坐山客老师无法将秘法传授给任何一个生命，最后还是靠天魂晶才能将秘法完整传授给仅仅一个生命。

“真期待啊，轻松便从300倍达到900倍，下一次便是1800倍了。

“继续。”

幽海分身闭上眼开始修炼第二劫。

能够时时刻刻感受自身的提升，这是一种非常美妙的感觉。

……

第二劫成，幽海分身的生命基因层次果真提高了1800倍。

第三劫成，幽海分身的生命基因层次提高了3600倍。

一切如罗峰预料的那样发展。

原始秘境那最高处的宫殿中，六名宇宙尊者都盘膝而坐，聆听上方混沌城主的讲授。

“关于罗峰的第三分身，按他和我说的，六百多年即可成功，第三分身成了后，他就能突破成为不朽神灵，可现在都快一千年了，怎么一点动静都没有？”混沌城主转头瞥了一眼远处，目光穿过宫殿墙壁直接看到了远处的一座宫殿。

宫殿中，地球人本尊盘膝而坐，旁边有天阵王守候着。

“罗峰的际遇不凡，连续得到数件至宝，经常出乎我的意料，怕是又遇到了一些特殊情况，才耽误了时间。既然没来找我，就让他自己解决吧。”混沌城主看了一眼后，便不再多管了，又继续讲授。

对于罗峰这个弟子，混沌城主还是很满意的，他经常给混沌城主带来惊喜。

幽海分身继续修炼，其他分身一直在研究空间法则和创造秘法，时间流逝，这两方面都颇有些成果了。

幽海分身缓慢提升着，约每一百年提升一劫。幽海分身修炼四百年后，第四劫成，生命基因层次再度提升，提高了7200倍！

“生命基因层次提高了7200倍！”幽海分身的双眸犹如恒星般耀眼，他感觉到了全身汹涌澎湃的力量。修炼前，他的生命基因层次仅仅达到普通生命的300倍，现在已然提高了7200倍，远超逐虫王了。

“恐怕九幽之主的生命基因层次也就达到这个层次吧。”幽海分身轻声道。

“继续，第五劫。”幽海分身轻声道，声音中充满着无尽的期待。地球人本尊、魔杀族分身、金角巨兽分身都睁开眼，边修炼边期待着关键的第五劫。

……

幽海分身的生命基因层次在慢慢地提升，7200倍、7300倍、7400倍……

8000倍、8100倍、9000倍……

“已经突破9000倍了！”

其他分身甚至暂停参悟空间法则，将注意力集中在幽海分身上，不敢有丝毫大意，而且其他分身也感觉到了，当幽海分身的生命基因层次突破9000倍后，进化速度明显变慢了，仿佛陷入桎梏，每前进一点都需要花费更多的时间。

9500倍、9600倍……

此刻幽海分身的生命基因层次已超越很多逆天的特殊生命了，许多独一无二的特殊生命都没有跨过9000倍这个坎。

“9900倍！”

进步速度越发缓慢，生命基因层次一次次拼命地提升，提升幅度非常小，终于逼近了那个关卡——

“10000倍！”

生命基因层次虽提升艰难却稳稳抵达了这个层次。

“我的生命基因层次提高了10000倍！”幽海分身感受着全身的力量，愈加激动，接着强忍激动之情继续修炼，“似乎还没到极限，只要能进步，我就继续突破。”

生命基因层次的确还在缓缓提升。

突破10000倍后，生命基因层次提升的速度就更加缓慢。

许久，进化完全停了下来，这一刻，幽海分身仿佛成了宇宙完美无缺的作品，每一寸皮肤、肌肉都无比完美。

他的生命基因层次已经达到完美无缺的地步。

一个生命基因层次已经完美无缺的生命，就算修炼《九劫秘典》后面几劫，也无法再提升了。

“完美！太完美了！”罗峰无比兴奋。

哧哧哧，幽海分身吸纳着世界之力，身体不断拔高。

“世界之力而已，多的是。”罗峰再次大喜。

不管是金角巨兽分身还是地球人本尊，修炼《九劫秘典》时都没有出现体形暴增的情况。幽海分身在生命基因层次达到完美状态前，体形也没有出现暴增的情况，达到后才开始暴增的。

幽海分身疯狂吸纳着世界之力，虽然幽海分身的生命基因层次已经达到完美状态，但他依旧是界主级，所以其所需要吸纳的能量，其他分身完全能够供应。

幽海分身的体形不断暴增，高度从2万千米到3万千米，再到4万千米……

许久——

当幽海分身的身体有9万多千米高时，变化终于停止了。

“完美！”罗峰虽然不明白自己为何有这种感觉，但就是感觉这样身高的幽海分身才是真正完美的。

轰!

整个体内世界瞬间凝固。

魔杀族分身静止不动，脸上还保持着惊喜的表情，金角巨兽分身的头依旧抬着，那些被风吹拂的杂草也不再左右摇晃了，包括虫族母皇、大量的虫族战士，都止步了。

地球人本尊也一样，闭着眼一动不动。

最重要的原核此刻被直接灌入一股神秘的力量。

其实，当孕育出第三分身时，原核就已经发生了些许蜕变，可此刻，当这股不可思议的力量灌入其中时，它再次发生蜕变。颜色在变化，火红色、碧绿色、天蓝色、土黄色、金色……最后变为一团混沌。

这看似普通的原核仿佛蕴含无尽奥妙。

这股不可思议的力量灌入原核时，也渗入体内世界。在茫茫的体内世界中，这股力量散发着无穷无尽的魅力，这是一种无法反抗的魅力，仿佛母亲的怀抱，任何一个生命都会感到眷恋。

这股力量不霸道，威力却远远强于混沌城主，甚至超过坐山客。

当这股力量进入原核，进入体内世界包裹住幽海分身时，不远处的混沌城主以及其麾下的宇宙尊者，没有一个有所察觉。

要知道，这可是千宝河保护的一方时空，也是混沌城主掌控的一方时空，但这一方时空内的混沌城主根本没察觉到那股力量。

……

“我在哪儿?

“我……我刚刚……刚刚修炼到了极限，体形暴增到9万多千米，然后我的意识就来到这儿了。”

罗峰有些茫然地看着周围，这是一个飘荡着无数光点的空间，每一个光点似乎都蕴含着不可思议的威力。罗峰甚至有种感觉，任何一个光点的威力都比天狼之主可怕。

第998章

面临抉择

罗峰觉得自己来到了宇宙中最神秘的地方。

“宇宙之主已然是宇宙中的巅峰存在，而能够在混沌城主老师的地盘里，神不知鬼不觉地将我的意识引领到这儿的，恐怕唯有宇宙本身了！”罗峰看着周围那一个个光点飘荡着，都避过罗峰。

“这些光点隐隐带着威压，比天狼之主还可怕。”

“它们到底是什么？”罗峰疑惑无比。

忽然——

嗖！

其中一个光点忽然化作流光疾速射向罗峰，速度之快，远远超过光速，似乎在这里光速已经不是极限。

罗峰只是刚冒出一个想逃的念头，那个光点就已经碰触到罗峰了。

一幅幅画面迅速传递到罗峰的意识中，罗峰似乎看到了宇宙的诞生和无尽生命的诞生，又看到了宇宙的毁灭……

诸多画面，罗峰看过后紧跟着就遗忘了，似乎根本无法记住。

接着诸多信息融入意识。

罗峰的意识直接被踢出了这一方时空。

人类疆域的原始秘境，千宝河控制之地内。

混沌城主丝毫没察觉到这一切，虽说他能掌控一方时空，但这所谓一方时空属于宇宙，宇宙若是要惩罚某位宇宙之主，完全可以剥夺其对时空的控制权。

宇宙运转法则自然运转，未产生一丝波动，混沌城主自然无法察觉出来。

罗峰居住的宫殿内。

“嗯？”盘膝而坐的地球人本尊睁开了眼，眼中有着一丝迷茫，紧跟着便是震惊。

体内世界中的虫族母皇、虫族战士们都恢复了意识，可没意识到刚才时间停滞过，唯有罗峰知道这一切。

“除了意识，我的身体没有发生变化，地球人本尊、金角巨兽分身、魔杀族分身、幽海分身，都没有发生变化。”罗峰迅速探测自身。

幽海分身依旧保持着9万多千米的身高。

“不，有变化。”

罗峰很快察觉到在世界戒指中的那一颗原核已经变成了一团混沌，乍一看，仿佛无尽时空在其中运转。

“这……我的原核怎么了？”罗峰震惊万分，却根本想不明白，因为他从未听说过原核会发生这种变化。

“我的意识收到了一段信息，信息中蕴含一套逆天的天赋秘法。我最重要的原核也发生了蜕变。这一切都是在幽海分身的生命基因层次达到完美状态后发生的，幽海分身现如今的生命基因层次刚突破10000倍，估摸着没达到10100倍，难道是10081倍？”罗峰不由得想起这个数字，这个数字应该是宇宙中一个很特殊的数字。

“普通生命的生命基因层次提高10081倍就能达到完美状态吗？”罗峰如此推测。

“不想了。”罗峰摇头，细细感应着原核，“我的意识得到了逆天的天赋秘法，我相信这对原核的再次蜕变是有好处的。”

“天赋秘法……”

罗峰细细回忆着刚刚得到的一套秘法。

之前意识被引领进入那方时空，接着收到了信息，其中宇宙演变等一些信息罗峰已经完全遗忘了，只记得这套天赋秘法的施展方法。罗峰虽然不懂其中的奥妙，也不懂这套秘法是怎么创出的，而且这套天赋秘法施展起来无比复杂，但施展过程深深刻印在意识中。

“这套天赋秘法应该是宇宙赐予的。”罗峰暗自推测，“难道这是对我的生命基因层次达到完美状态的恩赐？”

大多数天赋秘法是将法则秘纹刻印于皮肤上，或者生命晶核上。

可罗峰被赐予的这套天赋秘法不同，它直接刻印在意识中。

天赋秘法——我为宇宙！

这套天赋秘法的威力极其强大，一旦燃烧神力施展，神体将瞬间化为一个微型宇宙，将敌人困于其中，并削弱敌人的实力，而自身实力在微型宇宙中自然暴增。自爆犹如宇宙爆炸，可以直接消灭敌人。

施展这套逆天的天赋秘法对神力的要求极高。

按照罗峰收到的信息来说，必须是生命基因层次已经达到完美状态的幽海分身成为不朽神灵后，才能施展天赋秘法我为宇宙。

不朽级幽海分身、神体振幅提高30倍、燃烧神力……这仅仅是施展我为宇宙的最低要求。

我为宇宙每次施展时最少要持续约九秒。

因此哪怕幽海分身有9万多千米高的神体，在最低要求、最短时间内，也仅仅能够施展10次，10次后，神力就会完全燃烧殆尽！

“太离谱，不过，我喜欢！”罗峰双眸炽热。

不朽级幽海分身可比逐虫王还强大，神体振幅提高30倍，再加上燃烧神力，在这种状态下战斗，罗峰能力压不少宇宙尊者。

一招就要消耗掉9万多千米高的神体的十分之一的神力，我为宇宙这一招的威力到底有多强？

未曾真正施展，罗峰无法想象。

“总之是很逆天的一招。”罗峰暗道，“不朽级幽海分身可比很多宇宙尊者都强，很多宇宙尊者都只有几米、几十米高，也就是说，绝大多数的宇宙尊者就算燃烧神体也无法施展我为宇宙。唯有体形庞大者，才有机会施展这一招。”

天赋秘法我为宇宙的奥妙，罗峰现在一点都搞不懂，它简直犹如天书，幸好其施展方法深深烙印在意识中。

“怎么办？怎么办？”罗峰苦恼了。

“如果幽海分身化为幽海，那么凝聚出的新幽海分身不管是体形还是生命基因层次，都会低本尊一大截，战力削弱，即使达到不朽级，新幽海分身也根本无法施展我为宇宙这一招。若让幽海施展倒是可以，前提是引诱敌人进入幽海，要知道，幽海是无法自主移动的。

“幽海分身若不化为幽海，虽然战斗力的确惊人，高9万多千米的身体，多么雄厚的神力啊，但是幽海无法扩张，若是施展天赋秘法我为宇宙，哪怕是不朽级的幽海分身，神力也会很快被消耗完，补充神力也会很麻烦。”

“金角巨兽分身达到不朽级后，生命基因层次可以再次进化，能提高到接近10000倍，可他也就上千千米长，也无法施展我为宇宙这一招。”罗峰焦急。

金角巨兽分身那般庞大的神体在天赋秘法我为宇宙面前，都远远不够。

“除非金角巨兽分身的生命基因层次也能达到完美状态，那时，体形再度增长，应该可以施展我为宇宙这一招。

“怎么办？”

罗峰面临抉择。

是否让幽海分身化为幽海？

罗峰苦思数分钟。

“我选择的这个分身几乎是不死之身，战力逆天，可再逆天……就算是天生兽神也会陨落，更何况……”罗峰道，“只要活着，那么一切皆有可能，金角巨兽分身将来也会变得很强。不朽级时，金角巨兽分身无法施展我为宇宙，等金角巨兽分身成了宇宙尊者，那时，不就能施展了？何必急在一时。更何况，不朽级时，幽海还是能施展这一招的，只是无法自主移动罢了。”

罗峰做出了决定。

高9万多千米的幽海分身站在半空。

“化海。”幽海分身低吼道。

这是他最后一次以本尊现身，从今以后，他便是无尽的幽海。即使出去战斗，也只是幽海诞生出的一个分身出去战斗，实力等方面明显弱得多。

轰隆隆——

高9万多千米的幽海分身瞬间消失，周围出现了滔天巨浪，一个直径近百万千米的幽海出现。

“天赋秘法——创造！”

一个高9000多千米、生命基因层次提高1000倍的新幽海分身出现。

哗啦——

无尽的世界之力汹涌，而后融入幽海，幽海迅速恢复，新幽海分身消失，幽海扩张。

……

幽海扩张的速度实在太过迅猛，罗峰将麾下的宇宙晶都消耗完了还不够，毕竟连不朽神灵携带的宇宙晶一般都不多。

宇宙晶是很便宜的。

能制造出一枚世界戒指的宇宙晶，也就价值一两混元单位。

“买，先买100万混元单位的宇宙晶。”

……

“买100万混元单位的宇宙晶？罗峰大人，你确认要购买吗？”

“对，赶紧送来。”

“是，罗峰大人。100万混元单位的物资依旧在免费分配额度内，很快就会送到。”

罗峰购买大量宇宙晶，而后扔进体内世界，令幽海一次次迅速扩张。

有了无穷无尽的宇宙晶，幽海不断变大，很快直径便超过了8000万千米。

直径9000万千米、直径9500万千米……

幽海继续扩张，甚至快超过体内世界了。

第999章

扩大体内世界

哗啦啦——

波涛汹涌，罗峰的体内世界完全成了幽海的天地，原本的陆地化为世界之力被吞噬殆尽了。放眼整个体内世界，只有无尽的幽海中央还有一片直径百万千米的陆地。这片陆地的核心是两界渊，两界渊是金角巨兽分身施展吞噬后形成的。

两界渊的核心处有一颗金角界石。

轰隆——

波浪分开，一道巨大的身影踏浪而出，正是施展创造后所凝聚出的新幽海分身。新幽海分身高9000多千米，穿着血红色镶边的黑色铠甲，生命基因层次提高了1000倍。

“这下麻烦了。”

波浪宛如喷泉，新幽海分身站在波浪之上，目光所至，体内世界里的任何事物皆被看透。

“除了两界渊，体内世界已经完全被遮掩。”新幽海分身轻声道，“可是，幽海的扩张明显还没到极限。若是体内世界再扩大，那么原核恐怕无法承载。”

“不对，我的原核发生过蜕变。”

罗峰开始仔细感应原核。的确，蜕变后的原核承载直径近1亿千米的体内世界，没有丝毫吃力的感觉，很轻松。

体内世界越大，对原核压力越大。

靠吞噬金属这一招扩大体内世界就是利用金之能量不断强化原核，令原核变得极强，如此，才能承载超大的体内世界。

“我感觉很轻松，难道体内世界还能再扩大？”罗峰思忖着，“试试看。”

无尽的幽海上空有一堆堆宇宙晶，其中一堆宇宙晶立即消失一部分，大量世界之力散开，开始融入体内世界。

这段时间以来，幽海一直在吸收能量，将体内世界的大陆、河水等都化为世界之力吸纳掉了。

体内世界正在吸收这股世界之力，宛如口渴的人拼命地补充水分。

轰隆——

天地震颤。

体内世界不断变大。

“再变大一点。

“果真变大了一点。”

幽海浪涛之上的新幽海分身发出震动天地的笑声。

“体内世界果真还能再变大，很好，不过扩大体内世界的最好方式不是吞噬宇宙晶，而是吞噬金属。”

吞噬金属扩大体内世界有两个优点：金属中部分最精纯的金之精华，体内世界无法吸收，会汇聚到金角界石上；金之精华能改造原核，令原核更强，原核变强了，自然能承载更大的体内世界。

“购买金属残骸。”

四大巅峰族群几乎每一千纪元就会进行一次大规模的战争，每次战争结束后都会留下大量的金属残骸。提炼那些金属残骸，确实能有所收获，只是提炼的代价大，没人愿意，导致这些残骸的价值就变得很低了。

虽然价值低，可若是拥有大量E级金属残骸，也能卖出非常可观的价格。

……

“先来1亿混元单位的。”

“罗峰大人，您所需的物质依旧在免费分配额度内。”

……

若是用1亿混元单位购买完好的E级宇宙飞船，那么将会得到遮天盖地的E级宇宙飞船，更何况罗峰这次购买的仅仅是金属残骸。

这比使用宇宙晶扩大体内世界划算。

更何况，这些金属残骸是免费的。

“嗷——”

金角巨兽分身进入世界戒指，这是一个直径达到1亿千米的世界，里面存放着无尽的金属残骸。

金角巨兽分身先是凭借《本尊天地》将身体猛地变大，而后张开嘴巴，施展天赋秘法吞噬。这上万千米长的身躯张开比海洋还大的嘴巴后，直接使周围近10万千米的空间扭曲。

呼呼——

无数金属残骸被吞进去，金角巨兽分身的嘴宛如无底洞不停地吞噬金属。

体内世界中。

无数金属残骸迅速被两界渊消化，金色雾气蔓延，而后被体内世界吸收，体内世界开始疯狂地扩张。

当两界渊不断地吞噬海量金属时，海量金属被提炼后所留下的体内世界都无法吸收的一丝丝微弱的金之能量精华，被金角界石吸收。怪异的是在体内世界扩张过程中，原核根本没发生任何变化。

似乎吞噬金属对原核没有任何好处。

“怪了。当初我吞噬金属扩大体内世界时，原核一直在蜕变，直至界主级九阶。难道是饱和了？”罗峰忍不住这样想。

“幽海分身的生命基因层次达到普通生命的10081倍时，继续修炼《九劫秘典》就没什么作用了，原核难道也一样？体内世界吞噬金属已经无法对达到极高层次的原核产生作用了吗？”

“算了，继续吞噬金属吧。虽然金角巨兽分身会辛苦点，但好歹也强化了金角界石。历史上一般比较厉害的金角巨兽，其体内世界的直径是1亿千米，他们体内世界那颗蓄积着精华的金角界石是宇宙尊者极为喜欢的珍贵材料，而我这颗金角界石……”罗峰暗自道。

罗峰不知道，其他金角巨兽是否有自己这番际遇。

幽海分身的生命基因层次达到普通生命的10081倍，已经超过绝大多数独一无二的特殊生命了。罗峰不敢肯定自己是唯一的，可幽海分身是靠《九劫秘典》才达到如此境界，《九劫秘典》何等奇妙！罗峰便推断，即便金角巨兽族群中有和自己一样独特的，恐怕也是宇宙最强者苦心栽培出来的，最多只会出现一个。

“吞噬，继续吞噬金属。我倒要看看，我的金角界石能变得多强。”

……

罗峰购买金属残骸的数量让负责垃圾星域的高层震惊。垃圾星域的负责人派人将一枚枚装满金属残骸的世界戒指一次次送过去。

这种消耗速度，他们难得一见。

“不够，还不够。我的体内世界虽然已经扩张到直径100亿千米，但还没达到极限。”罗峰完全震惊了，他没想到他的体内世界竟然能大成这样。

……

“继续送金属残骸来。”

“好的，罗峰大人。”

……

“体内世界越大，将来形成的神国就越稳定。”罗峰愈加期待，“我的体内世界到底能扩张到什么地步？”

一般情况下，制造一枚内含直径1亿千米的世界的世界戒指所需要的宇宙晶也就值数混元单位而已。之所以如此廉价，是因为界主能够和宇宙本源之地产生共振，引动无尽宇宙之力凝聚成宇宙晶。因为太容易，所以价格低。

制造一枚内含直径100亿千米的一方世界的世界戒指所需要的宇宙晶，也就值100万混元单位。

制造一枚内含直径万亿千米的一方世界的世界戒指所需要的宇宙晶，也就值1万亿混元单位。

因为罗峰使用的是金属残骸，所以成本更低，但他也足足使用了价值数百亿混元单位的金属残骸。

价值数百亿混元单位的金属残骸依旧在免费分配额度内。

其实罗峰并不吝啬这点钱，毕竟他的一件重宝就值10万亿混元单位了，而他有数件重宝。

……

这个吞噬金属扩张体内世界的过程足足持续了三个多月。在这三个多月里，金角巨兽分身每天共有六次休息机会，每次仅仅休息十分钟，其他时间都在疯狂吞噬金属，无穷无尽的金属残骸都被吞噬殆尽。

“直径1万亿千米！

“终于达到极限了！”

魔杀族分身、金角巨兽分身、新幽海分身遥遥看着四面八方，都有些傻眼。

太离谱了！

实在太离谱了！

一只金角巨兽的体内世界的直径一般就1亿千米，现在金角巨兽分身的体内世界的直径居然达到了1万亿千米！

“我的原核到底发生了什么，竟然能承载这么大的体内世界？”罗峰感到震撼，他明白，那次意识得到天赋秘法我为宇宙的同时，他的原核也发生了翻天覆地的变化。

“这是……金角界石！”魔杀族分身、金角巨兽分身、新幽海分身，都飞到了两界渊上空，俯瞰下方。

嗖嗖嗖——

道道金光从两界渊深处射出，空间荡起丝丝涟漪，是藏于两界渊内的金角界石放出的迷蒙金光。

为了形成直径1万亿千米的体内世界所消耗的金属残骸的量是不可思议的，所提炼出的一丝丝金之能量精华不断汇聚，令金角界石发生了特殊变化。

“我这颗金角界石恐怕堪称宇宙有史以来，历代金角巨兽中最强的金角界石了！且出现第二个的概率极低。

“一般的金角界石是宇宙尊者珍惜的材料。

“我这颗可比一般金角界石强了亿万倍，独一无二，不知道何等珍贵！”罗峰有所感觉，他这颗金角界石很是不凡，只是凭借他现在的眼界，还看不出其珍贵之处。

“体内世界已达到极限，金角界石也达到极限。

“哈哈……直径1万亿千米的超大体内世界，幽海，就让我看看，你能扩张到什么地步吧！”

罗峰开始疯狂扩张幽海，大量的宇宙晶，一座山一座山似的被直接送进体内世界，让幽海尽情地扩张。

第1000章

陷入困境

幽海的扩张速度极快，但不朽神灵的神体的恢复速度很慢，因为神体的每一分神力都蕴含着生命印记（灵魂印记），失去大量神力等于失去部分灵魂。

界主期的幽海恢复、扩张都很容易，只要能量足够。

……

一个多月后。

“幽海终于扩张到了极限，这幽海之大，倒是在我的预料中。”高大的新幽海分身站在浪涛之上，遥看无尽的幽海，只见浪涛翻腾，这令新幽海分身的笑容愈加灿烂，声音宛如雷声，“已经达到直径100亿千米，比皇子的血海和小皇海都要大，接近大皇海了。10081倍和300倍的差距果然大得很。”

界主级皇子的血海的直径仅仅8000万千米，不朽级皇子的小皇海的直径是9.6亿千米，宇宙尊者级的大皇海的直径在320亿千米到1010亿千米之间。

因为生命基因层次得到提升，罗峰的幽海才能这么大。

“幽海已成，万星布道图第三式即将达到巅峰秘法层次。

“现在，只要我将金之法则悟透，即可打破原核桎梏，沟通法则海洋，改造身体，踏入不朽级。”

宫殿的偏殿内。

罗峰专门命侍者准备了丰盛的宴席，和天阵王、极虹王等仆从一同赴宴。

“宴后，我将潜心参悟金之法则，争取一举悟透，突破到不朽级。”罗峰哈哈笑道。

“主人对法则的感悟之高，已达到不朽级巅峰，面对紫荆岛上的天才传承者的挑战，主人都能连续战斗62万多场，胜率极高，显然与任何一名封王级强者比，主人都是极强的。以主人这样的能耐，突破到不朽级，绝对能轻易成功。”炼心王最先说道。

“主人若是不成，谁还能成？”天阵王也道。

“我等预祝主人一举成功，跨入不朽级！”众多仆从纷纷举杯。

“好。”罗峰也举杯。

“一举而成，跨入不朽！”众仆从大声道。

罗峰当即仰头喝了个干净。

……

有些生命要突破到不朽级难度极高，像虫族母皇，像有360条主藤蔓的摩云藤，只有在法则感悟方面匹敌封王级强者，才能突破。像一些金角巨兽，因为原核的桎梏，需要拥有较高的法则感悟能力才能突破。

至于罗峰——

虽说他的原核经过蜕变已经非常强大了，按理说，最适合从外部突破，但实际上不是这样的，他从内部破开比从外部破开容易。

若是遭到外界攻击，本源珠会主动融入原核以抵抗攻击，而他从内部突破，本源珠攻击原核，原核放弃抵抗，自然就容易多了。

论条件，他的法则感悟已然达到不朽级的极限，兽神意境更是几乎达到闯过通天桥第二十一层的境界，他的意志更是超越了绝大多数的宇宙尊者，他的念力振幅也提高了32倍。

何况，他还有自创的巅峰秘法。

“论实力，我都能匹敌封王级无敌强者了，自然能一举跨入不朽级。”罗峰充满期待。自创的巅峰秘法或许比封王级无敌强者的差些，可他的意志和兽神意境等都超过封王级无敌强者。

“不破，没理由。现在就潜心研究金之法则吧，一举悟透整个金之法则。”

很久以前，罗峰就不再研究金之法则了，他不敢研究，因为他只差最后一点即可悟透整个金之法则。一旦悟透整个金之法则，那么就会突破成为不朽神灵，这是一个不可逆的过程。若突破成为不朽神灵，就无法孕育第三分身，罗峰怎会主动突破？

“金之法则。”罗峰在大殿内盘膝而坐。

天阵王、极虹王在其身后守候。

……

一半意识感悟金之法则，一半意识继续创造万星布道图第三式，并不断完善。

现如今，罗峰在法则感悟上都快接近宇宙尊者了，这次研究金之法则，自然有一种大学生来学小学生课程的感觉。只是大学生想要在小学生考试中取得满分也不是毫无难度的，还是需要细细体会的。

千宝河境内，那座最巍峨的宫殿中。

“自罗峰从九幽时空归来已经过去一千五百年，这一千五百年里，他一直在创造他的秘法的第三式，现如今第三式已经达到巅峰秘法层次，他为何还不突破成为不朽神灵？”混沌城主站在巍峨宫殿的顶层扶栏而望，目光已覆盖千宝河掌控的范围，自然看到了罗峰居住的宫殿。

“难道在感悟金之法则？虽说大多都难突破最后一步，但他对法则的感悟极深，花费数百年定能悟透，到底是为何？”混沌城主愈加疑惑，“我这弟子第三分身已成，法则感悟也达到了不朽级巅峰，还在等什么呢？”

盘坐在宫殿内的罗峰，研究金之法则已经三百多年了。

“金，这就是金！”罗峰睁开眼，露出笑容，一种圆满的感觉充斥心田，这是得道后的满足。

轰——

罗峰瞬间连接宇宙本源之地的金之法则海洋，金之法则海洋中的无尽气息直接传递过来。

一切都不可逆转。

罗峰体内那颗原核中有一颗本源珠，然而当本源珠吸纳了金之法则海洋传递来的气息后，瞬间变化成了人形——罗峰的模样！

“法则成，本源显，破原核，灌神力，灵魂、身体合一，跨入不朽级！”罗峰喃喃道。

这就是跨入不朽级的基本过程。

原核内。

罗峰手一挥，能量顿时化为一颗颗晶球乱飞，足足一千六百颗晶球，每颗晶球上都有着复杂的法则秘纹。不管是武者还是精神念师，在突破成为不朽神灵时，都是本源珠发生变化。

至于本源珠成形后，其使用的兵器，包括念力兵器，都是能量化成。

一千六百颗晶球仿佛一颗颗骨珠，无数法则丝线串起晶球，构成兽神的骨架，片片鳞甲非常真实，一个无比真实的兽神正在诞生。

“兽神意境。

“念力振幅。

“意识意志。

“破开桎梏，成为不朽神灵！”

所有分身都陷入沉睡，本源珠化形而成的罗峰此刻全力以赴，在金之法则气息的引动下，将力量发挥到了极致。

只见原核内，那个兽神发出一声咆哮，而后疯狂地冲向原核。

这一刻，兽神仿佛火球，势如破竹。

轰！轰！轰！

万星布道图第三式——星火贯天！

攻击力沿着骨架传递向头部，兽神以头部去撞击。这是最惨烈的一招！论速度，不如第一式和第二式，可是论威猛、霸道、威力，却强太多太多了。

原核被砸得左右晃动。

哧哧——

原核内部出现裂缝。

原核内壁上的一团混沌蔓延，而后覆盖那些裂缝，瞬间，原本的裂缝全部消失，原核内壁恢复完好。

在引导罗峰发出最强一击后，宇宙本源之地的气息开始退去。

“怎么可能?!”罗峰咆哮。

“给我破！”

轰！兽神宛如一颗火球，周围是蒸腾的能量，再度撞击向原核内壁。

轰！轰！轰！

一次次撞击，每次都令原核内壁出现裂缝，紧跟着原核自动修复，丝毫无损。

……

在经历十余次撞击后，兽神终于完全崩解，那一颗颗晶珠也砰的一声破裂开来，罗峰站在黑暗空间中，一脸难以置信。

“怎么可能?!”

“怎么可能无法突破成为不朽神灵？”

“我意志之强，超越绝大多数的宇宙尊者，兽神意境、念力振幅、巅峰秘法……样样都不差。我竟然无法打破原核桎梏？这怎么可能?!”罗峰无法接受这一切。

他真的无法接受。

他打心眼里觉得，他跨入不朽级应该如喝水般容易，毕竟他的意志、兽神意境、念力振幅、巅峰秘法，绝对比得上封王级无敌强者了。

一个在各个方面都匹敌封王级无敌强者的界主，竟然无法跨入不朽级？

这样的事情怎么会发生?

“就算我际遇不凡，很难打破原核桎梏，可我各方面条件已经达到极高水平了，已经匹敌封王级无敌强者了，这样都不行?

“一饮一啄，一饮一啄啊！福祸相依，福祸相依啊！”

在原核内的黑暗空间中，罗峰盘膝而坐，摇头轻声道：“我得到了《九劫秘典》，幽海分身的生命基因层次达到极限后，被宇宙赐予了一套天赋秘法，原核又极强，体内世界扩张到了直径1万亿千米，幽海直径也达到百亿千米，一切如此美妙，然而……”

当罗峰为原核之强，体内世界扩张到直径1万亿千米而激动时，却根本没想到自己会无法打破原核桎梏。

“我如何才能跨入不朽级呢？”罗峰轻声道，随即自嘲一笑道，“在这之前，我从来没觉得我不能轻松突破。没想到，我达到如此境界，都无法打破原核桎梏。”

第1001章

究极秘法

千宝河境内，罗峰所居住的宫殿内。

当罗峰睁开眼时，旁边一直守候着的天阵王和极虹王连忙喊道："主人。"

"主人可是突破了？"天阵王问道。

"你们先退下。"罗峰挥手。

"是。"

天阵王、极虹王都有些疑惑，他们俩根本想不到罗峰会突破失败，毕竟在他们看来，如果连罗峰都突破不了，那简直就是宇宙诞生以来最大的笑话。

寂静的大殿中，罗峰沿着侧殿的台阶而上，来到了宫殿最高一层，他扶栏而望，看着千宝河。

"从我走出基地市去荒野闯荡的那天开始，我就从未放弃过！"罗峰双眸犹如刀锋，"原核桎梏？哼，原核也休想阻拦我走上不朽之路。"

"打破桎梏靠的是法则感悟、秘法、念力振幅、意志，一切外在宝物皆无用。我想要在短期内再提升意志很难，只能随着时间的流逝逐渐磨砺内心，暂时也无法提高念力振幅，兽神意境和法则感悟已经达到宇宙尊者之下的巅峰层次。

"能快速进步的，只有秘法。

"在紫荆岛一代代传承者中，有的传承者创造的秘法已经达到究极层次。像老师真衍尊者，花费亿万年，他的秘法也接近究极层次了。他们能做到，我一样能做到！”

真衍尊者的条件还不如罗峰，他甚至没有得到过混沌城主的指点。

“我要创造究极秘法，让实力再度飙升数十倍！我就不信还突破不了！”罗峰抿着嘴巴，眼神凌厉，“如果还突破不了，我便想尽办法提高念力振幅，磨砺意志，提高兽神意境。”

“不管怎样，只许成功，不许失败！”

罗峰右手用力，栏杆都出现了手印，随即转身离开，栏杆则逐渐恢复。这栏杆中蕴含记忆金属。

罗峰偶尔也陪陪家人，在和家人吃饭时了解到现如今家族的情况。

他的大部分意识处于研究秘法的状态中。

这次罗峰没再研究刀法，而是专心地研究万星布道图。

一百年、两百年……九百年、一千年……

时间如流水，哗哗而过。

三千年后，虚拟宇宙练武场中。

“陨落吧。”罗峰站在一座废墟之巅，指向远处的一个岩石生命，只见半空无数法则丝线缠绕形成一个兽神，遍布秘纹的一千六百颗晶球串联在一起，形成兽神的尾巴。

这个兽神的尾巴无比真实，而其他部位都比较模糊。

“嗷——”

伴随着一声怒吼，兽神一闪而过，瞬间就到了岩石生命前。

轰隆隆！

岩石生命全身猛地喷发出无比炽热的火焰，可迎接他的却是宛如雨丝的数道幻影。

只见兽神无比巧妙地移动着，移动速度快得惊人，而它尾巴甩动的速度比自身快上百倍。

长长的尾巴留下一道道残影，似乎无处不在。看似毫无威胁，然而岩石生命发出了愤怒又惊恐的吼声。

星光如雨丝布满这一方天地，渗入岩石生命的每一寸皮肤。

岩石生命微微一颤，紧跟着完全粉碎。

“第一式击电奔星之星光如丝布寰宇，终成。”远处的罗峰微微点头。

“罗峰。”一道金色身影从远处飞来，正是混沌城主。

“老师。”罗峰恭敬地行礼。

“你这三千年里一直在研究万星布道图第一式，现在总算将第一式提升到究极秘法层次。”混沌城主眼眸中有着一丝不解，“可你为何要花费这么多的心思研究秘法？现在的你，早就可以突破到不朽级了。”

“弟子的实力还不够。”罗峰恭敬地道。

混沌城主摇头一笑，他认为罗峰实在太谦虚。

“你倒一点也不骄傲。”混沌城主赞许道，“说吧，想什么时候突破到不朽境界？”

“弟子想要先将前三式都提升到究极秘法层次。”罗峰道。

“前三式？”混沌城主吃惊。

究极秘法非常难得，否则在集结了亿万个族群中的绝世天才的紫荆岛上，创出究极秘法的也不会那般少了。

万星布道图第一式是罗峰根据兽神传承第一重所创，还算比较容易。

万星布道图第二式是罗峰根据兽神传承第二重所创，就难多了。

万星布道图第三式则更加艰难。

罗峰现在眼界高，法则感悟高，加上有混沌城主的一路指点，才能只花费三千年时间将第一式提升到究极秘法层次。

“你还要多久？”混沌城主道。

“需要多久就多久。”罗峰回道。

混沌城主有些吃惊，在他看来，罗峰的名声早已传遍宇宙亿万个族群，名声越大，罗峰应该越是急切地想要踏入不朽级才对。

“好，不急。界主感应宇宙本源之地更清晰，的确适合创造秘法。”混沌城主道，“只是，我虽然能指点你，给你设置一个个对手，但你很快就会发现，你面对那些对手时会束手无策。到底该怎么突破，一切还得靠你自己。”

“明白，老师指点之恩，弟子早已感激不尽！”罗峰感激地道。

“好，随你心意吧。”混沌城主不再劝说。

作为一个几乎从人类族群最早期就崛起的存在，混沌城主活得实在太久太久了，他的耐心非常好。

……

罗峰潜心研究第二式，第二式明显比第一式艰难许多，幸好在法则感悟方面，罗峰比较擅长，所以倒也举重若轻，逐渐攻克一个个难关。

这次足足花费超过八千年时间，才终于将第二式提升到究极秘法层次。

长9000多千米、有着鳞甲羽翼的特殊生命发出无声的冲击波，直接冲击罗峰的脑海。

罗峰意志坚定，丝毫不受影响。

“第两千名对手，今天便是你陨落之日。”罗峰操控着半空那个巨大的兽神，五千二百颗晶球串在一起，形成兽神的尾巴，此刻兽神已经无比清晰了。高大的兽神在罗峰的控制下，足足达到3000千米长。

那个特殊生命已经化为一道黑色流光，所过之处，一些恒星、行星都被波及，直接湮灭。而兽神悬浮于高空，一动不动。

这两个特殊生命即将在高空发生碰撞。

“灭。”罗峰目光冷厉，他在这名对手面前已经失败了超过九百次。

兽神的数千千米长的尾巴终于动了，瞬间就化为了一道耀眼的虹光，仿佛一颗即将湮灭的恒星在最后一刻爆发出光芒，又仿佛一颗陨落的流星散发最后一抹光辉……只见这一道耀眼的虹光无声无息地瞬间掠过冲来的黑色流光。

黑色流光消失。

哧——

这时，星空中出现一道巨大的裂缝，同时巨大的能量冲击波肆意冲击四周，轰隆隆的声音不断。

“炳如日星——虹光如刀撕夜幕！”罗峰轻声念道，“第二式，成！”

将第一式提升到究极秘法层次，罗峰花费三千年。

将第二式提升到究极秘法层次，罗峰花费八千年。

现在，罗峰开始研究第三式。

其实提升前两式的速度能这么快，一是得感谢混沌城主为罗峰设置一个个直指罗峰秘法的破绽之处的对手；二是罗峰的兽神传承第三重已经圆满，提升前两式，压力不算大；三是得感谢金角巨兽分身、魔杀族分身。作为能完全融于空间的存在，魔杀族分身对空间的感悟非常深，金角巨兽分身融合血洛晶的数量极多，观看兽神雕像的次数极多，在兽神之道上感悟颇多。

然而——

当创造第三式时，罗峰真的遇到难题了。

他凭借现在的法则感悟、兽神意境，想要创造第三式，实在太难。罗峰艰难地击败一个又一个对手，不断地提升第三式的层次，令第三式的威力不断增大。

花费足足两万年之久，罗峰击败了第1520个对手，而越往后越艰难，照这个速度下去，那得数十万年甚至上百万年才能创造成功了。

“破！给我破！”

原核内，本源珠化成的人类罗峰施展着第二式，又施展未完成的第三式，一次次拼命攻击原核内壁。

轰！整个原核的内壁完全龟裂，可是当那一团混沌蔓延过去后，原核便恢复完好。

“居然还不成功，难道真的要我花费百万年时间创造第三式？”

罗峰的确有些急了，这三万年里，他一直销声匿迹，很多异族甚至人类族群内部都有了各种声音，原本他们都认定刀河王会迅速成为不朽神灵，可到现在一点消息都没有，当年风华绝代的刀河王似乎完全销声匿迹了。

“我竟然变得这么急躁。”

罗峰惊醒，近三万年的潜修加上外界的流言蜚语，的确影响到他了。

“既然潜修不成，我何不在宇宙中走上一走？从我出生至今才数万年，我还没真正细心观看过宇宙，只知道一路战斗。”罗峰忽然生出在宇宙中走上一遭的念头。他有了这个想法，自然就立即去做了。

罗峰意志坚定，很清楚什么时候该做什么。

第1002章

流浪岁月

罗峰先凭借麾下不朽级奴仆的神国直接来到了宇宙的偏僻疆域，而后开始流浪。

宇宙璀璨而神秘。

罗峰看到了完全由铂金组成的一颗行星，也见到了一百零八颗恒星相伴而生的奇特景观，更去每一颗恒星内游览过。罗峰还去中子星上睡过觉，甚至凭借对空间的感悟，发现了一名不朽神灵遗留下的宝藏，当然罗峰不会在乎。

他也去探索过黑洞，只是当深入黑洞时，越深入撕扯力越强，即使是能匹敌不朽神灵的魔杀族分身，也承受不了强大的撕扯力。周围的空间波动都被完全破坏，无法施展瞬移逃走。幸好凭借天赋秘法域，魔杀族分身很狼狈地从黑洞核心区域逃出。

兴之所至，罗峰或许会躺在一颗陨石上，在宇宙中任意飘泊。

当然，罗峰也悄悄去过一个个异族的领地，魔杀族分身只需变成异族人模样，复制气息，即可悄然潜入。罗峰仿佛一个过客，看着一个个异族人的生存环境，感受他们的喜怒哀乐。

在宇宙中流浪的岁月里，罗峰时而有所感悟。之前三万年的潜修对意志提升效果极弱，反而是在宇宙中流浪的经历，令他的意志发生着蜕变。

“过去，我眼里只有战斗，只有成为更强者这一目标，然而宇宙中美好的事物还有更多。异族的文化虽然迥异于人类，但也有它的特色。流传漫长岁月的文化，每一个都值得细细品味。每感受一个族群的文化，都是对我内心的一次洗涤。”罗峰的一半意识在感受宇宙的奇妙，一半意识在修炼。

这种情况下，效率反而大幅度提高。

过去，罗峰靠战斗提升自己，偶尔靠观摩兽神雕像获得一丝灵感。而现在，罗峰发现，宇宙处处都蕴含法则。如恒星的诞生、成长、湮灭都蕴含着些许宇宙本源法则。一棵小草、一头凶兽、一条河流，皆隐隐蕴含宇宙运转法则。一颗生命星球内的生存系统的运转，就是宇宙运转的缩小版。

罗峰时而灵感如泉涌，层层突破，时而困在某个对手前。

罗峰也不急，长久在宇宙中飘荡，心境也渐渐和宇宙融合，仿佛宇宙一样广阔。不知不觉中，困扰他的对手便会被击败。

宇宙中一个偏僻的疆域，临近巅峰族群狱族疆域的一颗生命星球内。

此刻，这颗生命星球正陷在一场浩劫中。

“哈哈……你们这些爬虫，全部乖乖臣服于伟大的影王陛下吧！从今天起，这颗星球就是影王陛下的领地。你们这些爬虫必须得听伟大的影王陛下号令，违者，杀，杀，杀！”这颗星球的外太空有一个长着十八只蹄爪、长300多米的巨型生物，他全身叠加层层鳞甲，头好似金属制成，双眸中还有着幽幽的金色火焰，神力蔓延，席卷整个星球。

星球上生活着十多个族群。

“影王！”

“影王麾下的领地竟然扩张到我们这儿了，被派来的战队首领就是那可恶的不朽神灵幽托瓦！”

“可恶的幽托瓦！”

星球上生活着数百万条生命，实力最弱的都是行星级，其中连界主级生命都有数十个，罗峰变成了一名界主级异族强者混在其中。

“有意思。”罗峰抬头看天，一眼就看到外太空的幽托瓦，“狱族还真是一个奇特的族群，不但不阻止其附庸族群内部的厮杀，反而暗中推波助澜。”

在宇宙流浪的这数万年岁月里，罗峰刻意去晶族和狱族的疆域看了看，好好研究了这两个族群。

宇宙六大巅峰族群中，机械族、虫族、人族、妖族的疆域毗邻，而晶族、狱族在偏僻之地。罗峰深入一颗颗星球，对这两大巅峰族群细心研究，发现了他们的特点。

狱族和晶族完全不同于另外四大巅峰族群。

狱族指的是诞生于宇宙奇险之地狱的生命。不管是岩石类生命、能量类生命还是血肉类生命，只要是在奇险之地狱中诞生的，就都是狱族。

狱族对附庸族群实行放养策略，而且暗中推波助澜使杀戮蔓延。这种杀戮促使一些超级强者诞生，这些超级强者随后就会被狱族吸纳。

晶族则完全相反。

晶族是同一类生命，且无比团结，论团结程度，甚至比机械族还要略高一筹。一些晶族强者彼此联手，战斗威力将呈几何级数增加。

狱族，个体强大。

晶族，整体强大。

两个迥异的族群，彼此一直斗得很厉害。

人族、机械族、妖族、虫族因为疆域毗邻，所以彼此一次次厮杀。而狱族、晶族却纯粹是厌恶对方，仿佛天生不对盘，他们多次争斗。

这颗星球上一片混乱。

罗峰默默看着这一切，他已经在狱族周围的一些疆域看过这种场景了。他如同一个旁观者，看着一切发生后悄然离开。

“泰克族族人，全部处死！”外太空的幽托瓦的声音响彻整个星球。

顿时，他麾下战队的一名名界主级战士，开始肆意进攻整个星球上的泰克族族人。

这颗星球上有十几个族群，泰克族是其中一个，其他族群个个臣服了，泰克族则完全疯狂了。

“影王是恶魔，他毁掉了我们的家乡，还一直追杀我们，和他们拼了！”

“孩子们，你们快逃！”

“你带着孩子们快逃，这是我们泰克族的未来，带着他们赶紧逃！”

星球上的泰克族族人有十多万，有的逃跑，有的则疯狂迎战……然而当第一批乘坐宇宙飞船要逃的泰克族族人被不朽神灵幽托瓦直接用神力灭杀后，所有的泰克族族人都绝望了，他们和不朽神灵幽托瓦的实力差距太大了。

“拼了！”

星球上其他族群的人根本不敢插手，只看着泰克族族人拼命反抗。

然而泰克族中仅仅有六名界主，而对方战队中有百名界主级战士，首领还是不朽神灵。实力差距太大了。

“这泰克族要完了。”

罗峰默默看着这一切。

“嗯？”罗峰略显惊讶地看着远处的一道身影，那是泰克族中最耀眼的身影，一名泰克族少年击杀了两名界主级战士后，遭到十名界主级战士的围攻，一时间竟不相上下。

“帕纳，快走！”

“帕纳，你快逃！”

很多泰克族人都在吼叫，显然，那名泰克族少年拥有很大的声名。单看实力，他应该是这十余万泰克族人的领袖。

“哈哈哈……原来泰克族的天才帕纳在这儿，影王陛下可是悬赏重金抓捕你。”外太空的不朽神灵幽托瓦迅速俯冲而下，刹那便已经到了帕纳所在的上空。

“快走！”泰克族少年传音下令。

“是！”

趁帕纳吸引了幽托瓦的注意力，一些族人立即乘坐飞船向四处逃去。那幽托瓦似乎不在乎其他人，帕纳的价值可比那些人高多了。

“来吧，幽托瓦！”帕纳眼中有着一丝疯狂，也有着一丝满足，他已做好了慨然赴死的准备，“死我一个，活我族人上万个，够了！”

“愚蠢！”幽托瓦嗤笑一声，当即动手。

罗峰默默看着这一幕，他忽然觉得此刻那个有着牛角的帕纳的眼神很像当年和他一同去和金角巨兽决战的贾谊、默汉德森、特里帕蒂·辛格、索科洛夫、伊斯特等。

那种绝望却又慨然赴死的心态……

“该回去了。”罗峰轻声道。

……

帕纳感到无力，在幽托瓦面前他没有丝毫反抗之力，当幽托瓦丑陋的蹄爪直接抓向他时，他已知道自己必死了。

忽然——

下雨了。

突如其来的雨丝布满了天空。

“雨丝？”帕纳一怔，布满天地的雨丝随即全部消失，而原本在远处的界主级战士和幽托瓦都愣着一动不动，紧跟着，幽托瓦的神体瞬间消失，而远处数十名界主级战士也直接消失。

“消失了？”

帕纳怔怔地看着一切，看着远处遗留下的兵器等物品。

锵！

远处那一道身影将手中的战刀插入背后的刀鞘。

“刀，对，刚才那些雨丝是刀光！”帕纳顿时确定了，只是他无法相信，刀法能强成那样，而且远处那道身影似乎只是界主。

界主也能这么轻松击杀不朽神灵？

罗峰转头看了他一眼，笑了笑，随即一迈步，消失不见。

罗峰在看到帕纳眼神的那一刻，被勾起了一些回忆，想出手救下帕纳，于是罗峰就出手了。

这颗星球是罗峰宇宙旅程中的最后一站。

因为在半个月前，罗峰的第三式也终于达到了究极秘法层次。

“该突破成为不朽神灵了。”罗峰在宇宙流浪五万年后，终于回归人类疆域原始秘境。

第1003章

厚积薄发

千宝河境内。

罗峰在宇宙中流浪，终究是游子。

所以当罗峰回到人类疆域，自然而然产生一种归属感。

回家了！

“这就是家！”在大殿内盘坐超过八万年的地球人本尊终于起身，走出了大殿，第一次在千宝河周围的宫殿群中逛了起来。

行走在宫殿群中，欣赏周围美景时，罗峰的脑海中忆起他在宇宙中流浪时看到的一幕幕画面。当年，那些事情带给他很多震撼，此刻回过头来回味，一切那般清晰，似乎是昨天发生的事。

罗峰一边走一边回味着五万年里经历的一切。

“看，是罗峰。”

“罗峰竟然走出了他的宫殿，真难得。”

“罗峰当年就能击杀封王级极限强者，他消失了超过八万年，也没听说罗峰突破成为不朽神灵的消息。以他的能耐早就能突破成为不朽神灵了，停留在界主级那么久干什么？”

“感悟空间法则吧，界主级感悟空间法则毕竟占优势。”

“他肯定早得到了空间法则的承认。成为不朽神灵后，研究空间法则的速度也不会慢多少。”

“谁知道罗峰怎么想的？人家可是绝世天才。”

一些侍者远远就看到了罗峰，但只是悄然传音议论，他们可不敢直接当面说，毕竟他们只是侍者，而罗峰是这一方时空的主人混沌城主的亲传弟子。

罗峰走来。

“罗峰大人！”一群侍者恭敬地行礼。

罗峰看了他们一眼，微微一笑。

在宇宙中经历那么多，他一眼就能够看出这些侍者心中的想法，显然，在消失的八万年里，他引起了不少非议。明知这些侍者在暗中议论自己，可罗峰还是微笑着。因为罗峰觉得，明白他们会这么想的缘由，看透他们的内心，发觉其中蕴含的一些宇宙运转的奥妙，让他心中喜悦，所以他笑了。

“不朽神灵屈身一时还行，若亿万载都如此，必然影响内心，他们终其漫长岁月，怕都难跨入宇宙尊者的境界。”罗峰心中掠过这个念头，随即继续行走，脑海中宛如在放电影，回放着流浪岁月里的一幕幕画面。

千宝河境内的主殿内。

混沌城主也感应到沉寂八万年的罗峰走出了宫殿，不由得睁开眼，他的目光透过建筑，看到了行走中的罗峰。行走中的罗峰面带微笑，那是发自心灵深处的微笑，是心情愉悦自然而然露出的微笑。

“咦？”混沌城主惊讶，“他在……蜕变？”

混沌城主一眼看出，此刻的罗峰，把积蓄的点点滴滴感悟一举悟透，这就是所谓厚积薄发！就像很多研究者，花费无数心血，研究无数资料，终有一天得出结果了。

罗峰就是如此。

五万年岁月所看到的，所经历的，实在太多太多。

而在此刻的罗峰看来，一切都有着宇宙法则运转的轨迹。

“心灵的蜕变。”混沌城主轻声惊叹道，“在心境方面，我这弟子果真了不起！”

罗峰在宇宙中流浪了五万年，而在宫殿群中仅行走了五个小时，便把五万年里发生的事情全部回忆了一遍。当回忆到出手救下帕纳时，罗峰终于笑出了声。

在这五个小时里，他的心境瞬息万变，特别是最后一刻，他的心境提升到极高的境界。

无须坚定内心，因为内心犹如浩瀚星空，不可撼动。

无须抵抗幻境，因为幻境与真实宇宙相比，更不堪一击。

此刻，就算是混沌城主，也无法单从表面看清罗峰的意志到底提升到了什么地步。

罗峰在少年时代为家庭为弟弟而奋斗，又经历了和其他强者牺牲一切去对抗金角巨兽却死而复生的事，接着在天才战上显露锋芒，凭借顽强意志通过生死之路的考验，以及花费五万年时间看尽宇宙中的奥妙，最终他的心灵得到升华。

论意志，他恐怕已不弱于宇宙霸主，宇宙霸主之上的存在才可能超越罗峰。

“够了，该去突破了。”罗峰没有很激动，自然而然就认定突破成为不朽神灵的时刻到了。

走回大殿，罗峰盘膝而坐，心境如浩瀚星空，未起波澜。

体内原核之中，本源珠化形而成的罗峰睁开了眼。

“破开桎梏，成就不朽神灵！”罗峰的双眸中迸发出一道凌厉且坚强的目光，从如星空大海般平静瞬间切换到犹如一把巨型战刀般凌厉、不可抵挡，这完全是发生在一瞬间的事。

罗峰一挥手。

一万六千颗晶珠悬浮空中，上面遍布密密麻麻的法则秘纹，只见这一万六千颗晶珠迅速串起来，形成兽神的骨架。在无数法则丝线彼此连接时，一个巨大的兽神诞生了。

兽神的霸道气息弥漫。

“星火贯天之玉石焚天崩地裂！”罗峰轻声道。

半空的兽神动了，带着一股决绝的玉石俱焚般的疯狂，身体表面好似燃起了星火，原核都在震颤。罗峰那坚强的意志，还有磨砺八万年的兽神意境，令兽神带着不可撼动的威力直接撞击在原核内壁上。兽神身体上瞬间出现无数道裂缝，仿佛要崩溃似的。

玉石俱焚！天崩地裂！

轰！

原核猛地一震，紧跟着砰的一声，直接化为粉末。

万星布道图第三式：星火贯天之玉石焚天崩地裂！

第一式击电奔星之星光如丝布寰宇快而轻，宛如无数雨丝，连绵不绝。

第二式炳如日星——虹光如刀撕夜幕就是一个字，快，不像第一招可以连续攻击千万次，它只有那么一下，可速度已然快到不可思议的地步，威力也无比强大。

第三式星火贯天之玉石焚天崩地裂速度不如第二式，可威力要强上十倍不止。若说第二式是靠尾巴施展出来的，那么第三式就是靠兽神的全身施展出来的，这绝对是非常霸道的一击！

三式，一式比一式玄奥、深不可测。

兽神打破了原核桎梏！

没有了阻碍，顿时，本源珠化形而成的罗峰就连接到了宇宙本源之地金之法则海洋，金之本源法则直接降临，出现在罗峰所在宫殿的上空。

轰隆隆——

无尽的金之神力疯狂涌入。

有些界主刚刚跨入不朽级，属普通不朽神灵，只需要少许神力即可将身体改造成神体。

而有些界主一跨入不朽级就是封王级不朽神灵，所需神力比普通不朽神灵多，可一般也就形成10万倍界主之力的神体罢了。

而罗峰，单单地球人本尊的生命基因层次就已经超过普通生命的3000倍，一跨入不朽级就会得到超过3亿倍界主之力的神体，这已然超越绝大多数的宇宙尊者了。毕竟生命基因层次是普通生命10倍的宇宙尊者也只有1亿倍界主之力。

轰隆隆——

无尽的金之神力继续涌入。

超过3亿倍界主之力的神体所需要的神力极为惊人。

虽然魔杀族分身所需要的神力少，但金角巨兽分身将得到的神体拥有超过6亿倍界主之力，并且身体长上千千米，论神力的量，比地球人本尊要多得多。

这还不是最离谱的。

最离谱的是幽海。

幽海直径为百亿千米，而且生命基因层次已经达到完美状态，所得到的神体拥有超10亿倍界主之力，且在量上，更是比金角巨兽分身多上亿万倍！一名人类宇宙尊者形成神体所需要的神力都不及幽海所需要的亿万分之一。

所以九幽之主仗着庞大的身体，号称无敌。毕竟单单九幽之海就能匹敌宇宙最强至宝，由此可见一斑了。

跨入不朽级，成就神体的动静一般都很小，像真衍王跨入宇宙尊者级引起的动静也就那般而已。

可是——

罗峰跨入不朽级的动静实在太大了，比真衍王跨入宇宙尊者级的动静大千倍万倍。论所需神力的量，罗峰超过人类宇宙尊者亿万倍，这是因为幽海庞大。

“怎么回事？”

“怎么了？”

“金之本源法则降临，难道有人跨入不朽级了？跨入不朽级怎么会引起这么大的动静？”

千宝河境内，一些宇宙尊者还有大量的不朽神灵都惊愕地看着远处罗峰的宫殿上方，只见无尽的金光几乎笼罩着整个千宝河。

这番阵势，他们平生几乎没有看到过。

“跨入宇宙尊者级的动静也不及这个的百分之一吧！”

一些宇宙尊者都为之震惊。

其实，整个千宝河境内的那些宇宙尊者、不朽神灵只看到了表面。

“罗峰跨入不朽级了？”

混沌城主站在主殿之巅扶栏而望，金之本源法则已经完全笼罩着整个千宝河，威压之强，简直不可思议。

其他强者都看不出其中奥妙，可混沌城主隐约看到在千宝河上空，宇宙仿佛翻覆了，无边无际的法则海洋似乎倾倒了，海水哗啦啦地流入虚空，这显然是罗峰在疯狂吸收神力的一种外在表现。

混沌城主为之错愕，怔怔地站立许久。

第1004章

真正的神力海洋

千宝河境内，宇宙尊者、不朽神灵都仰头看着高空中无尽的金光，议论纷纷，显然很受震撼。

“无尽的法则海洋倾倒，神力灌入身体，竟然有这样的情形！”混沌城主仰头看着，心中受到震撼，“就算有九幽之主的皇子血海作为分身，跨入不朽级时也不该有这么大的动静。”

混沌城主很清楚一些体形超大的生命的密度反而小，这是很常见的情况。

高9万多千米的幽海分身化成直径百万千米的幽海，虽说直径百万千米的幽海比幽海分身大得多，但二者蕴含的能量是一样多的，只能说幽海的密度比幽海分身的要更小一些。幽海密度小，体形庞大，神力储量是一般人类宇宙尊者的亿万倍，甚至不止。

“我见过一些特殊生命跨入不朽级的场景，体形上千万千米的都有，可没有这么大动静，他们的动静要小得多。”混沌城主见过很多特殊生命跨入不朽级时的场景，动静越大，一般代表实力越可怕，“难道说罗峰现在比我见到过的那些特殊生命都要强？”

混沌城主不敢相信，可宇宙本源法则降临所形成的前所未有的威压证明了一切。

“罗峰身上有大秘密。”混沌城主道，“他在我面前显露的，恐怕只是冰山一角。”

混沌城主笑了。

只要生命拥有智慧，隐藏底牌几乎是本能。

“很好。照这个情形来看，将来罗峰跨入宇宙尊者级引起的动静，不得比很多宇宙尊者跨入宇宙之主级时还大？”

“我人类族群怕是很快就要出现一个震慑宇宙亿万个族群的超级存在了！”混沌城主微微点头。

混沌城主猜不出罗峰到底有什么际遇，单他所知晓的，如幽海分身等，都不足以引起这么大的动静。毕竟幽海分身的实力只能匹敌皇子罢了，在特殊生命中只能算普通，怎么可能引起这么大的动静？

显然，罗峰没有在混沌城主面前表露出全部实力，他藏着秘密。

“我这徒儿……”混沌城主转头看向远处罗峰所在的宫殿，目光透过墙壁，直接看到盘坐的罗峰。

地球人本尊的神体已然形成。

“好强的神力气息。”混沌城主露出一丝笑容。

大殿内。

罗峰盘膝而坐，威压蔓延，身后的天阵王、极虹王为之战栗。

太可怕了，这股威压比普通宇宙尊者的还要强大！

“主人他……”战栗的天阵王、极虹王彼此对视一眼，都难掩惊骇之色。

体内世界中。

无尽的神力海水从虚空中流出，仿佛天河倒灌，疯狂地涌入无尽的幽海，一时间体内世界仿佛陷入末世。

“嗷——”

金角巨兽分身悬浮在空中，仰头发出兴奋的吼声。

“哈哈哈……痛快，痛快！”魔杀族分身则站在金角巨兽分身头上，看着天地间无尽的神力海水倒灌。那令人震撼的情景，也让地球人本尊畅快不已。

地球人本尊、金角巨兽分身、魔杀族分身都在片刻间将身体转化为神体。灵魂印记融入每一分神力中，每一分神力都被烙印上罗峰的灵魂印记，这便是属于罗峰的神力。

“不过这幽海……”

魔杀族分身看着幽海，幽海正在改变颜色，原本的鲜红色此刻正在朝蔚蓝色转变，鲜红色、梅红色、桃红色……

幽海中的神力浓度越来越高，幽海正在疯狂转化着。

轰隆隆——

虚空中无尽的神力海水一直倾倒而下，遍布天地间。

“一名宇宙尊者恢复神体所需要的能量非常多。”魔杀族分身轻声念道，“论质量，幽海神力比宇宙尊者的神力强上一筹；论数量，更是多了亿万倍。幽海可比亿万件重宝还要珍贵，怕是能匹敌至宝了，甚至能匹敌高等至宝。”

魔杀族分身看着无尽的幽海，露出笑容。

“凭借幽海，又有几个宇宙尊者能让我退缩？”

罗峰忽然明白了九幽之主对宇宙尊者不屑一顾的态度。

九幽之主在九幽之海中无敌，连宇宙至强者都不惧！

罗峰在无尽的幽海中，没有几个宇宙尊者能令他退缩！

虽然幽海辽阔，但宇宙本源之地金之法则海洋更加浩荡，片刻后，幽海完全转化成功，化为了真正的神力海洋。

只见滔天幽海波涛汹涌，看似普普通通的海水，实际上是10亿倍界主之力的神力化成，威力无穷。

“幽海直径100亿千米。”魔杀族分身俯瞰幽海。

“创造。”

顿时，一个高9000多千米的新幽海分身从海浪中走出。

“神力恢复。”

体形越大，吸纳神力的速度也越快。

9000多千米高的神体所需要的能量由直径百亿千米的幽海来供应，如何？仅仅数分钟就能完全恢复。

“消失，汇聚。”

新幽海分身瞬间化为滔天海水，幽海顿时再度扩张，不过扩张范围不大，仅仅一丝丝。若不是罗峰就是幽海，那么他单靠肉眼还真看不出变化。

“果真，跨入不朽级后，幽海可以变得更大了。扩张速度慢，只能靠幽海本身慢慢吸纳神力了。幽海太辽阔，虽然吸纳神力的速度快，但直径想要增加1米，都需要海量神力，这可不是那么容易就能做到的。”

“想要达到九幽之主那种程度，不知道得多少年。”魔杀族分身轻声道。

罗峰在庆幸，若非跨入不朽级，无尽的神力可以一次性将身体完全转化为神体，不然单单储存满直径百亿千米的神力海洋，就得花费极为漫长的岁月。

宫殿内。

盘坐的罗峰露出一丝笑容，随即起身。

“主人。”天阵王、极虹王恭敬地道。

“你们待在这儿。”

罗峰吩咐了一声，直接一迈步就出了宫殿。

行走在千宝河境内的宫殿群中，罗峰身影闪动，很快就来到了混沌城主所居住的主殿前。主殿前有一些不朽神灵乃至宇宙尊者。

“好强的威压。”

“这威压……”

远处的两名宇宙尊者都为之心惊，而那些不朽神灵战战兢兢。他们却不知，这仅仅是地球人本尊的威压，若是其他的分身，特别是幽海释放的威压，那才叫可怕呢。

罗峰在殿外候着，虽然殿门开启着，但罗峰无法看清里面。

“进来。”主殿中传来声音。

罗峰步入殿内，很快走到大殿深处，抬头看到远处的混沌城主。

“老师。”罗峰恭敬地行礼。

混沌城主面带一丝笑容，看着罗峰，他审视了许久。

“跨入不朽级了？”混沌城主开口。

“是。”罗峰道。

“很好，你比我想象的还要好。”混沌城主满意地点头，他非常开心，他培养那么多徒弟，就是为了能够给人类族群多添加几个支柱般的强者，而罗峰不但达到了他的预期，还大大超出了。

“我已把握不准你的实力了。”混沌城主问道，“你可有把握击败逐虫王？”

罗峰略微一愣，随即应道：“有把握。”

论生命基因层次，金角巨兽分身比逐虫王更高。论意志、自创绝学、至宝，罗峰没一样比逐虫王差，有些方面甚至强于逐虫王。

就算被击杀，罗峰也能凭借幽海死而复生。不死之身令罗峰真的无所畏惧。

“很好，非常好。”混沌城主满意地点头，“你现在打算干什么？”

“寻找神国地址，建造神国。”罗峰道。

“嗯，神国很重要。”混沌城主点头，“空间夹层，深不可测，尽量选择深远一点的。”

“明白。”罗峰点头。

“去吧。”混沌城主挥手道。

罗峰恭敬地行礼，随即退离。

到了罗峰这一层次，之后的路，混沌城主不会插手了，完全由罗峰自己决定。

罗峰离开了原始秘境，抵达仆从的神国。

“主人的主人，现在去哪儿？”仆从恭敬地问道。

罗峰轻声道：“星辰塔。”

“是。”仆从应道，随即连接星辰塔内的信物，那个信物是当年罗峰留在星辰塔的。

“神国暂且不急，稍等一会儿再去。”

“幽海的实力超过绝大多数的宇宙尊者，面积更是辽阔得离谱。我倒要看看，凭借此等实力，能否催动宇宙最强至宝星辰塔。”

罗峰有些按捺不住了。

第1005章

罗峰的神国

星辰塔高9光年，好似遮蔽了半边宇宙。

这个宇宙最强至宝曾引起四大巅峰族群的大肆抢夺，结果没有任何一个强者能够带走它。

至宝蒙尘，沦落到域外战场，众多不朽神灵深入星辰塔，不知道陨落多少人！

星辰塔的核心大殿内。

金光亮起，罗峰从金光中走出。

“星辰塔。”罗峰微笑着，他感受到星辰塔传来的欢喜之情。

“去镇封空间。”罗峰走到大殿边缘，大殿边缘出现一条空间通道，直接通往镇封空间。

星辰塔本就是一件镇压类至宝。

镇封空间是其核心，广阔无边，其大地呈黑色，远处隐隐有山脉。

嗖！

罗峰直接飞到高空，俯瞰无尽的大地。

“幽海，出。”罗峰喝道。

轰！轰！轰！

仿佛天崩地裂，只见天地间海水茫茫，无尽的幽海出现在了镇封空间。

幽海和地球人本尊、魔杀族分身、金角巨兽分身一样，都可以瞬间进出体内世界。当然，当体内世界和空间碎片融合化为神国后，就没这等好事了。

罗峰刚刚成为不朽神灵，体内世界还可以存留一段时间，不过时间不长，时间到了，体内世界会逐渐崩溃。

“直径百亿千米。”罗峰踏着海浪，豪气万丈地道，“我的神力实在堪称无穷无尽。”

“星辰塔，催动！”罗峰操控着星辰塔。

意志的强弱和实力强大与否无关，意志的强大主要是各种磨炼、际遇等造就的，实力只有一定的辅助效果。

意识却和实力息息相关，如界主的意识强于宇宙级战士，所以界主能轻松击败宇宙级战士。

意识强度取决于灵魂强度。

成为不朽神灵后，意识强度便取决于神力强度。

幽海的神力强度超过绝大多数的宇宙尊者，神力量更是大得惊人。幽海的意识自然也超过绝大多数的宇宙尊者，达到宇宙霸主层次。

轰隆隆——

只见一道道水柱旋转着延伸向四面八方，迅速进入星辰塔。几乎片刻间，神力已经融入星辰塔，同时罗峰感觉到了星辰塔传来的一阵阵玄妙气息，甚至能感到星辰塔内无数颗镇封星辰，还有通天之柱上的法则秘纹，罗峰感觉法则秘纹无比复杂。

“太玄妙了！我根本参悟不透。

“不过神力和星辰塔完全融合的感觉真是美妙！管那些法则秘纹是什么意思，先纯粹靠蛮力吧。”

罗峰一咬牙，低喝一声：“移！”

所有神力爆发。

轰！

这高9光年的星辰塔仅仅微微一震，幅度单凭肉眼都没办法察觉。

“这也太难驱动了吧！”站在幽海上空的罗峰有些傻眼，他感觉自己像只蚂蚁在撼着一棵大树。

“神力燃烧，驱动！”

轰！

融入星辰塔中的神力燃烧起来，威力立即暴增千倍，将星辰塔移动了。

罗峰将星辰塔进行小幅度移动后便停下了。

“停。”罗峰迅速停止燃烧神力。

“天哪，仅仅这么一会儿，燃烧的神力居然有新幽海分身的神力储存量的数十倍之多！”罗峰有些咋舌，“而且虽然我能移动星辰塔，但移动它根本不像驱动《星辰布道图》那般轻松。”

罗峰摇头。

使用兵器时，应该感觉无比轻松才对。

罗峰操控一件念力兵器时，念力兵器移动的速度快得接近光速才正常。像罗峰使用《星辰布道图》时，随手一扔，大量镇封星辰飞出，速度快如闪电。罗峰驱动星辰塔时，拼了命地燃烧神力，但星辰塔移动的速度依旧太慢，敌人完全能瞬间闪躲或逃离。

“难怪坐山客老师说我只有达到宇宙尊者级才能驱动星辰塔。他传我《九劫秘典》，也知道我有金角巨兽分身，明白我的生命基因层次达到普通生命的数千倍很容易，可他依旧认为我只有达到宇宙尊者级才能驱动星辰塔。”罗峰暗自点头，“看来，我的神力、法则感悟都不够。”

驱动念力兵器，要么凭借神力，要么凭借法则感悟。

法则感悟达到极高程度的，能很轻松地操控念力兵器，使用一分神力，即可达到十分效果。

法则感悟程度低的，想要很轻松地操控念力兵器，就需要付出百倍千倍的神力。

“什么是真正驱动星辰塔？能够随意改变星辰塔的大小，使星辰塔移动时快如闪电。”罗峰摇头，“我现在才达到不朽级，看来还没资格使用这等宇宙最强至宝。”

宇宙最强至宝，件件珍贵，但驱动的条件太过苛刻，所以使用者不是宇宙最强者便是宇宙之主。虽然罗峰的生命基因层次达到了完美状态，但不朽级就想要真正如臂使指地驱动星辰塔，这就有些不切实际了。

若非有幽海，靠罗峰的其他分身，他连简单操控都做不到。刚才那么一小会儿所耗费的神力就十分可怕了。

“幽海，归来。”

罗峰站在幽海上空，心意一动。

嗖！幽海已然回归体内世界。

“待我能真正驱动星辰塔时，就是我站在宇宙巅峰行列之时！”罗峰站在大殿中坚定地道。

罗峰很清楚，他现在自身实力虽然强，但没有资格和混沌城主、天狼之主等一些宇宙之主媲美。当然单单不死之身这一招就足以让一些宇宙之主头疼了。

因为万星布道图已然是究极秘法，施展第一式需要一百六十颗镇封星辰，施展第二式需要五百二十颗镇封星辰，施展第三式需要一千六百颗镇封星辰。驱动一千六百颗镇封星辰，威力将呈几何级数增加。

估摸着越往后所需的镇封星辰越多，所以罗峰在星辰塔中又取了一些镇封星辰，让《星辰布道图》中的镇封星辰数量达到了一万颗。

“回人类疆域建造神国。”

罗峰步入迷蒙的金光中，嗖的一声，已然消失不见。

人类疆域的乾巫宇宙国境内，距离地球约5000万光年外的一片荒凉星空中没有任何生命，只有一些行星和恒星。

罗峰施展瞬移出现在这里。

“就选在这儿吧。”罗峰轻声道。

哧，罗峰单手一划，直接撕破空间，一步跨入空间夹层。

空间夹层有千万层。

第一层是空间碎片层。

第二层是神国层。

第三层是空间洪流层。

……

其实这是普通不朽神灵划分的，在真正的超级强者眼里，空间夹层就是无比广袤的一层。离原始宇宙越近，空间碎片越小；离原始宇宙越远，空间碎片越大。越深入空间夹层，威胁越大。有些地方的危险，连宇宙尊者都无法抵挡，甚至有可能陨落。

空间夹层安全处，界主都能生存。

嗖！

罗峰施展瞬移直接掠过神国层，进入空间洪流层，展开弑吴羽翼，继续朝深处飞去。

“一般不朽神灵会将神国建造在神国层。”罗峰轻声道，“像一些超级存在在刚跨入不朽级时或许将神国建造在神国层，随着实力提升，他们将神国朝空间夹层深处移动。”

神国的位置越深，神国越安全。

神力灌入弑吴羽翼，弑吴羽翼的威力顿时增强，罗峰化作一道流光在空间洪流层中飞行。

“空间碎片越来越大了。”罗峰看到一块块巨大的空间碎片，有些空间碎片内部都已经诞生出陆地、海水。这些巨大的空间碎片都保持高速飞行，一旦撞上直径千亿千米的空间碎片，那么就算是封王级不朽神灵也都得瞬间陨落。

嗖！嗖！嗖！

罗峰不断朝深处飞行，偶尔还施展瞬移掠过一块块巨大的空间碎片。他的体内世界直径足足1万亿千米，他得选择直径都得超过万亿千米的空间碎片。

两天后。

罗峰所遇到的空间碎片直径都有万亿千米，有些还更大。

“得小心点，这么大的空间碎片，万一撞上，那冲击力……”

罗峰小心翼翼。

那些巨大的空间碎片都是空间洪流的一分子，空间洪流奔腾不息，速度极快，罗峰一不小心就会撞上空间洪流中的空间碎片。

幸好罗峰有弑吴羽翼，且身手无比灵活，在这样的环境下，依旧如鱼得水，很轻松。

“就这块空间碎片吧。”罗峰绕着一块空间碎片观察片刻。

这是一块最大直径约6.2万亿千米，最小直径约2.1万亿千米的空间碎片，足够大。

“建立神国。”罗峰展开双翼，在空间洪流中开始引动体内世界。

体内世界迸发出一股无形的能量，直接锁定远处那块巨大的空间碎片。哧，半空隐隐出现一方巨大的世界，这一方世界仿佛存于虚幻中，存于另一维度中。这方世界开始逐渐飞向那块巨大的空间碎片，空间碎片也飞了过来。

一虚一实，逐渐靠拢。

轰隆隆——

周围空间震颤，其他空间碎片皆避让开。

虚幻的一方世界渐渐和那块巨大的空间碎片融合，变得稳固。

片刻后，虚幻的世界完全消失，一方无比真实的世界诞生。

那就是神国！

第1006章

破例

嗖！

罗峰直接施展瞬移进入神国。

神国浩荡，威压强大，并且还在不断地朝外扩张。和神国相比，直径百亿千米的幽海就显得不太起眼了。

“神殿，立！”

幽海上空顿时汇聚大量神力，一座巍峨的神殿渐渐成形。这座神殿刚一成形，就自然成了整个神国的核心。

“神国，我的神国！”

这是一座射出耀眼光芒的神殿，周围弥漫着浓郁的金之法则气息，神殿顶部尖尖的。罗峰站在半空，闭上眼睛，双手伸开，一种很美妙的感觉油然而生。

这一瞬间他仿佛化为了神国，神国内的一切皆存于心。

“山脉、草原、沼泽、沙漠、绿洲、湖泊……”

罗峰闭着眼睛感受着整个神国，这一刻，神国和他已然合一。在神国中，幽海的实力暴增数十倍之多。

“神国是我，我就是神国！我的神国之威，怕是能灭杀一些宇宙尊者。”罗峰睁开眼，露出笑容。

神国的根基很重要。

体内世界就是神国的根基，若是地基不稳，那么建造不出一座摩天大厦。

罗峰的体内世界的直径有万亿千米，所以他的神国一成形，就可匹敌很多强大宇宙尊者的神国。

一步领先，步步领先。

“神国已成。”罗峰看着下方的幽海，“幽海也能够施展天赋秘法我为宇宙了。幽海天生能掌控周围时空，再加上神国本身的加持，我为宇宙的威力……想想就可怕。”

神国、幽海、天赋秘法，罗峰的实力的确强大。

若罗峰动用神国、幽海、天赋秘法我为宇宙，那么就代表罗峰真的被逼到生死边缘了。神国是要害，一旦破灭，罗峰虽然能活下来，但实力永远无法再提高了，除非超级存在逆转时空，但如果超级存在逆转时空，那么他付出的代价实在太大。

幽海坐镇神国，地球人本尊带着魔杀族分身、金角巨兽分身、新幽海分身（高9000多千米）踏上了征途。魔杀族分身、金角巨兽分身、新幽海分身各待在一枚世界戒指中，他们随时可以冲破世界戒指出来。

“我可以尽情战斗了，就算其他分身陨落，幽海也能迅速创造出一个个分身。毕竟其他分身的神力加起来，都不及幽海的一星半点。我唯一需要在意的是我的至宝，我的至宝可千万别被夺走。”

罗峰当即离开了神国，很快就受到了混沌城主的召唤。

虚拟宇宙，雷霆岛之巅。

唰！罗峰出现，一眼看到了站在山崖边缘的混沌城主。

“老师。”罗峰恭敬地喊道。

“罗峰，过来。”混沌城主转头看了罗峰一眼，笑着道。

“是。”罗峰疑惑地走到混沌城主身后。

混沌城主道：“站在我旁边来，看下面。”

“嗯？”罗峰这才上前一步和混沌城主并列而立，他俯瞰下方，下方气流弥漫，隐隐能够看到一座座宫殿。

混沌城主感叹道："庞大的雷霆岛中央有一座山脉，宇宙尊者居住在山腰的一座座宫殿中，宇宙之主居住在山顶，山顶完全被无尽的气流笼罩，下面是怎么都看不清山顶上的。雷霆岛上，山脉之外的区域，生活着虚拟宇宙公司的无数不朽神灵。"

罗峰点头，暗自期待自己能够在山顶有一座宫殿，这代表着自己站在了宇宙顶尖强者的行列。

"你跨入了不朽级，也该换一座宫殿了。"混沌城主说道，"虽然你没出手，但是我估计你应该有宇宙尊者级的实力。你就在山腰上选择一处地方建造一座宫殿吧。"

"山腰？"罗峰略微一怔，然后恭敬地道，"是。"

"每个宇宙尊者都会被分配到一个独立的位面空间。"混沌城主道，"等会儿，我会给你安排一个位面空间。"

罗峰眨巴下眼睛："这些待遇都是宇宙尊者才能享受到的啊！"

"宇宙尊者已经算人类族群的骨干、高层，会参与处理族群事务。"混沌城主看着罗峰道，"一般的宇宙尊者都可以参与人类族群最高层会议，不过你暂时还不可以，你还是不朽神灵。"

"选择宫殿、分配位面空间……这些都在虚拟宇宙公司内部权限范围内，我能做主。可人类族群最高层会议的参会名额是人类族群共同确定的，虚拟宇宙公司无法做主。"混沌城主道。

"明白。"罗峰恭敬地道。

关于最高层会议，罗峰也听说过，那是人类族群的宇宙尊者以及宇宙尊者之上的超级存在才有资格参加的会议，许多牵扯到人类族群的大事，都会在会上讨论。

"我认为你有宇宙尊者级实力，这只是我认为的，这还不够，需要你用真正的实力来证明，证明自己的确有资格享受到宇宙尊者的待遇。"混沌城主道。

“弟子明白。”罗峰点头。

光说不练假把式。

人类不是特殊生命，一般很难出现那等绝世无双的存在，罗峰在界主级时就展现出超凡的实力，有的强者认定罗峰靠的是一些特殊宝物，宝物能帮界主级的罗峰提升实力，却无法做到让罗峰与那些宇宙尊者媲美。宇宙尊者和不朽神灵，这可完全是两个层次。

若不朽神灵是族群的普通成员，那么宇宙尊者是族群的骨干，宇宙霸主、宇宙之主是族群的支柱。

“嗯。”混沌城主点头，“去山腰选一处地方吧。”

“是。”罗峰恭敬地退去，一跃而下，直接朝山下飞去。

混沌城主看着罗峰飞行的身影，暗自期待。他是亲眼看到罗峰突破成为不朽神灵的，他看到了那个不可思议的场景，所以他才会坚信罗峰拥有宇宙尊者级战力，甚至罗峰说有把握击败逐虫王，混沌城主也相信。

雷霆岛中央山脉，山腰处。

这是一座无比巍峨的山脉，那些宇宙尊者都有一个个宫殿群，而且有一大堆仆从、弟子，每个宫殿群的直径是数十万千米乃至百万千米，仿佛山腰上的花草，由此可见，中央山脉之辽阔。

嗖！罗峰飞行着，在山腰上寻找着适合的地方。

“罗峰。”一个声音响起。

“嗯？”罗峰转头看去，远处飞来一道身影，正是穿着青袍、头上有着紫色鳞甲的九剑尊者。

“九剑尊者。”罗峰微笑着道。

九剑尊者见罗峰没有行礼，不由得感叹：“罗峰虽然实力不如我，但他作为声名显赫的绝世天才，混沌城主的亲传弟子，在虚拟宇宙公司中的地位丝毫不低于我。当年他本是我麾下的一名强者，谁想命运如此捉弄人！”

“罗峰，去见你老师？”九剑尊者笑道。

“不。”罗峰摇头道，“准备找个地方，建造宫殿。”

“建造宫殿？”九剑尊者疑惑，随即笑道，“看来你是跨入不朽级了。不过，不朽神灵的宫殿都在山脉之外，你怎么在山腰上乱逛？”

普通不朽神灵根本没资格在山腰上闲逛，那些宇宙尊者宫殿里的仆从也仅仅能在宫殿内行走罢了。

“混沌城主让我在山腰寻找一处地方建造宫殿。”罗峰道。

九剑尊者一怔，心中顿时生出不满。

太过分了！一切都得按照规矩办事，就算混沌城主是虚拟宇宙公司的第一掌权人，做事也该令我们信服才对！在山腰建造宫殿是宇宙尊者的特权，就算是那些封王级无敌强者，也不能在山腰建造宫殿。任凭罗峰是谁的弟子，也不能这么乱来吧！

“那你慢慢找吧！”九剑尊者眉头微皱，强忍不满，转身化作流光离去。

罗峰见状，轻声道：“九剑尊者似乎不太高兴啊，也对，我还没证明实力就在山腰建造宫殿，这的确会引起宇宙尊者们的不悦。他没直接怒斥我，恐怕还是不敢冒犯混沌城主的缘故。”

罗峰当天就选定了位置，也确定好了建筑物的风格。虚拟宇宙公司帮罗峰建造出了一个巨大的宫殿群，自此，这便成了罗峰的地盘。

“罗峰在山腰建造了宫殿？”

“就算他跨入了不朽级，也没资格在山腰建造宫殿啊！”

“乱来！”

“不管他是谁的弟子，一切得凭实力说话。混沌城主这次……”

罗峰在山腰建造宫殿的确掀起了一些风波。

山腰上的那些宇宙尊者经常聚在一起，这是宇宙尊者的圈子，他们自然而然地产生了一种优越感。现在突然有一个不朽神灵住在了山腰，他们因为混沌城主，不敢怒斥喝骂，可聚在一起时，个个都对此表示强烈不满。

第1007章

引发不满

雷霆岛山腰，水流如江河奔腾，悬挂而下，落在下方广阔的湖泊中。

湖泊内有一个直径数千米的小岛，小岛上的八道身影正在交谈。

“混沌城主是我人类族群的支柱，对我族贡献无量，但我们谈的是罗峰，混沌城主的贡献和罗峰可有一丁点儿关系？哼，混沌城主的地位如此高，靠的是他的实力，靠的是他的一次次战斗，靠的是他为我人类族群做出的巨大贡献……至于罗峰，一个还在被培养的天才而已，一直在使用族群资源，他有什么贡献能令他无偿得到至宝？他有什么贡献能让他无偿得到兽神传承令？我可没见他做出过什么贡献！”

“天才都在消耗资源，他们实际上是亏欠族群的，而我等却在为族群赚取资源。没有贡献，实力又不如我等，凭什么与我等同住山腰？”一名高8米多、身穿黑色铠甲、双臂极为粗壮的宇宙尊者发出低沉的怒吼声，他座位旁还放着一个巨大的铁锤。

“雷鸣尊者说得有理！”

“嗯，说得对！”

数名宇宙尊者都点头。

“大家少说点，这毕竟是混沌城主的安排。”一名正在独自饮酒的有着六对羽翼的俊美男子说道。

“就算这是混沌城主的安排，罗峰也该知道自己没资格占据这个位置，”

雷鸣尊者反驳道，“可他却厚着脸皮在山腰上建造宫殿。他凭什么与我等同住山腰！”

“看，真衍尊者来了。”

“是真衍尊者。”

“都别多说，真衍尊者和罗峰的关系可不一般。”

八名宇宙尊者抬头，看到远处化作流光的真衍尊者飞来。

雷霆岛是强者聚集之地。宇宙尊者们有一个自己的圈子，真衍尊者天生喜欢交友，结交了好些宇宙尊者。

“真衍尊者，来，坐。”

“真衍尊者，坐。”

这些宇宙尊者都比较热情，他们虽然不待见罗峰，但这不代表他们会迁怒于真衍尊者。毕竟真衍尊者实力强悍，为人豪爽。

“哈哈哈……铁匠，看样子你似乎一肚子怒气啊，遇到什么事了？和兄弟说说。”真衍尊者边走边说。

真衍尊者走到有六对羽翼的俊美男子对面，道：“血翼尊者，不介意我喝你点酒吧？”

血翼尊者微微一笑，当即倒酒。

在这八名宇宙尊者中，论实力，血翼尊者、雷鸣尊者排在前列。

“我的确有一肚子怒气，你可知道你弟子罗峰的事？”雷鸣尊者声音雄浑。

雷鸣尊者一开口，其他七名宇宙尊者都看了过来，似乎是在埋怨雷鸣尊者。雷鸣尊者却瞪了他们一眼：“我不说，回头真衍尊者也会知道。”

“知道什么？”真衍尊者一怔，问道，“你说罗峰，难道与他跨入不朽级的事有关？”

“他跨入不朽级和我有什么关系？”雷鸣尊者道，“你可知道，混沌城主竟然让他在山腰上建造宫殿，和我们一样！”

真衍尊者一愣。

雷鸣尊者连忙说道：“他毕竟只是不朽神灵，不朽神灵怎么能在山腰上建造宫殿？”

“这……这……”真衍尊者也有些错愕，“混沌城主可能有他的安排吧。”

“再怎么样也不该如此，这让我等如何信服？难不成那罗峰也拥有和我等一样的实力？哈哈……你信吗？”雷鸣尊者道。

真衍尊者有些迟疑。

不朽神灵和宇宙尊者实力悬殊，单单在神力上就相差数百倍，还没有算上法则感悟上的巨大差距，此外，所创秘法的深奥程度也有不同。

所以就算是吠镜王、逐虫王，也得靠逆天的天赋秘法才能击败一些普通宇宙尊者。

若是他们没有天赋秘法，那么与宇宙尊者在法则感悟上的巨大差距会令只有在神体上略占优势的他们一败涂地。

“不是我等嫉妒，只是族有族规，一切都得按规则办，否则如何让诸多强者信服？”雷鸣尊者摇头道，“反正这事已经惹得很多强者不满了，只是没有人敢挑战混沌城主的威严，所以个个都只是暗中交流，在等着看你弟子的笑话。”

“不是我说，你若是为了你弟子好，还是赶紧让他搬出山腰，否则就是自取其辱了，使得很多宇宙尊者对他非常不满，甚至产生敌意，这不是吃大亏了吗？”

“真衍尊者，雷鸣尊者虽然性子直，但说得有理。”血翼尊者轻声笑道，“你得为你的弟子考虑。”

真衍尊者的脸上满是担忧的神色。

荣耀世界的露天广场上。

罗峰正在和千雨王交谈。

“罗峰。”

忽然，一道身影到了罗峰旁边。

罗峰转身一看，惊讶地道：“老师，你怎么来了？我之前给你发过邮件，你要找我，就直接在虚拟宇宙中联系我，岂不是快一些？”

“千雨王，我和罗峰有些事要说。”真衍尊者道。

千雨王立即乖乖离开。真衍尊者一坐下就立即将空间隔绝，盯着罗峰道：“我刚收到你的邮件，就被我的好友抓了过去。”

“被好友抓了过去？”罗峰眨巴了一下眼睛。

“都是因为你的事。”真衍尊者摇头，“你这次在雷霆岛山腰建筑宫殿，显然引起了不少宇宙尊者的不满。”

“他们这么小心眼吗？”罗峰摇头。

“你错了。”真衍尊者皱眉道，“他们拥有永恒的生命，亲人早就一一逝去，他们的生命中只剩下追求强者之路。经过漫长岁月的苦修，他们才拥有现如今的地位，所以他们对于地位等很重视。”

罗峰一怔。

“地位，荣耀！”真衍尊者道，“我困在封王级无敌阶段的漫长岁月里，只能隐匿在混沌城，唯有突破成功，迈入宇宙尊者行列，才能再度成为风云人物，才能获得极高的地位、荣耀！”

“地位、荣耀是自己搏来的，若想地位高、声誉高，实力、对族群的贡献，缺一不可。”真衍尊者感叹道，“若是连地位、荣耀都不在乎了，那么你说，宇宙尊者们还能追求什么？”

罗峰完全明白了。

他在宇宙中流浪五万年，观察的对象一般都是弱者，宇宙尊者能让他观察？不可能。所以他根本没意识到宇宙尊者其实也只不过是实力极强的生命罢了，他们也会对一些东西执着。

当亲人不在了，那么为族群做贡献和自身的地位、荣耀就会是他们的追求。

为了族群，他们可以死！

为了荣耀，他们也可以死！

“我明白了。”罗峰感叹道，“难怪这件事情会引起那么多强者不满。的确，也不怪他们，假如我是宇宙尊者，突然得知一个不朽神灵竟然能享受与我同样的荣耀和待遇，我也不爽。”

“你还年轻，而且一直是最耀眼的绝世天才，所以没意识到这点很正常。”真衍尊者道。

罗峰点头。

强者之路上，地位和荣耀的确很重要。

假如自己一直是一个普通的修炼者，一直碌碌无为，若是哪一天悄无声息陨落了，可能都没人知道，这种强者之路实在太枯燥了。真正让人热血沸腾的是不断在这条路上战斗、拼搏，获得荣耀。

“我明白了。”罗峰咧嘴一笑，“我会用事实证明。我会击败宇宙尊者，让那些宇宙尊者明白我的实力！”

“击败宇宙尊者？”真衍尊者吃惊，他没见到罗峰突破到不朽级的场景，所以即使信任罗峰，也无法想象出罗峰作为人类不朽神灵居然能击败宇宙尊者。毕竟就算是吠镜王，也是凭借天赋秘法才击败普通宇宙尊者的，而且他遇到真衍尊者都差点没命，吠镜王可是生命基因层次提高了2000倍的特殊生命啊。

由此可见，不朽神灵和宇宙尊者的差距的确极大。

“老师不信我？”罗峰笑道，“老师看着就是了。”

这时，露天广场上另外一处。

“吠镜王，看，刀河王就在那儿。”

吠镜王坐在北疆联盟的众多异族强者中遥遥地看着罗峰、真衍尊者，真衍尊者和罗峰是紫荆岛上他最想除掉的人。

“果然，威压强了一些。”吠镜王冷笑，“看来这个刀河王真的突破成为不朽神灵了。这都过去八万多年了，当年他的法则感悟就很高了，没想到他却拖了八万多年才突破成为不朽神灵，真是够能忍的！”

“我等了八万多年！”吠镜王咬牙切齿。

他没把握对付真衍尊者，可是，对付刀河王，他有百分百的信心。

“你是不朽神灵，我也是不朽神灵，我对付你也不算我仗势欺人了，毕竟你可是名传宇宙的绝世天才啊。”吠镜王咧嘴一笑，露出了獠牙。

就在这时，远处的真衍尊者起身，而后消失。

吠镜王见状，忽然心中一动，随即起身，直接朝鸿盟传承者那边走去。

“吠镜王来了。”

“吠镜王过来了。”

鸿盟的上千名传承者都转头看过去，连罗峰也略感疑惑地看过去。

第1008章

你敢不敢？

不但鸿盟的传承者看了过去，连北疆联盟以及周围其他势力的传承者都看了过去，他们都疑惑吠镜王到底要干什么。

“哼哼。”

吠镜王微笑着继续前行，虽然被众多传承者注视着，但他依旧保持微笑，很快就走到了鸿盟的传承者前。

“吠镜王，你来干什么？”鸿盟的一名宇宙尊者站起。

“我来找刀河王。”吠镜王开口。

“刀河王？”

露天广场上注意到这里动静的传承者都立即兴奋起来，传言吠镜王曾经追杀过刀河王，杀得刀河王逃进九幽漩涡，现在吠镜王竟然主动来找刀河王。

罗峰饶有兴味地看着吠镜王，笑着开口：“吠镜王，你找我有事？”

“哈哈哈……你我八万多年没见了。”吠镜王看着罗峰，微微一笑，隐隐露出獠牙，“我一见你，就感觉你的威压明显强了许多，怎么，刀河王，你跨入不朽级了？”

这话又引起了不少传承者的注意。

“咦，刀河王的威压的确强了不少。”

“可和吠镜王比，威压还差了一大截。”

“吠镜王可是逆天的特殊生命，能够和宇宙尊者媲美，刀河王再怎么样也只是人类，威压弱点也正常。”

传承者们议论纷纷。

罗峰不受影响，微微点头：“吠镜王，你的眼神的确毒辣。对，我刚跨入不朽级。”

“恭喜恭喜。”吠镜王朗声大笑，“刀河王啊，你在界主级就能击杀封王级极限强者，能从我手上逃走，遭到沼蚀尊者的刺杀甚至能够保住性命，此外，你还连续战斗62万多场，击败大量传承者……”

这话看似在恭维罗峰，实则让其他传承者嫉妒、仇视罗峰。

很多传承者听了都觉得不舒服，罗峰是因为他们的失败才声名显赫的。不过他们得承认，罗峰确实很厉害，在界主级就做到了那么多不可思议的事情。

“你终于跨入了不朽级。”吠镜王故意感叹道，“我也得承认，我在界主级无法做得比你好，现在你跨入了不朽级，我很高兴，非常高兴。”

“谢了。”罗峰开口。

吠镜王道：“你在界主级就能那么强大，现在你已跨入不朽级，肯定更加强大了。”

很多传承者虽然觉得吠镜王这么夸赞罗峰很怪异，但他们也承认罗峰在荣耀世界战斗时在不借助外力的情况下都能赢那么多场战斗，的确了不起，这还是在界主级，现如今，罗峰的战斗力肯定很惊人。

“我来……”吠镜王盯着罗峰，“一是恭喜你，二是向你发起挑战。你是一个值得我发起挑战的对手，也有资格让我全力以赴。和我进行一场生死战斗，刀河王，你敢不敢？”

露天广场上顿时安静下来，无数传承者激动、兴奋，个个屏息看向罗峰。

“生死战斗？”罗峰眉毛一动，“在哪儿战斗？难道在荣耀世界内？”

“当然不是。”吠镜王舔舐了一下嘴唇，金色双眸中满是战意，“我说的是在现实中的战斗，我们可以选择在祖神秘境的一处地方进行战斗，并且承诺绝对不请任何帮手。你我一对一进行生死对战，你敢不敢？”

吠镜王咧嘴一笑："不要找理由，只要告诉我，你敢不敢？

"如果怕了，可以拒绝。不过我认为你是名传宇宙的绝世天才，应该不会让我失望。拒绝还是接受？"

露天广场上的数千万名传承者都在等待罗峰的回答。

刀河王的确是一个传奇人物。

只是他敢和同样是不朽神灵的吠镜王一战吗？

吠镜王不仅是不朽神灵，还是震慑无数不朽神灵的强大的特殊生命，他击败过普通宇宙尊者。

刀河王敢不敢接受？

若是刀河王怕了，不敢，那么在场的传承者也理解，毕竟强大的特殊生命发起的生死挑战，又有几个敢接受？

虽然理解，但是只要刀河王拒绝，那么他之前的荣耀、名声将会大大受损。

刀河王是不朽神灵，吠镜王也是不朽神灵，同是不朽神灵，刀河王原来怕吠镜王啊！

"拒绝还是接受？"吠镜王盯着罗峰。

罗峰忽然站起，看着面前的吠镜王，咧嘴一笑，道："好，我答应你。"

既然你自己找死，那么我又怎么会不给你机会呢？

顿时，露天广场上沸腾了，数千万名传承者都激动了。

"你接受了？"吠镜王战意熊熊。

"笑话。"罗峰目光扫向四周，"你我同是不朽神灵，你的挑战，我当然不会拒绝！"

罗峰的声音响彻整个露天广场。

"张狂！"

"嚣张！"

无数传承者为之震惊，这句话太嚣张了，就连远处一直在默默关注的逐虫王都露出了笑容。

“逐虫王，刀河王说面对同级别的人的挑战，他不会拒绝呢。”一名穿着紫色战铠的忧郁少年轻声一笑，“你能忍下这口气？若我还是不朽神灵，那么肯定会出手解决他。”

“紫雨尊者，你是尊者，就别掺和这些事了。”逐虫王瞥了一眼紫雨尊者。

紫雨尊者是特殊生命，而且他的生命基因层次比逐虫王更高，是当年紫荆岛上最凶残的一个不朽神灵，有不少宇宙尊者在其手中陨落，后来紫雨尊者跨入了宇宙尊者行列，成了祖神教的强者。

“更何况，单单吠镜王这关，刀河王就难过。”逐虫王摇头道，“他太过骄傲，虽然他是绝世天才，但吠镜王是特殊生命，生命基因层次提高2000倍代表着他与吠镜王之间有着无比巨大的差距。”

“嗯。”紫雨尊者点头。

作为特殊生命，他们有着属于他们的自信、骄傲。

……

“哈哈……很好。”吠镜王顿时大笑，“就选在离秘境之地极近的一处虚空里吧？”

“可以。”罗峰点头。

吠镜王道：“具体的宇宙空间坐标，我会发邮件告诉你。”

“时间？”罗峰问道。

“越快越好，不过也得给你点准备时间，半天后吧。”吠镜王愈加兴奋。

“好。”罗峰点头。

“哈哈哈……”吠镜王咧嘴大笑，面目狰狞地看着罗峰，“刀河王，没想到你这么有胆量，哈哈哈……”

“希望你最后还能笑得出来。”罗峰微笑道。

“有个性。”吠镜王继续咧嘴笑着，“不过这样死得最快。”

嗖！

吠镜王消失不见。

罗峰看了一眼周围，注意到逐虫王和紫雨尊者的目光，微微一笑，而后消失。

风暴顿起！

祖神教的上亿名传承者几乎都沸腾了。

就算两名宇宙尊者断杀，也不至于这么让大家激动，因为这次对战的是两个在不朽级就拥有宇宙尊者级战力的存在，这种存在的对战的确比宇宙尊者之间的对战更加难得一见。

吠镜王，特殊生命，拥有宇宙尊者级战力。

刀河王，人类族群中名传宇宙的超级天才，已跨入不朽级。

二者即将进行生死战的消息以爆炸性的速度几乎瞬间就通过无数传承者，传递向宇宙亿万个族群，宇宙各大超级势力、四大巅峰族群几乎第一时间就得知了。

“什么?! 刀河王要和吠镜王进行生死战，而且是在祖神秘境中？”

“开什么玩笑！”

“吠镜王可是强大的特殊生命，拥有宇宙尊者级战力的存在，普通宇宙尊者都很可能栽在他手里，刀河王实在太莽撞了！”

“刀河王有天赋分身之术，不会死的。”

“虽然不会死，但他被击杀后，他的至宝不就会被夺走？他的至宝可是我们人类族群赐予他的，如果至宝被异族的吠镜王夺走，那将是我们人类族群的损失！”

“莽撞！”

“自大！”

“狂妄！”

原本就对罗峰在雷霆岛山腰建筑宫殿一事很不满的人类宇宙尊者听到这件事后，更觉得罗峰自信过了头。

他们见过许多过度自信的绝世天才，知道这些超级天才只有真正狠狠地跌过跟头，才会清醒。

“经此一役，他会清醒的。”

“只可惜为了让他清醒，很可能要付出损失至宝的代价！”

罗峰现在在紫荆岛上的居所内。

“吠镜王的确很自信。”罗峰轻声笑道。

旁边的天阵王恭敬地道：“主人，混沌城主让主人在雷霆岛山腰建筑宫殿，虽是对你实力的认可，但等于将主人推到刀尖上啊。”

“我当然明白。”罗峰点头，“真金不怕火炼，所以我才要借吠镜王这把火来烧一烧我这块真金。”

“时间差不多了。”罗峰起身。

“预祝主人得胜归来！”天阵王恭敬地道。

“准备好庆功宴，回来后，我要请千雨王、察曼王他们，还有老师赴宴。”罗峰哈哈一笑，直接迈步而出，紧跟着施展瞬移到了紫荆岛岛主宫殿前的广场，通过水幕直接被传送到了祖神教的秘境之地。

第1009章

乘胜追击

秘境之地的一片虚空里，山脉飘浮，其中一座山脉上站着一道佝偻的身影，正是吠镜王。

嗖！

一道银色身影出现，降落在另外一座山脉上。

“吠镜王，你来得真快啊。”罗峰站在山石上，双翼展开。

“刀河王，你的速度也不慢啊。”吠镜王狞笑着，“当初我以为你的至宝羽翼会落在九幽漩涡，没想到还是在你手里，应该是人类族群的某位超级存在出面，帮你从那儿拿回来的吧？”

“随你怎么猜测。”罗峰摇头一笑。

上亿名传承者聚集在露天广场，他们都坐着遥看露天广场中央虚拟投影中的那道身影——吠镜王。

……

“这一战，我会开启虚拟宇宙网络的同步传送。”吠镜王道，“谁胜谁败，各位看清楚些。”

所有传承者都清晰地看到，罗峰、吠镜王分别站在两座悬浮的巨大山脉上，遥遥相对。

“赶紧回禀族里。”

“吠镜王真疯狂、自信，竟然主动开启虚拟宇宙网络的同步传送。”

“他可是特殊生命，怎么可能不自信？”

罗峰、吠镜王的战斗情境会被大量的传承者转播，他们的族群也会看到。

“哈哈……看看刀河王死得会有多惨！”

“他死定了！”

北疆联盟那边气势滔天。

鸿盟这边的传承者都屏息观看，千雨王更是压低声音询问真衍尊者：“真衍尊者，刀河王能赢吗？”

“看着吧。”真衍尊者死死盯着半空的那道身影。

不仅祖神教上亿名的传承者关注着罗峰和吠镜王的战斗，一些超级大势力的高层也非常关注，比如人类族群的很多宇宙尊者。

……

罗峰站在悬浮山脉上看着远处的吠镜王，嗤笑道：“吠镜王，没想到你还开启了虚拟宇宙网络的同步传送。”

“怎么，怕了？”吠镜王狰狞一笑，露出獠牙。

“既然你愿意让无数族群看到你丢脸的样子，我当然没必要阻拦。”罗峰摇头道。

“到这个份上还嚣张。”吠镜王冷哼道，“你我都已到，看来没必要等了，开始吧。”

“我成全你。”罗峰道。

吠镜王面目愈加狰狞，咬牙怒喝：“张狂的人类！”

轰！

吠镜王瞬间燃烧神力，气息暴增，强大的能量令周围的空间都直接扭曲撕裂。虽说吠镜王在特殊生命中体形较小，但依旧比人类大得多，他在体形上占据绝对的优势。

锵！

他的右爪上瞬间出现血红色的爪套，他一抓，轻松割裂周围空间。

罗峰咧嘴一笑，轰的一声，他燃烧神体，气息也暴增，他周围的空间直接扭曲撕裂，威力丝毫不弱于吠镜王。

“怎么可能?!”吠镜王脸上露出震惊之色。

之前罗峰的威压虽然增强了，却不如他，就在刚才，罗峰的威压依旧不算强，可他燃烧神体后，却爆发出丝毫不弱于吠镜王的气息，吠镜王在神体上可是比宇宙尊者都要强的。

“你隐藏了实力！”吠镜王盯着罗峰，传音怒吼道。

“晚了。”罗峰双翼一展，左手一伸。

嗖嗖嗖——

密密麻麻的黑色球悬浮在空中，足足五百二十颗，黑色球上隐隐有着法则印记，当罗峰的神力灌入其中后，周围原本就被撕裂的空间轰然崩溃，直接形成黑色空洞，这是微型黑洞。

五百二十颗镇封星辰，五百二十个微型黑洞。

重宝的威力会随着使用者实力的提升而不断增强，罗峰现在的神体比很多宇宙尊者的都强上一些，在燃烧状态下，他能将每一颗镇封星辰的威力发挥到极致。

“你……这是至宝！”吠镜王见状大惊，威力太吓人了。

“我说过，晚了！”罗峰道。

罗峰猛地一挥手，五百二十个微型黑洞中迸发出无数金色丝线，金色丝线彼此缠绕，紧跟着半空就出现了一个散发着霸道气息的兽神！

五百二十个黑洞相连形成了兽神的尾巴。

吠镜王咬牙切齿。

一切都太突然了，他本以为自己能碾压罗峰，没想到罗峰燃烧神体后的气息丝毫不弱于自己，甚至强于自己，罗峰的念力兵器更是至宝！

吠镜王咬牙传音咆哮道：“啊啊啊！可恶的人类，你的气息是靠至宝才这么强的吧？至于兵器，哈哈……我是特殊生命，我的神体远远强于你，你有至宝也没用!

“死吧！”

吠镜王迅速扑向罗峰。

二者几乎同时施展空间封锁。

炳如日星——虹光如刀撕夜幕。

罗峰双翼一振，瞬间闪躲，同时看着巨大的兽神。

“嗷——”

兽神发出无声的怒吼。

杀来的吠镜王几乎同时也发出无声的怒吼，施展出天赋秘法。

“我在界主级就能凭借塔珠抵挡他的攻击，更别说现在了。而且以我的意志以及神力强度，就算没有塔珠怕也能抵挡他的攻击。”罗峰直接受了吠镜王施展的天赋秘法的一击，丝毫无损，他冷漠地看着远方兽神和吠镜王第一次交手。

这便是精神念师，不需要近身战斗，一切皆在掌控中。

轰!

耀眼的虹光亮起。

兽神尾巴不动则已，一动就直接化为一道耀眼的虹光。

万星布道图前三式中，论速度，第二式排第一，而且罗峰刚才将所有威压皆融入这一击，吠镜王若是扛下，那么怕是要积蓄力量后才能施展第二击。

虹光撕裂虚空，直接降临在吠镜王身上。

吠镜王咆哮着挥动利爪。

砰!

无可匹敌的冲击力令吠镜王的手臂瞬间断裂，紧跟着，兽神的尾巴狠狠抽打在吠镜王的胸口上。

砰!

吠镜王的神体隐隐破裂，同时神体表面散发出一层金光，正是他的护体至宝战甲。

“不，不可能！”吠镜王又惊又怒地看着远处屹立在半空的罗峰。

吠镜王的神体竟然瞬间被毁灭6%！

这还是在他有至宝战甲的情况下！

罗峰感觉到吠镜王的气息衰弱了，暗道：“和我预料的差不多。”

论神力，罗峰比吠镜王强上一些。

论武器，吠镜王虽然有至宝护身，但罗峰的《星辰布道图》也是至宝。

论秘法，虽然罗峰只施展了万星布道图的第二式，但第二式是究极秘法，已然超过巅峰秘法。

从施展时需要的镇封星辰数量即可看出此招式的威力，施展之前的第三式需要一百六十颗星辰，而施展第二式需要一千六百颗，显然，第二式比之前的第三式威力大得多。

吠镜王虽然自创出爪法，但很显然，他的爪法只达到巅峰秘法层次。

而且，罗峰意志坚定，燃烧神力时，威力飙升。

武者攻击时对意志的要求低些，精神念师却不同，所以精神念师很重视意志，因为意志力弱会令念力兵器攻击力也弱，反之，意志力强，实力则飙升。

罗峰就是如此，所以才能瞬间消耗对方6%的神体！

“吠镜王，你完蛋了。”罗峰冷漠地看着远处的吠镜王。

兽神一次次追杀而去，一次次用尾巴抽打吠镜王，吠镜王的神体不断损耗，他拼命逃窜，可是他逃窜的速度又怎么比得上念力兵器追杀的速度？就算罗峰有弑吴羽翼，也不敢说自己的速度比念力兵器的快。

无法逃，只能一次次被抽打。

吠镜王有至宝护身，罗峰却用至宝攻击，吠镜王的至宝反而发挥不出作用。

“哈哈哈……我的神体比你的大得多，你要完全毁灭掉我的神体，不可能，你的神力根本不够！”吠镜王很疯狂。

“是吗？”罗峰冷漠一笑。

实力强于对方，在神力上是占优势的。

论神力量，封王级巅峰强者和封王级极限强者其实很接近，而封王级极限强者靠神力振幅秘法或者攻击手段，能令实力强上十倍，所以才能只消耗5%～10%即可灭杀封王级巅峰强者。

一样的道理，罗峰与吠镜王的神力总量相当，而罗峰在攻击力上比吠镜王强了数十倍，要灭杀吠镜王，罗峰所消耗的神力量也得超过自身的1%。

可显然，吠镜王认为罗峰神体太小了，根本不可能击灭自己。

“怎么回事?! 你的神体怎么一直没变？”吠镜王的金色眼眸瞪得滚圆，满是惊怒。

“愚蠢，我有分身之术啊！”罗峰笑道。

罗峰的一枚世界戒指中有着新幽海分身，高9000多千米的新幽海分身输送着源源不绝的神力以补充消耗掉的神力，令地球人本尊保持100%完美状态。

吠镜王露出惊恐之色，道：“我怎么忘了这一点！”

“你一直将你的另一个分身携带在身边？可恶的人类！”

吠镜王拼命想要逃跑，可是念力兵器的速度何等快！

只见兽神尾巴犹如幻影，一次次降临，一次次抽打，不断消耗吠镜王的神体。

51%、45%、39%……

“之前是真衍尊者，现在又是你！”吠镜王完全疯狂了。

“爆！爆！爆！”吠镜王咆哮，他没有选择，若是再不自爆，恐怕就会被罗峰攻击到陷入沉睡。

轰隆——

吠镜王自爆了，一时间，直径上千万千米的空间瞬间化为无尽的空间粒子流，而在远处，一道巨大的身影出现，这道身影见到这一幕不由得摇头：“来晚了！我知道不妙立即赶来，可还是晚了，吠镜王自爆了！”

“嗯？”在爆炸余波中，罗峰丝毫不为所动，转头看到远处的身影，他大吃一惊。

沛风尊者，北疆联盟的超级强者，候补神将之一，虽然实力比真正的神将弱些，却也是一位宇宙霸主了。

“刀河王，放心，我到这里不是来杀你的。你虽杀了吠镜王，但他遗留的至宝是我北疆联盟的，我要带走。”沛风尊者通过神力传音道，同时犹如流光急速飞来。

“吠镜王被我所杀，他的至宝自然是我的战利品！”罗峰直接开口道，声音犹如雷声轰隆作响，远处由五百二十颗镇封星辰形成的巨大兽神，一把抓住了吠镜王自爆后遗留的空间戒指、至宝、血红色爪套、晶球等。

第1010章

夺战利品

嗖！

兽神抓住战利品后，化作一道流光飞回，飞行速度之快，沛风尊者根本无法追上。

“到手。”罗峰一挥手，迅速将空间戒指等战利品收入自己的世界戒指。

“刀河王，你太贪婪了！”

愤怒的大喝声直接在罗峰的脑海中炸响。

罗峰回头看着远处的沛风尊者冲来，传音嗤笑道：“沛风尊者，你贵为候补神将，不会这么糊涂吧？吠镜王如果杀死我，难道你以为他会将我的至宝留给人类族群？真是笑话，有本事靠实力来夺吧！”

沛风尊者愈加恼怒。

吠镜王若是杀死罗峰，那么自然会夺了罗峰的至宝。

只是在沛风尊者看来，他堂堂候补神将亲自发话了，刀河王就应该乖乖地将至宝奉上。

“愚蠢的家伙，你实在太过自大了！”沛风尊者传音咆哮，六只眼睛迸发出怒火。他身高300多米，论体形，比吠镜王还要高大。

见一时间追不上罗峰，沛风尊者猛地一张嘴巴——

呼！

无形的攻击瞬间以光速迸发，直接追向罗峰。

这是灵魂攻击。

灵魂攻击速度之快，比念力兵器还要快上一筹，而且无比灵活。

“不好！”罗峰脸色一变，却无法躲开，只能咬牙硬扛下这一击。

沛风尊者可是候补神将，这代表他在七十二种神将传承中的一种上已经达到极致。首先，他的灵魂振幅已经达到最高值100倍；其次，他学会了独属神将的一套特殊攻击秘法，比很多特殊生命的天赋秘法还要强大。作为独属神将的秘法，绝对达到了宇宙之主层次。

沛风尊者作为和希罗多一个层次的存在，他的生命基因层次提高了60倍，他是宇宙尊者，他的神体本来就比不朽神灵强，他的神体达到了超越6亿倍界主之力的层次，比罗峰的地球人本尊还要强上一筹。

神体强，灵魂振幅达到极限，意志也达到宇宙霸主水准，还拥有宇宙之主层次的秘法……

他完全能力压罗峰。

灵魂攻击虽然无形，但当攻击降临的一瞬间，罗峰就感觉自己每一分神力都遭到了可怕的攻击，这是一种直接作用于神力中的生命印记的手段。

毁掉所有生命印记，等于毁掉罗峰的灵魂。

“镇！镇！镇！”

罗峰心中咆哮，强大的意志以及燃烧的神力操控着塔珠。

塔珠放出强光，锁定罗峰，任凭沛风尊者的攻击手段再猛烈，塔珠岿然不动。虽说罗峰在各方面都和沛风尊者差距较大，但罗峰有塔珠。若是没有塔珠，那么仅仅这一击就足以令罗峰的神体完全崩解。

塔珠可是至宝！

当年罗峰在界主级凭借塔珠即可硬扛吠镜王天赋秘法的攻击，现如今，罗峰的神力强度达到沛风尊者的一半，这个差距并不算太大，何况还有塔珠镇守灵魂。

“哈哈哈……沛风尊者，你的手段也就一般嘛。”罗峰传音道，同时双翼一振，化作流光逃离。

他知道宇宙霸主有诸多手段，他凭借现在的实力对战宇宙霸主，即使使出所有底牌，也不一定能胜。而且刚刚跨入不朽级，顶级至宝劫甲等还没到手，他没有必要对上沛风尊者。

嗖！

弑吴羽翼一振，罗峰宛如流光，在大量的空间碎片中迅速逃离。

“挡住了？”沛风尊者大惊。

当年吠镜王追杀罗峰时，推断罗峰有灵魂类至宝，可这个消息吠镜王并没有回禀北疆联盟族群高层。在超级强者的交战中，灵魂攻击是非常狠辣的手段，所以灵魂类至宝无比珍贵。

弑吴羽翼仅仅能削弱灵魂攻击罢了。

而灵魂类至宝，却能镇守灵魂！

若说飞行宫殿类至宝是抵抗物质攻击的最强至宝，那么灵魂类至宝就是保护灵魂的最强至宝。

相比较而言，强者更眼馋灵魂类至宝。

所以当年吠镜王没有回禀族群，一旦回禀，罗峰就会被北疆联盟的超级存在追击，灵魂类至宝被夺走，就轮不到吠镜王了。吠镜王一直在等待机会，好不容易等到了，他满怀信心，结果却是他被逼得只能选择自爆。

……

看到罗峰化作流光逃走，沛风尊者在后面急速地追着，并且施展出了他的另外一大秘法。

“法则领域！”

沛风尊者气急，他知道得抓紧时间，因为人类族群的超级存在很快就会赶到，到时候就没机会了。

突然，方圆上亿千米内瞬间一片寂静，完全陷入时间法则的法则领域，罗峰也陷入其中。

“法则领域！时间法则的法则领域！”罗峰大惊。

不朽神灵可以施展法则领域，宇宙尊者同样可以，而且时间法则、空间法则是比金之法则、木之法则、水之法则、火之法则、土之法则、风之法则、雷电法则、光线法则更高级的法则，法则领域的范围也更大。

操控者可以令法则领域威力暴增。

罗峰是界主时，他的世界投影就很强，比很多普通不朽神灵的法则领域都强，封侯级不朽神灵的法则领域才能匹敌罗峰的世界投影。

“风湮！”沛风尊者冷漠地盯着远处的罗峰。

哧哧哧，无尽的法则领域中，时间的流速诡秘莫测，罗峰想要逃跑，却仿佛怎么都逃不走，而且还出现了一道道旋风，这些旋风，完全环绕在罗峰周围。

“滚！”罗峰合拢弑吴羽翼欲遮挡自己，可旋风仿佛一只只蚊子，轻松穿过弑吴羽翼，并且直接碰触到罗峰的神体。

但罗峰又不敢完全合拢弑吴羽翼。

因为一旦完全合拢，那么自身速度锐减，会被沛风尊者立即追上。虽然现在罗峰受到法则领域的影响，但法则领域并非无敌，他还能改变方向，因此一直与沛风尊者保持一定距离。

哧哧哧，这些旋风一碰触罗峰的神体，就狠狠吞噬罗峰的神力。

一瞬间，罗峰神体中的神力从100%锐减到40%，吓得罗峰脸色大变。

“直接吞噬我的神力？”罗峰大惊。幸好世界戒指融于体内，三枚世界戒指中分别藏着新幽海分身、魔杀族分身、金角巨兽分身，只见新幽海分身所在的世界戒指中传递出一股股雄厚的神力，神力瞬间恢复到100%。

哧哧哧——

神力不断锐减、恢复、锐减……

“这就是宇宙霸主？单单远距离的手段便这么可怕？”罗峰拼命驱动弑吴羽翼，凭借其灵活性，一直与沛风尊者保持着距离。

“竟然没死？”沛风尊者错愕，这一招虽说对付和他同层次的宇宙霸主没什么用，但对于弱一些的宇宙尊者而言，是绝对的杀招。

这是结合时间法则所创出的一招，威力巨大。

“神力虽不断损耗，但竟然一直维持100%的状态，为何？对，天赋分身之术，他定然携带了一个分身。”沛风尊者顿时猜出来了。

吠镜王一开始开启了虚拟宇宙网络的同步传送，当他被罗峰碾压时，他没有那么厚的脸皮，自然关掉了同步传送。所以荣耀世界露天广场的上亿名传承者，还有很多超级势力中的强者，仅仅知道吠镜王被罗峰完全碾压，毫无还手之力。

至于之后的事，他们就不知道了。

沛风尊者一开始真不知道罗峰携带着分身。

“分身！”沛风尊者眼睛亮了，“他携带着分身，很可能本尊、分身都在，那么只要杀死他和他的分身，就很可能真正杀死他！”

沛风尊者心动了。

之前他嘴上说不杀罗峰，是因为知道即使杀了罗峰，罗峰还是会复活，可现在罗峰带着分身战斗，虽然不知道罗峰到底有几个分身，但一般也不会多。

算上本尊，有些强者共两个神体，有些共三个神体。

沛风尊者觉得自己这次可能会真正杀死罗峰。

沛风尊者目光冷厉，紧跟着，猛地低哼一声，鼻腔中竟然喷出两股黑风。这两股黑风仿佛两条黑龙，相互缠绕着嬉闹着直接飞向远处的罗峰。

这两道缠绕着的黑风没有任何威压，可所过之处，所有的空间碎片都消失了。

“危险，危险，危险！”

罗峰感觉到危险即将降临。

第1011章

小瞧了你

“若是被这两股黑风缠上，那么恐怕地球人本尊会瞬间湮灭！”

罗峰在战斗秘法等诸多方面虽然远不及宇宙霸主强大，但也能隐隐约约感受到，这两股黑风的威力有多大，这两股黑风是他遇到的最可怕的攻击！

沛风尊者共出了三招。

第一招是属于神将的终极秘法，威力极其可怕，幸亏罗峰有塔珠镇守灵魂，才最终扛住。

第二招是物质攻击，一般用来对付弱小的宇宙尊者，威力虽然不大，但对付罗峰足够了，毕竟仅仅碰触到罗峰就能消灭罗峰过半的神力。

第三招是宇宙霸主们厮杀时才会使用的物质攻击。

论威力，第三招的威力比之前的那些旋风强上百倍千倍。

“不好，若使用古船银河，那么的确能抵挡他的物质攻击，可我现在被困在法则领域内，我逃不掉，甚至最后连古船银河都会被他带走。

“若让魔杀族分身施展域，得先将地球人本尊收回世界戒指才行，可显然，沛风尊者绝对不会给我这个机会！”

罗峰凭借弑吴羽翼以极快的速度穿行着，脑海中迅速做出了决定。

古船银河、魔杀族分身都不适合，只能使用那一招了。

“我的灵魂攻击竟然被抵挡住了，他一定有灵魂类至宝，一定有！”沛风尊者急速追向罗峰，眼眸中忍不住流露出贪婪，“难怪当初吠镜王没能击杀界主级的刀河王，要知道吠镜王的天赋秘法极强，原来是因为他有灵魂类至宝！”

沛风尊者很自信。

沛风尊者的灵魂攻击，就算是宇宙霸主恐怕也得受到重创，罗峰却能接下，罗峰肯定有灵魂类至宝。

“灵魂类至宝啊！人类族群还真是重视刀河王啊，我乃宇宙霸主都没这等至宝。”沛风尊者满心期待地看着那两股黑风，“死吧，死吧！你死了，你的至宝就是我的了！”

沛风尊者是宇宙霸主，他只有两件至宝，而且都属于普通至宝，一个是护体铠甲，一个是一把战刀。

“死吧，死吧！”

“就算是拥有至宝的宇宙尊者，面对这一招都很可能陨落！”沛风尊者满心期待着。

两股黑风追击着罗峰。

“沛风尊者，是你逼我的！”罗峰传音咆哮道。

轰！

罗峰身后忽然出现了一道无比魁梧宛如一座高山的身影，这道身影高达9000多千米，地球人本尊不足2米高，9000多千米高的神体，实在是太可怕了。这道身影一出现，就令远处的沛风尊者震惊得瞪大了眼睛。

“这……这是什么特殊生命？”

9000多千米高，一般是生命基因层次提高了千倍的血肉类生命才有这么大的体形。

这是何等巨大的神体！

轰！

新幽海分身瞬间燃烧神力，无尽的神力蔓延，周围的法则领域都开始不稳定了。虽说新幽海分身的生命基因层次仅仅提高了1000倍，地球人本尊的生命基因层次提高了3000倍，可对抗法则领域，显然是新幽海分身更强一些，甚至强上万倍、百万倍。

新幽海分身实在太大了，他每一刻燃烧的神力都是地球人本尊的上亿倍，甚至不止。

嗖！嗖！

新幽海分身出现后，两股黑风已然逼近罗峰。

新幽海分身在罗峰身后，他转身迎上去。罗峰让新幽海分身出现的时机非常准，在两股黑风距离罗峰1万千米时，新幽海分身出现了。

燃烧神力的新幽海分身直接笼罩向黑风，二者瞬间碰撞。

哧哧——

神力宛如骄阳下的积雪，迅速融化。

“大，大，大！”新幽海分身哈哈大笑，笑声回荡在无尽的空间中，只见他的神体猛地变大，高度从之前的9000多千米变成10万多千米。体形变大，但同时体内神力密度变小，实力受到影响。即使如此，对付两股黑风也绰绰有余。两股黑风仿佛陷入囚笼，每移动一分，都会消耗新幽海分身的一部分神力，但每消耗一分，其自身威力也随之减弱一分。

哧哧——

两股黑风不断消耗神力，但新幽海分身的神力太雄厚了。

“新幽海分身的每一分神力都达到1亿倍界主之力，我看你能消耗多少。”罗峰仗着神体庞大，丝毫不惧。神体越庞大，陨落概率越低。

数秒钟后——

两股黑风消耗大量神力后终于消散。

“竟然能毁掉我9%的神体，普通宇宙尊者自爆都难毁掉我千分之一的神体，你能毁掉9%！”新幽海分身哈哈大笑，“不愧是宇宙霸主！”

轰！

新幽海分身直接飞向沛风尊者，之前沛风尊者就在追击罗峰，所以现在二者之间的距离也就近千万千米。

新幽海分身暗道："地球人本尊和新幽海分身是反方向飞行，如果你想追到地球人本尊，就得先过我这一关。"

"刀河王，你以为神体庞大就无敌了？"沛风尊者传音怒吼，直接迎向新幽海分身，"我要让你知道，如果实力差距大，神体再大也没用！"

新幽海分身、沛风尊者直接撞击！

"爆，爆，爆！"新幽海分身猛然怒吼，随即自爆！

"什么?!"沛风尊者大惊。

这绝对超乎他的意料，因为任何一个拥有强大神体的超级强者都是舍不得自爆的。9000多千米高的神体一旦自爆，那么想要再恢复，代价太大了。像世界树等体形巨大的，谁舍得自爆?

新幽海分身自爆，就是9000多千米高的神体储存的神力在一瞬间就完全爆发！

这威力大到不可思议！

轰隆隆——

毁天灭地般的攻击！

直径10万千米的区域内完全一片寂静，直径10万千米外百万千米内无尽的神力继续冲击着，直径百万千米外千万千米内皆是空间粒子流，直径千万千米外上亿千米内都是空间碎片。

"浑蛋！"一个愤怒的吼声从爆炸最中心处响起。一道散发着青色光芒的身影屹立在爆炸最中心处，周围更是环绕着黑色气流。

"该死，你该死！"那道耀眼的身影的六只眼睛中满是疯狂。

"沛风尊者，够了！"一个冰冷的声音响起。

虚空渐渐平静。

两道强大的身影遥遥相对。

一个是气势滔天的沛风尊者，一个是狼人族强者，狼人族强者身侧站着罗峰。罗峰看着身侧的鸠风尊者，鸠风尊者也接受过完整的神将传承，也是候补神将，也是宇宙霸主般的存在。

新幽海分身爆炸时，鸠风尊者终于赶到，罗峰自然逃到鸠风尊者旁边，他可不想再斗下去了。

“宇宙霸主也太强了！新幽海分身9000多千米高的神体自爆，居然只能做到让他受伤！”罗峰暗道。

沛风尊者、鸠风尊者他们俩都是候补神将，而且接受的还是同一种神将传承，关系匪浅。

“鸠风，你要拦我？”沛风尊者怒视鸠风尊者。

“我是人类，我自然要帮助我人类族群的强者。”鸠风尊者冷冷道。

“那就别怪我无情了。”沛风尊者的六只眼睛中都有着黑色旋涡，周围的黑色气流愈加汹涌。

鸠风尊者道：“沛风，你本来就不是我的对手，现在又损失了20%的神体，我劝你还是离开吧。我已经到了，若是你乱来，那么我人类族群的其他强者恐怕也会抵达。”

“浑蛋！可恶！”沛风尊者咬牙切齿。

他是谁？他是堂堂宇宙霸主。

接受完整的神将传承是何等艰难，他却做到了。

作为高高在上的宇宙霸主，他很少吃亏，一般也只栽在其他宇宙霸主或者宇宙之主手里。他对付罗峰，虽说连下两次狠招，但还没有真正拼命。

他遭到新幽海分身的自爆攻击，天哪，9000多千米高的神体瞬间爆炸，如果不是他有至宝护体，恐怕就直接湮灭了。

有至宝铠甲护体，却依旧损失20%的神体！

他竟栽在一个不朽神灵手上！

“刀河王！”沛风尊者死死盯着远处虚空中的罗峰，“你够狠，竟然让那么强大的神体自爆，你真是够狠！”

“一般般。”罗峰回道。

“我小瞧了你！”沛风尊者的六只眼睛都盯着罗峰，“下次，我会全力以赴，会像对付宇宙霸主一样对付你！”

“鸠风，你也就仗着至宝比我多，等着吧！”沛风尊者看了一眼鸠风尊者，随即化作流光迅速飞离，紧跟着施展瞬移，消失不见。

虽说二人同是宇宙霸主，但沛风尊者来自北疆联盟中的一个强大的族群，北疆联盟中的族群非常多，资源总量却和鸿盟相当，僧多粥少，分配下来，沛风尊者能拥有两件至宝已算不错了。

鸠风尊者来自人类族群，人类族群是巅峰族群，宝物众多，鸠风尊者拥有四件至宝。凭借本身的超强实力和四件至宝，鸠风尊者自然能够力压沛风尊者。

“罗峰，够厉害的！”鸠风尊者转头笑看罗峰一眼。

第1012章

证明自己

虚空恢复了平静，只是原本的山脉完全消失了。

鸠风尊者、罗峰二人站在虚空中。

“竟然能伤了沛风尊者，他可是宇宙霸主，他凭借他的法则感悟，完全能催动至宝战铠的第三形态，这样你都能伤他，厉害，厉害！”鸠风尊者夸赞道。

“也就是我运气好。”罗峰一笑。

至宝可以变化形态。

弑吴羽翼有三大形态，随着使用者法则感悟和实力的提升，至宝的威力也就越强。罗峰之前尝试驱动星辰塔时，便感觉星辰塔内部的一些法则秘纹玄妙不可测，他连最基本的催动都做不到，更别说发挥出最大威力了。

沛风尊者乃宇宙霸主，以他的能耐，的确能催动第三形态，使之防御力暴增。如此，才仅仅损失20%的神体。

“有实力就是有实力。”鸠风尊者摇头，看着罗峰，“不过那么庞大的神体，说自爆就自爆了，佩服！”

“我和他的实力差距太大，也没其他办法。”罗峰道。

“对。”鸠风尊者点头，“你和他的差距的确大，你毕竟只是不朽神灵，在法则感悟上和他差太多，同样的至宝，在他手中和在你手中，发挥出的威力完全不一样。你的至宝羽翼，还无法被催动出最强威力吧？”

“嗯。”罗峰点头，他现在只能催动出弑吴羽翼的两大形态。

“而且他一开始根本没重视你，没将你当成有威胁的对手。”鸠风尊者感叹，“将来，你想要靠自爆伤他，他不一定给你机会。”

罗峰点头。

如果将来自己突然让新幽海分身现身，那么沛风尊者恐怕会立即保持足够远的距离。只要在直径10万千米外，避开爆炸最核心处，那么受到的威胁就很小了。他和沛风尊者近距离厮杀时，也不敢让新幽海分身自爆，因为地球人本尊也会受伤。

新幽海分身这次自爆，地球人本尊距离爆炸核心处数百万千米，当然丝毫未伤。若是在地球人本尊和沛风尊者近身厮杀时，新幽海分身突然自爆，地球人本尊肯定瞬间完蛋，而沛风尊者只是受伤罢了。受伤的沛风尊者肯定会美滋滋地将地球人本尊死后遗留的宝物都带走。

“经此一役，他定会记恨上你。”鸠风尊者道，“栽在一个不朽神灵手里，他肯定不甘心，肯定会想办法翻盘。为了避免你将来吃大亏，关于他的信息我先告诉你一些。”

罗峰连忙仔细聆听。

“沛风尊者有两件至宝，一个是护体铠甲，一个是一把战刀。”鸠风尊者道，“因为拥有的兵器是一把战刀，所以他的诸多心力都耗费在近身作战方面，更创出了极强的刀法。他的刀法配合那把战刀，那真是可怕，他恐怕能一刀劈碎很多重宝。”

罗峰吓得一跳，道：“这么强？”

“你能坚持到现在肯定扛过了他的灵魂秘法攻击，灵魂方面的攻击你不怕。”鸠风尊者道，“至于远距离的一些攻击手段，你应该也能应付。你唯一需要注意的就是切勿与他近身战斗，他非常擅长近身作战，这是他最可怕的杀招。”

“他与你近身作战，配合被催动到极致形态的战刀，就算你拥有至宝，若是没将其催动到极限形态，也无法抵御攻击，你的神体就扛不住那股冲击力。”鸠风尊者郑重地道，“除非你获得飞行宫殿类的至宝，躲在里面，那么任凭他怎么攻击，都无法伤害到你。”

“他的刀法配合战刀竟然这么厉害？”罗峰忍不住道，“只用一刀重宝就能被劈碎？”

那么他即使躲在古船银河里，也很危险了。

“重宝也分等级。”鸠风尊者笑道，“一些套装重宝和顶级重宝本身就接近至宝层次了，还是很难被劈坏的，不过一些普通的重宝恐怕不行。”

罗峰连忙点头。

古船银河为顶级重宝，珍贵程度匹敌至宝，更是天生兽神酒之主当年的宝物，应该不至于那么脆弱。

“记住，切勿和他近身作战。”鸠风尊者点头，“好了，我们回去吧。”

“嗯。”罗峰点头。

只有罗峰自己清楚，刚刚一战他有多不想暴露所有底牌。

例如和吠镜王一战，他仅仅使用了万星布道图的第二式罢了，第三式都没有施展。

至于和沛风尊者的交手，若躲进古船银河，让魔杀族分身携带古船银河施展天赋秘法域，即可迅速逃掉。只是这样一来，就得暴露两大秘密——古船银河和天赋秘法域，特别是天赋秘法域，知晓者极少，也就九幽之主、混沌城主等几位存在知道罢了，是他非常重要的底牌。面对宇宙之主以下的存在，魔杀族分身施展域后，几乎100%能逃走，所以不到生死时刻，不能暴露。

新幽海分身自爆是最明智的选择，反正就算高9000多千米的新幽海分身自爆了，幽海也能迅速诞生新的分身。

各族的上亿名传承者待在荣耀世界露天广场，广场上一片喧闹。

“战斗结果到底如何？”

“吠镜王实在是没有气度，落于下风后，竟然关闭了同步传送！”

“肯定是吠镜王输了！”

“对！”

“他肯定输了！”

很多传承者都对吠镜王很不满，之前吠镜王格外嚣张、信心十足，一副要让所有传承者都看清楚他是如何碾压刀河王的架势。这的确令上亿名传承者兴奋，消息更是传递到宇宙各方超级势力中，连很多超级存在都在关注。

谁想到中途吠镜王竟然直接消失，关闭了同步传送。

“快看，刀河王！”

露天广场上的上亿名传承者齐刷刷地看过去，只见一道身影出现，正是刀河王。

“各位，”罗峰看着远处各族传承者，也看到了在远处角落露出关心之色的真衍尊者、察曼王等人，当即朗声道，声音响彻露天广场，“我和吠镜王的一战已经结束，这是刚刚的战斗视频。”

迷蒙光芒射出，露天广场半空出现三维虚拟投影。

后面的战斗格外激烈，吠镜王完全被碾压……最后吠镜王为了不被奴役，被逼得自爆。

这完全是宇宙尊者级战力交手的水准，而交战双方都是不朽神灵。一个是强大的特殊生命，一个是人类族群亿万年难得一见的绝世天才。

“不可思议！”

“竟……竟然死了！”

“还是自爆！”

各族传承者完全震惊了，他们虽然根据看到的一半战斗情形都猜出吠镜王会输，但没想到吠镜王会输得这么惨，竟然陨落了。

露天广场再次沸腾起来。

想要击杀吠镜王，那么实力绝对要强于吠镜王，至少要强上一个层次才能做到。

无数传承者震惊地看向罗峰，罗峰却很平静地走到鸿盟区域内和真衍尊者等人坐在一起。

……

“嗯？”正和真衍尊者交谈的罗峰目光一扫，看到了远处的一道身影。

“沛风尊者。”罗峰眉头一皱。

沛风尊者也在观看半空一直播放的战斗视频，他得到北疆联盟其他传承者传来的消息，说刀河王竟然公开了战斗视频，当即吓得一跳，心想：难道刀河王要公开他伤我的视频?

达到沛风尊者这一层次的存在，是极为重视脸面的，所以他连忙将意识连接荣耀世界。

“还好！”沛风尊者暗松一口气，“播放的仅仅是他和吠镜王战斗的视频，后面的他倒是没公开。”

沛风尊者忽然转头看去，二者视线对上。

“哼！”沛风尊者目光冷厉，嘴唇微微动了动，虽然没发出声音，但罗峰能猜出那句话——“刀河王，下次我看谁能来救你！”

“下次你一样也会栽在我手里。”罗峰嘴唇动了动，也没出声。

“哼！”沛风尊者哼了一声，随即消失。

罗峰咧嘴一笑，随即转头看向露天广场四周，上亿名各族传承者都处于震撼之中，并且都迅速将战斗视频拍摄下来传送回各自族群，同样的，战斗视频也传回了鸿盟，传回了人类族群。

“我想要立足宇宙强者之林，在人类族群中的根基就得稳固。”

“我在雷霆岛山腰建造宫殿，引起了人类族群中很多宇宙尊者的不满，我再怎么说也无用，一切靠战绩来证明。我相信很快九剑尊者等人就会看到这个战斗视频。”罗峰露出一丝笑容。

罗峰主动公开视频，就是要用实打实的战绩来证明他的实力。

吠镜王是能匹敌普通宇宙尊者的存在，罗峰不但能与之媲美，还能击杀他!

第1013章

最高层会议

雷霆岛山腰，一眼看不到尽头。

罗峰的宫殿群中只有十二名仆从，都是罗峰从罗氏家族内精心挑选的界主。

当罗峰创造究极秘法万星布道图时，罗氏家族凭借大量资源，在这八万多年里真正发展成了超级家族。不管是人口数量，还是修炼体系、培养体系、强者数量等，罗氏家族都比得上一等一的超级家族。

单单界主就培养出了一大群。

花费数万年培养出一名界主是很正常的，要是资源足够多，更是轻松。当年巴巴塔都有自信将罗峰培养到界主级别，巴巴塔才多少资源？罗氏家族现如今拥有的资源，是当年陨墨星主人呼延博的不知道多少倍了。

“家主。”

“家主。”

罗峰在走廊走着，远处两名界主连忙恭敬地行礼，眼神炽热。作为罗家子弟，他们是极崇拜罗峰的。

“你们先退下。”

罗峰来到宫殿群前方的一个广场，再前方就是悬崖。

“是。”两名界主退去。

罗峰遥看远处。

一道身影飞来，正是真衍尊者。

“老师。”罗峰笑着喊道。

“罗峰。”真衍尊者降落在山石上。

“老师，坐。”罗峰走向一旁引领道。这山石铺就的广场上有数座亭台，亭台内有精致的木桌、木椅。

二者相对而坐。

真衍尊者笑眯眯道：“收到邮件就立即来接老师，真是为师的好弟子。”

“尊敬老师嘛。”罗峰笑着道。

“哈哈……”真衍尊者哈哈一笑，“我知道，你想知道其他宇宙尊者的一些反应，对吗？”

罗峰嘿嘿一笑道：“老师英明。”

罗峰和吠镜王一战已经过去了两天，战斗视频早就在人类族群中传开了，人类族群的很多宇宙尊者都看到了，肯定会有一些反应。毕竟当初很多宇宙尊者都对他很不满，背地里说了不少闲话。

现在罗峰的战绩摆出来了，那些宇宙尊者恐怕都有些傻眼吧。

罗峰想想都开心，道：“真想亲眼看看那些宇宙尊者的脸色。”

很多普通生命对他的评价罗峰看得比较淡，可是人类族群的宇宙尊者，个个都是超级存在，很多甚至都开辟过宇宙国，能让他们傻眼，还是蛮有成就感的。

“哈哈……我就知道。”真衍尊者再次哈哈大笑，“你不鸣则已，一鸣惊人！之前很多宇宙尊者在暗中说你，你也不辩解，现在公开了战斗视频，用实力证明了自己……”

罗峰笑了。

“和你想的一样，那些宇宙尊者都傻眼了！”真衍尊者的眼眸中也满是兴奋，“别的不知道，单单我那些好友，之前还让我劝你主动离开山腰，现在再遇到我，个个惭愧，个个向我赔罪，也顺道通过我向你表达歉意。”

“歉意？”罗峰一怔。

“你能击杀吠镜王，代表你有中等宇宙尊者的实力。”真衍尊者惊叹道，

“你才跨入不朽级就这么强，那些宇宙尊者自然佩服你，将来等你跨入宇宙尊者行列，那么成为宇宙霸主几乎是板上钉钉的事了，他们没必要与你为敌，自然愿意与你交好。”

罗峰点头道：“实力弱时，大家都会轻视你；实力强时，大家都会尊敬你，甚至愿意主动结交你。其实这两天我已经收到好些祝贺邮件了，其中有不少是宇宙尊者发来的。”

乾巫国主、归一尊者等一些本来和罗峰关系就好的宇宙尊者，第一时间就发来了祝贺邮件，一些罗峰从未接触过的宇宙尊者也发来了祝贺邮件，并且还说过几日亲自来拜访罗峰。当然很多曾大肆表达过不满的宇宙尊者，一时间做不到立即与罗峰交好，但认可了罗峰的实力。

“好好接待，多结交一些宇宙尊者。”真衍尊者笑着道，“这几天我待在你这儿，有些强大的宇宙尊者可不一定看得起我，他们却看得起你，老师也沾点你的光。”

“老师请随意。”罗峰嘿嘿一笑，“能让老师沾光是弟子的荣幸。”

……

接下来的几天，罗峰这儿的确很热闹，经常有宇宙尊者前来做客。

罗峰击杀吠镜王的消息一传开，就代表罗峰真正进入了一个新的圈子——宇宙尊者们的圈子。宇宙尊者们更加看重实力，虽然罗峰之前受到族群重视，但族群中的宇宙尊者不会主动结交罗峰，因为在他们看来，天才只是天才，还算不上真正的强者。

而现在，罗峰已然是强者了，将来恐怕会更加强大，可能会成为人类族群的支柱。

……

“古轮国主、碑骸尊者、金斧尊者……哇，好多宇宙尊者、宇宙国主，这五天里都已经来了一百六十三位超级存在了！”

“家主实在太厉害了！”

两名界主彼此传音，非常激动。

传说中高高在上的宇宙国主、宇宙尊者，他们见到了一个又一个。许多不朽神灵终其一生都见不到一个宇宙尊者，可在罗峰这儿，能轻松见到。

罗峰、真衍尊者、九焱国主，他们三个正在一起侃侃而谈，笑声朗朗。

“嗯？”罗峰忽然转头，只见远处有一道流光飞来。

“又有宇宙尊者来了？”九焱国主也转头看去，远处正有一名穿着火红色战袍的光头男子，光头男子面带微笑，笑容有着奇异的魔力，令人不由自主地沉浸在一种浩瀚星空般的意境中。

“是归一尊者。”真衍尊者连忙起身。

“归一尊者。”九焱国主也起身迎接。

“二师兄。”罗峰首先走出去。

归一尊者是混沌城主众多弟子中排行第二的存在，而且常年侍奉在混沌城主左右，是混沌城主的得力助手。归一尊者一直待在混沌城，其实力一直是个谜，但他稍微展露出的实力就让各方震惊。他几乎代表了混沌城主，混沌城主的很多事情，都由归一尊者传达、执行。

“师弟，你这儿真热闹。”

归一尊者看了一眼九焱国主，道：“九焱国主，没打扰你们聊天吧？”

“没有，我和罗峰、真衍也就随便聊聊。”九焱国主道。

归一尊者点头一笑：“你们没有重要的事情，我倒有一件重要的事情。”

“嗯？”罗峰看向归一尊者。

“师弟，”归一尊者微笑道，“我亲自给你传达老师的命令，关于你申请加入人类族群最高层会议的提案，已经审核通过了。自此，你获得了最高层会议的一个席位。”

“最高层会议的席位啊！”罗峰顿时露出喜色。

虽早在意料之中，但罗峰还是非常开心，一旦罗峰表现出足够强的实力，提案就很容易被批准通过。

终于啊，自己终于得到批准，获得了最高层会议的一个席位，进入人类族群最高层了。

“罗峰，恭喜！”真衍尊者笑道。

“你们师徒俩一前一后获得最高层会议的席位，这将是我人类族群的一大佳话！”九焱国主哈哈笑道。

旁边的归一尊者则继续道：“师弟，恭喜你获得最高层会议的席位！最高层会议一般很久才开一次，每次开会都是商讨有关我人类族群的重要大事。据我所知，近期就要举行一次最高层会议，相信虚拟宇宙公司那边很快就会通知你。”

“哦？”罗峰眼中有着一丝期待，“近期？”

“嗯。”九焱国主郑重起来，“对，近期是有一次。罗峰，这次最高层会议很重要。”

“要商讨什么事？”罗峰忍不住追问。

“很快就要举行了，到时候你就知道详细情况了。”九焱国主说道，“当然这仅是我的猜测，不一定就是那件事。”

罗峰疑惑地看了一眼九焱国主、归一尊者。

真衍尊者同样疑惑。

……

归一尊者和九焱国主很快离去，他们俩根本没有说明近期将举行的人类族群最高层会议到底要商讨什么，罗峰、真衍尊者没追问，反正会议很快就要举行了。

“荣耀世界的信息？”

罗峰的意识离开虚拟宇宙，连接荣耀世界，收到好些信息。

有鸿盟的一些传承者发来的邮件，也有荣耀世界系统发来的邮件。

“刀河王，你是祖神教上亿名传承者中的佼佼者，你用战绩证明了你的实力。因为你的战绩，你受到了祖神教兽神的关注。近期，祖神教八方兽神中的雷之兽神将会亲自现身紫荆岛，赐予你宝物。”

罗峰有些错愕地看着这条信息。

“雷之兽神将降临紫荆岛公开赐予我宝物？逐虫王那样的好事落在我身上了？”罗峰惊讶，“我记得吠镜王就没有得到祖神教赐予的宝物，逐虫王则是得到了祖神教赐予的两件至宝。”

罗峰被这个突如其来的惊喜弄得有些发蒙。

第1014章

感激之情

祖神教的兽神即将公开赐予罗峰宝物，罗峰当然乖乖地待在紫荆岛，等候那一天的到来。

“雷之兽神会亲自降临赐予你宝物？”真衍尊者猛地站起来，眼睛瞪得滚圆，“这……这……你没开玩笑吧？”

“老师，这种事我怎么会开玩笑？”罗峰道，“近期，雷之兽神就会降临。”

真衍尊者摸着脸上的毛发，在厅内走来走去，皱眉苦思，嘴里还嘀咕着：“如果是八方兽神之一的雷之兽神亲自降临，这么大张旗鼓，那么你最起码会得到一件至宝。可不对啊，祖神教虽然是宇宙第一大势力，但不会随便赐予一件至宝。”

“老师，什么叫随便赐予？”罗峰不由得笑道，“逐虫王能被赐予两件至宝，我被赐予一件，也没什么吧？”

“你和逐虫王不一样。”真衍尊者摇头。

“不一样？”罗峰一愣，“我展露出来的实力和逐虫王相当，逐虫王是外围成员，我也是外围成员，有什么不一样？”

“逐虫王他是特殊生命，他没有其他势力可以依附，他完全隶属于祖神教。而你不同，你首先是鸿盟成员，其次才是祖神教的外围成员。像吠镜王因为被北疆联盟吸纳进去了，所以祖神教一件至宝都没有赐予他。”真衍尊者郑重地道。

罗峰忽然明白了。

“祖神教是宇宙第一大势力，虽说不争疆域，但对于其他势力的超级强者，一般不会给予很多资源。”

“吠镜王的第一效忠对象是北疆联盟，你的第一效忠对象是鸿盟，也就是人类族群，逐虫王没有加入其他任何势力，他的第一效忠对象是祖神教。我搜集众多逆天传承者的资料发现，只有完全效忠祖神教的，祖神教才会给予最好的资源。若是有其他势力的背景，虽说也会得到资源，但差得多。”真衍尊者道。

罗峰点点头：“有道理。”

“面对有关祖神教和人类族群的抉择时，你的第一选择毫无疑问是人类族群。”真衍尊者道，“所以祖神教就算赐予你宝物，想拉拢你，应该也不会赐予太贵重的。可是这次，雷之兽神亲自降临，这么大阵势……如果仅仅赐予你一件重宝，恐怕是侮辱自己，所以定是件至宝。”

“所以，我很疑惑。”真衍尊者皱眉。

自己的第一选择毫无疑问是人类族群，即使这次祖神教大张旗鼓地赐予自己宝物，也仅仅是让自己饱含感恩之情。毫无疑问，自己忠诚的是人类族群。

真衍尊者看向罗峰，道：“不管怎么说，祖神教显然非常重视你，因为极为重视你，所以即使你是人类族群的一分子，祖神教也会赐予你宝物。”

“嗯。”罗峰点头。

“不过你也要有心理准备，虽说我估计是一件至宝，但祖神教这次出手估摸着也不会太大方。”真衍尊者道。

“那我等着就是了。”罗峰道。

罗峰看着真衍尊者，心中则是暗想：若是祖神教赐予的宝物对自己用处不大，或者和已有的至宝功能重复，那么可以送给老师。

时间一天天过去，罗峰在紫荆岛耐心等待着。

在等待的过程中，罗峰熟悉着从吠镜王那里得到的诸多宝物的功能。

世界戒指中。

"哈哈……北疆联盟拉拢吠镜王时，还真舍得拿出本钱。"地球人本尊身上穿着一套造型奇异遍布着怪兽秘纹的金色铠甲，肩头处隆起，这秘纹并非罗峰所见过的八方兽神的任何一种。

这套铠甲是至宝，罗峰使其认主后，一穿上，铠甲就传来不少信息。

这套铠甲名为金震犼王铠，共有三大形态。攻击力在金震犼王铠承受范围内时，第一形态即可将物质攻击力削弱到只剩下百分之一，第二形态即可将物质攻击力削弱到只剩下千分之一，第三形态即可将物质攻击力削弱到只剩下万分之一。若是攻击力超出金震犼王铠承受的范围，那么削弱力度会小很多，甚至几乎无法削弱。

比如面对宇宙之主的攻击，即使是达到第三形态的金震犼王铠，能削弱一半攻击力也很不错了，像这种普通至宝，在宇宙之主间的战斗中几乎没有作用。

坐山客等存在，轻易就能摧毁一件普通至宝。

"普通至宝，那些宇宙之主根本不在乎，却让无数宇宙尊者痴狂。"罗峰观察着身上这套散发着古老气息的铠甲，"反正我现在还没能耐对战宇宙之主，这套铠甲对我而言，不可估量。"

"难怪个个都想要得到至宝。"罗峰感叹。

他终于明白沛风尊者为何在高9000多千米的新幽海分身自爆时，只受一点伤，沛风尊者靠的就是被催动到极限形态的至宝。

"不知道沛风尊者的铠甲和我的铠甲相比，哪个的效果更好？"

"幸亏我有至宝《星辰布道图》，叠加使用五百二十颗镇封星辰，攻击力暴增，这才能令穿着金色铠甲的吠镜王陨落。"罗峰随即抬头看向远处，远处大地上盘坐着一只巨兽，正是金角巨兽分身。

"这套金色铠甲给地球人本尊穿。"罗峰暗道，"待将来得到劫甲，就让金角巨兽分身穿上劫甲。"

这套金色铠甲和劫甲不同，金色铠甲仅仅有防御能力，而劫甲能够衍生出兵甲、将甲、王甲等一系列铠甲。把劫甲穿在身上，劫甲将给予使用者巨大的力量。

在罗峰的计划中，地球人本尊走精神念师流派，不需要近身作战，那么穿上金色铠甲就够了。金角巨兽分身需要近身厮杀，劫甲在金角巨兽分身身上才能发挥出最大作用。

罗峰从吠镜王身上得到了不少宝物，而真正适合罗峰使用的只有两件：一个是至宝金震犽王铠，另一个是重宝吞天噬地爪。

吞天噬地爪由四个爪套组成，吠镜王曾经将其穿戴在双脚和双手上，现在金角巨兽分身将其融入四只蹄爪，威力爆发，可传递叠加到其中一个爪套，令其攻击力增强。

吠镜王还有一些可用来恢复神体的珍贵材料等，但罗峰有源源不绝的神力供应给分身——幽海，自然看不上眼。

罗峰一边熟悉至宝金铠和重宝撕裂爪，一边等待着雷之兽神降临，当然金铠和撕裂爪这两个名字是罗峰重新取的。

接到祖神教邮件的第十一天。

紫荆岛上空，一股让所有传承者心悸的无形的威压降临，这股威压之霸道，比紫荆岛岛主还要可怕，顿时一名名传承者从自己的宫殿内飞出。

“雷之兽神要降临了？”真衍尊者也迅速飞出来。

此前，魔杀族分身盘膝而坐，地球人本尊在体内世界一次次熟悉着金铠，催动金铠。当无形的威压降临时，魔杀族分身顿时露出惊喜之色，同一刻，地球人本尊从世界戒指中出来。

“终于来了！”罗峰深吸一口气，一步跨出门槛，而后腾空而起。

紫荆岛高空有着上亿名密密麻麻的传承者，个个都抬头看向高空。

罗峰、真衍尊者并排而立，也抬头看着高空。

轰隆隆——

雷电遍布高空，一时间遮蔽了整个紫荆岛，令传承者都看不到五彩极光湖了。雷电中隐隐有着一道庞大的身影，威压正是从他身上散发出来的。

“哼！”一声冷哼，天地间的雷电猛地变粗，威压也猛地变强，令原本在空中的上亿名传承者哗哗哗地坠落在地面，宇宙尊者也同样抵挡不住，坠落下去。

庞大的身影缓缓下降，露出他的真身。

他全身满是青色毛发，一根根毛发仿佛雷神之鞭，三只蹄爪仿佛镇压着整个空间，微微张开的羽翼更是令上空雷电翻腾，高昂的头上最耀眼的便是那双巨大的眼眸。

眼眸犹如海洋，海洋中有着无尽的雷霆。

雷霆之眼！

他俯瞰下方，没有人敢与之对视。

“好玄妙！”罗峰仅仅看了一眼，就感觉高空中那可怕的存在仿佛宇宙本源法则的一部分。

“都说成为兽神后，自身就是法则的化身，但护教兽神没这么可怕，难道坐上兽神尊位后，会发生质的变化？”罗峰暗道。

所有传承者都臣服了，他们臣服的不是那股威压，而是宇宙本源法则。

“吾，八方兽神之雷之兽神！”声音如雷，而且鼻孔中喷出的气流也化作雷声，响彻整个紫荆岛。

“传承者刀河王。”

声音一出，无形的力量直接降临束缚住罗峰，罗峰开始缓缓升到高空，下方上亿名传承者都抬头惊愕地看着缓缓上升的罗峰，他们都明白了，雷之兽神降临就是为了刀河王。

第1015章

逆转时空

“这就是控制时空？”罗峰感觉到束缚着自己的无形力量，不是时间，不是空间，而是一股更高级的力量。

罗峰仿佛缓缓上升的太阳，那般耀眼夺目，吸引着上亿名传承者的目光。

雷之兽神俯瞰下方，雷霆之眼注视着罗峰，目光中隐隐蕴藏着善意、友好。

突然，完全束缚着罗峰的力量消散，罗峰有些错愕，只见雷之兽神缓缓张开嘴巴，再度发出轰隆隆的声音。

“刀河王！”雷之兽神开口喊道。

罗峰站在半空，连忙恭敬地行礼：“兽神。”

“你的实力，你的进步，你的意志，都令我满意！”雷之兽神的目光完全聚集在罗峰身上，“我有一件宝物要赠送给你。”

下方的上亿名传承者顿时一片哗然，几乎个个都露出震惊、羡慕之色。

“竟然真要公开赐予宝物！”

“兽神亲自降临赐予宝物啊！”

“这么大动静，赐予的宝物肯定是至宝，否则哪配得上高高在上的兽神？刀河王也太走运了，竟然又得到了至宝！”

那些传承者忍不住悄然传音议论，个个激动无比，而雷之兽神也不阻拦。

看到其他传承者羡慕、嫉妒的目光，他很欣喜。

“有什么大不了的？如果你在不朽级就能击杀吠镜王，那么祖神教也会特别照顾你，赐予你宝物！”

“刀河王可是和逐虫王一个层次的，逐虫王当年就被公开赐予过宝物。”

“努力修炼，或许有朝一日我也会被祖神教公开赐予宝物！”

……

罗峰听不到下方传承者的任何议论声，他也懒得听，他现在满心的欢喜、期待。

“多谢兽神！”罗峰恭敬地行礼。

“你继续努力，不可懈怠。”雷之兽神声音轰隆，同时他的前方忽然出现了一个巨大的雷电光球，这个雷电光球直径数万千米，然后宛如一颗流星朝下方坠落，正是罗峰的方向。

坠落过程中，雷电渐渐消散。

当坠落到罗峰头顶上空时，雷电就已经完全消失，只剩下一面直径数百千米的古老镜子。这一面镜子呈圆形，金色，镜面上隐隐流转着一丝丝金光。这面古老的镜子就这么缓缓降落，最终悬浮在罗峰的面前。

罗峰愣愣地看着眼前这面巨大的镜子。

“镜子？”罗峰眨巴一下眼睛。

“相信它对你有大用处，收下吧。”雷之兽神俯瞰罗峰，他的一只眼睛比直径数百千米的镜子大得多。

“是。”罗峰应道，同时心念一动，将通体金色的古老镜子直接收入世界戒指。至于这面镜子的使用方法，罗峰等这位雷之兽神离开后再研究，以示尊重。

“刀河王，勿要让我失望。”雷之兽神开口笑道。

随即，轰！

天地震动，雷之兽神巨大的身影消失，无形的威压也消失，紫荆岛完全恢复正常，刚才被压制得只能待在地面上的大量传承者一下子仿佛炸开了锅，纷纷交流起来刚才发生的事情。

“刀河王，恭喜。”

“刀河王，恭喜你又得到一件至宝。”

不少异族传承者直接来搭话。

罗峰只是笑笑，迅速离开回到自己的府邸，留下的很多传承者都疑惑得很。

“那面镜子到底是什么宝物？”

“不知道，我倒是见过这类至宝，是用来辅助施展幻术攻击的。”

“刀河王精通的是念力兵器攻击，祖神教给他用来辅助施展幻术攻击的宝物干什么？”

“你们别乱猜了，这镜子到底是用来干什么的，除了刀河王，也没几个人知道。”

……

紫荆岛上一阵喧哗，雷之兽神亲自降临赐予罗峰宝物的消息迅速传播开去，几乎同时，北疆联盟那边就已经收到了消息。

“哈哈……祖神教，一直以来的手段都是那么几招。”四蹄白毛生物在虚空中缓缓行走，“现在看到刀河王很优秀，就立即开始拉拢。”

四蹄白毛生物停顿一下，然后继续说道：“沛风，你没记错吧，吠镜王来过这儿？”

“是的，老师。”沛风尊者恭敬地跟随在四蹄白毛生物身后，“吠镜王的确来过这儿，而且还曾站在我宫殿前的广场上。”

“什么时候？”四蹄白毛生物追问。

“三年前。”沛风尊者道。

“嗯。”

四蹄白毛生物很快落在远处一座悬浮于虚空的宫殿前的广场上。

沛风尊者恭敬地跟随在四蹄白毛生物身后。

“你先退去，我即将施展逆转时空复活吠镜王，你别在我的施展范围内。”四蹄白毛生物发出声音。

“是。”沛风尊者眼睛一亮，化作流光飞到远处，同时期待地看过去。他是宇宙霸主，但仅仅亲眼看过一次宇宙之主施展逆转时空的场景，这将是他第二次观看。

逆转时空引起的动静一般很大，连宇宙之主都会因此受伤。若是宇宙之主因此受到重伤，那么将是敌人趁机将其击杀的好机会。

所以宇宙之主一般都会秘密施展。

除非是很信任且自身能轻松承受施展逆转时空时所产生的反噬力的人，否则一般不让其他强者旁观。

“嗷嗷嗷——”

一阵阵若隐若现的低吼声从四蹄白毛生物口中发出，他正平静地看着周围。

呼呼呼——

一定范围内的时间开始迅速倒退，只见周围场景变幻，仿佛电影倒放，而且以极快的速度在倒放着。很多强者都曾经来过这个广场，一名名强者往后飞行，说出来的话，从“沛风尊者”变成了“者尊风沛”……

时间迅速倒退，一切宛如虚幻。

原本倒退着的时间骤然停止，只见在这停止的时空中，吠镜王正在和沛风尊者对话。

“那是我！”远处处在逆转时空之外的沛风尊者惊愕地看着时空中的自己。

逆转时空中，一切都是虚幻的，唯有四蹄白毛生物才是真实的。

“吠镜王。”四蹄白毛生物的目光落在吠镜王身上。

“来吧，孩子。”四蹄白毛生物轻声喊道，顿时，一股无形力量迅速包围住吠镜王。

“回去。”

轰！

原本倒退到这一刻的时空猛地加速回到现在的时空，这个过程仿佛司机打方向盘，完成转弯后，方向盘会自动回正。

宇宙天生具有自我恢复的能力，宇宙之主施展逆转时空结束，宇宙就会自我恢复。逆转时空中的一切都是过去的，不应该存于现在，若是强行维持，自然会受到宇宙的反噬。

“啊啊啊——”吠镜王嘶吼着，一股股无形力量一次次作用在他身上。

四蹄白毛生物平静地看着这一幕，他保护着吠镜王，宇宙反噬之力透过吠镜王传递到他身上，他堂堂宇宙之主，能够承受这股宇宙反噬之力。

四蹄白毛生物虽然替吠镜王承受了宇宙反噬之力，但被逆转时空复活的痛苦却无法替他承受，也不会替他承受。

“啊啊啊——”吠镜王还在惨叫。

疼痛！痛苦至极！

时空正在回归正常。

数年内的情景再次出现，一切都是虚幻的，唯有四蹄白毛生物和吠镜王是真实的，他们穿越一个个时间点。

片刻——

这个过程终于停止，一切恢复正常，四蹄白毛生物和吠镜王终于回归到正常的时空。

“我……这……这……”吠镜王愣愣地站在广场上环顾四周。

“老师？”沛风尊者迅速飞来。

“好了。”

四蹄白毛生物缓缓点头，看着吠镜王：“吠镜王，你已复活，不过……你别忘记，你死过一次！”

“我死过一次……？”吠镜王愣住。

忽然，之前的记忆迅速涌入，记忆全部恢复。

“是他，是他，刀河王！”吠镜王的眼睛都亮了起来，眼眸中有着疯狂和不甘，怒吼道。

“我的至宝呢？我的至宝呢？”

吠镜王忽然察觉到不对。

四蹄白毛生物俯瞰着吠镜王，平静地道：“吠镜王，我逆转时空复活你，将你从过去时空中带回，但我是不会带一件至宝回来的，那代价比得到十件至宝都要大。我仅能复活你，其他的我无法带回。”

说完后，四蹄白毛生物在虚空中行走，随即完全消失不见。

“恭送老师。”沛风尊者连忙行礼。

第1016章

金线极光镜

吠镜王看着四蹄白毛生物离去，忍不住转头看向沛风尊者：“沛风尊者，我怎么感觉……奇蓝之主的气息似乎减弱了些？”

“还用问？”沛风尊者冷漠地看着他，“你是特殊生命，拥有宇宙尊者级战力，复活你等同于复活高等宇宙尊者。老师逆转时空救回你，承受了宇宙反噬之力，幸亏老师在宇宙之主中算是顶级存在，才能扛下宇宙反噬之力。”

“要知道，每一股反噬之力都能轻易毁灭宇宙霸主，一股股反噬之力，老师全部扛下了。连你都能察觉到老师的气息变化了，显然老师受伤较重，需要不少宝物才能恢复过来。”

吠镜王听得傻眼。

吠镜王并不知道，只有宇宙最强者才能复活宇宙霸主。

吠镜王虽然只拥有普通宇宙尊者级战力，但他是特殊生命，复活他等同复活一名高等宇宙尊者。宇宙反噬之力的确可怕，宇宙之主这样的存在，一般就算受伤，吠镜王这种级别的存在也不会察觉到，现在吠镜王察觉到了，显然奇蓝之主伤势较重。

沛风尊者看着他，冷漠地道：“逆转时空复活强者是需要付出巨大代价的。复活一般封王级不朽神灵带来的反噬之力，宇宙之主能轻易承受，可被复活宇宙尊者带来的反噬之力所伤，就算是宇宙之主也得花费无比漫长的时间才能完全恢复。

“你知道规矩，这次是联盟无偿复活你。如果有下次，就需要你自身来偿还复活你的代价了，那可不是一般宇宙尊者负担得起的。”

“我明白！”吠镜王咬牙低声道。

“记住，你已死过一次！”

吠镜王咬牙。

这里是沛风尊者的宫殿，也是北疆联盟的核心之地，类似于人类族群的原始秘境，所以高高在上的奇蓝之主才敢这么放心地复活吠镜王。

“刀河王！”吠镜王咬牙切齿。

“提醒你一句。”沛风尊者非常不屑，“在你成为宇宙尊者之前，别去找刀河王报仇！”

吠镜王不由得怒视过去。

“刀河王的实力可匹敌高等宇宙尊者。”沛风尊者道，“我都曾被他所伤，虽说是我大意造成的，但他的实力的确很强。”

“什么?!”吠镜王震惊得瞪大了眼。

“你不达到宇宙尊者级，就没希望赢他，更别说杀他报仇了。”沛风尊者摇头，一迈步就回到自己的宫殿中了，只留下吠镜王站在空旷的广场上，表情狰狞。

“刀河王！刀河王！”吠镜王利爪紧握，面部表情扭曲。

当吠镜王无比愤怒时，紫荆岛上却热闹得很，上亿名传承者都在谈论之前雷之兽神降临赐予刀河王宝物的事情，很多传承者都在猜测刀河王到底得到了什么宝物。

罗峰府邸内。

魔杀族分身盘膝而坐，地球人本尊已经进入世界戒指研究新得到的宝物了。

苍茫的草原上摆放着直径数百千米的古老镜子。

“生命印记，烙印。”

罗峰站在镜子前，一丝神力直接飞去，融入古老的镜子中，神力中蕴含的生命印记（灵魂印记）烙印在了这件宝物中。

镜子迅速变小，从直径数百千米迅速缩小成巴掌大小，落在罗峰的掌心。

同时，一条条信息迅速涌入罗峰的脑海，片刻后停止。

“原来它叫金线极光镜。”罗峰看着这面镜子，露出惊喜之色。

“竟然不是至宝，只是顶级重宝。虽然仅仅是顶级重宝，但比很多普通至宝还珍贵，绝对是能够让宇宙尊者疯狂的宝物。”罗峰道。

罗峰一知道这件宝物的信息，就立即明白这次祖神教赐予他宝物，绝对是用了心的，这是一件非常适合他的宝物。

宝物分很多种，有攻击类、防御类、逃跑类（如羽翼、战靴、丝带）、镇封类、本源类、飞行宫殿类、灵魂类、领域类……

恢复神体的宝物，属于本源类。

论保命能力，飞行宫殿类、灵魂类是极强的。一个几乎100%能抵抗物质攻击，一个几乎100%能抵抗灵魂攻击。天狼殿、星辰塔都算飞行宫殿类的宝物。

还有一类宝物，比之飞行宫殿类、灵魂类宝物，丝毫不差，那就是领域类宝物。千宝河、五彩极光湖都属于领域类至宝，一旦施展开，覆盖区域皆是其控制区域，在这个区域内，若是面对实力相当的对手，那么可以压制对手；若是面对实力极强的对手，那么也能令对手的行动受到束缚，自己从容逃命。

领域类至宝虽说主要起辅助作用，但效果极好。

“领域类顶级重宝！”罗峰看着巴掌大小的镜子，惊喜万分，“祖神教出手真是不凡！有了它，和超级强者对战，是战是逃，一切尽在我的控制中了。”

“哈哈哈……金线极光镜！”罗峰哈哈大笑，嘴巴一张，只见金线极光镜迅速变小化作一个金色小点，直接飞入罗峰的嘴巴，而后融入胸膛，留下一丝金色印记。

“催动。”

罗峰的神力涌入金线极光镜。

轰！

一道道金色光线以罗峰为中心朝四面八方蔓延开去，瞬间就笼罩了以罗峰为中心半径1亿千米的范围。半径1亿千米的范围中有无数金色极光，一道道金色极光仿佛鱼儿在畅游。

罗峰在领域中央。

“这就是我控制的领域？”罗峰环顾四周，再次露出喜色。

“压制。”罗峰心念一动，顿时无数金线聚集，恐怕瞬间就能轻易湮灭一名封王级不朽神灵。

“燃烧神力。”

罗峰的双眸中瞬间隐现火焰，他的能量强度暴增千倍，以如此强度的能量催动金线极光镜，顿时令金色极光猛地变粗了一号，之前好似一根根丝线，现在却仿佛一把把金色利剑。

“法则领域。”罗峰的脑海中冒出一个念头，当即催动法则领域。

轰！

无数金色极光蔓延开来，法则领域和金线极光镜领域瞬间重合。

“哈哈哈……祖神教为我考虑得还真是周到，知道我是悟透金之法则后成为不朽神灵的，赐予我的这件宝物，也是金之属性的。”罗峰惊喜地发现，金之法则的法则领域和金线极光镜领域重合后，反而令那些金线极光威力大增。

“好强的威力！”罗峰感觉他在神力燃烧状态下催动金色极光，恐怕能击灭一名普通宇宙尊者。

“有此宝物，就算遇到超级强者，也能先束缚对手，影响对手的速度，再从容离开。”

“如果我想战斗，可以先让新幽海分身逼近过去自爆，然后施展金线极光领域，让敌人陷入领域内，受到束缚，最后敌人恐怕逃不掉！”罗峰感到愉悦。

这面金线极光镜比普通至宝还要珍贵，而且对强者而言，宝物不求多，求的是适合。显然，这面金线极光镜能够让罗峰的实力再上一个台阶，这让罗峰感叹祖神教为他考虑得很周到。

“祖神教，我虽是人类族群的一员，不过，你赐予我宝物之恩，我自当记住。”罗峰感激道。

罗峰得到金线极光镜后，每天都在研究金线极光镜，将它和身上其他至宝结合起来，思考在被围困等诸多情况下该怎么战斗和逃离。

咚！咚！咚！

紫荆岛罗峰府邸的大门被敲得震天响。

“刀河王，刀河王！快开门！”

“刀河王！”

外面传来急切的喊声。

罗峰面带微笑，当即一挥手，门直接打开，同时开口道：“进来吧。”没有罗峰的允许，就算是朋友，在五彩极光湖的限制下也是不敢擅闯的。

只见外面的察曼王、离烁王、千雨王迅速冲了进来。

“你们怎么回事？这么焦急？”罗峰笑道，“这么些年，我还从来没见过你们这样。”

虽然是魔杀族分身，气息和地球人本尊有区别，但魔杀族分身施展了天赋秘法复制，复制了地球人本尊的气息，所以察曼王等都察觉不出。

“刀河王，”察曼王连忙道，“出大事了！”

“麻烦大了！”离烁王也焦急道。

“刀河王，你这次真的麻烦大了！”千雨王也是一脸焦急地说道。

罗峰听得眉头微皱道：“怎么回事？别急，慢慢说。”

“你没去荣耀世界？”察曼王焦急道，“还不知道那个消息？”

“什么消息？”罗峰皱眉道，“这些天我一直待在府邸，根本没出去，也没去荣耀世界。”

罗峰这些天专心研究他新得到的金线极光镜，满心欢喜，专注得很，同时也一直在等待即将召开的人类族群最高层会议的通知，哪会去荣耀世界？

更何况去了荣耀世界，还会被很多传承者围观议论。

“快说，到底什么事？”罗峰催促道。

“我——”

“你刚——”

离烁王、察曼王几乎同时开口。

罗峰忍不住道：“离烁王，你来说。”

第1017章

风口浪尖

离烁王点头，郑重道：“刀河王，你击杀的吠镜王，他复活了！”

“你们怎么知道他复活了？他死过一次，就算被复活了，他也没有传承令了。”罗峰笑道，“不过他是特殊生命，北疆联盟当年赐予他一件至宝，对他的重视可想而知，他被逆转时空复活，完全在我的预料内。如果你们所指的麻烦是这件事情的话——”

“不。”离烁王摇头。

千雨王、察曼王的表情都非常严肃。

“是这样的。”离烁王郑重道，“吠镜王复活后，在北疆联盟核心之地和北疆联盟其他传承者交谈，那些传承者问起他被击杀的事时，他说了一番话，这番话给你惹出大麻烦了。”

“一番话？”罗峰皱眉。

“嗯。”离烁王、千雨王、察曼王同时点头。

“什么话？”罗峰催促道。

“吠镜王说……”离烁王的声音都略微发颤，“他之所以败给你，是因为他的天赋秘法连影响你都做不到！他的天赋秘法是灵魂攻击，威力极强，很多宇宙尊者都比较忌惮，按理说就算无法击杀你，影响你也应该能做到。”

吠镜王的天赋秘法之所以无法影响到罗峰，一是因为罗峰有塔珠镇守灵魂，二是因为他自身意志力强大。

“而且他还说当年在九幽时空追杀你时，也使用了天赋秘法攻击你，你是界主时就能扛过这一招，和吠镜王交谈的其他几名传承者立即推测出，你拥有一件灵魂类至宝！对此，吠镜王也赞同了。”离烁王郑重地道。

“灵魂类至宝啊！”千雨王忍不住道，“物质攻击一般仅仅能做到毁灭部分神体，而只要被灵魂攻击击中，整个就完蛋了，是非常可怕的。虽说灵魂类宝物、飞行宫殿类宝物、领域类宝物这三类宝物都称得上宝物中顶尖的，但是论保命能力，灵魂类宝物怕是排第一。一件灵魂类至宝比十件百件普通至宝都有用，无数强者眼馋，甚至很多宇宙霸主都没有灵魂类至宝。”

罗峰脸色微变：“他竟然公开了！”

当年罗峰躲过吠镜王的追杀后，就怕吠镜王公开自己有灵魂类至宝的秘密，没想到今天还是公开了。

“不单单是这样。”离烁王道。

“还有什么？”罗峰追问道。

“吠镜王说，你攻击他的那件念力兵器是至宝，这点没有人怀疑，毕竟大家单看视频就推测得出。吠镜王说，你拥有至宝羽翼和灵魂类至宝，又击杀了他，得到了他的至宝和顶级重宝，并且你还曾在宝藏之地得到过宝物，那可是一百零八大宝物之一，不久前又得到雷之兽神赐予的宝物。”离烁王看着罗峰。

罗峰问道：“他什么意思？”

“他说……”离烁王道，“他被击杀后，北疆联盟的一位宇宙霸主曾准备收走他的宝物，可被你夺走了，并且你仗着一件飞行宫殿类至宝逃掉了。”

“什么?!”罗峰瞪眼。

“当初你击杀吠镜王后，沛风尊者曾赶去，后来一些超级强者询问沛风尊者此事，沛风尊者只是说被鸠风尊者阻拦了，受伤的事情，却没详细说。”离烁王连忙道，“当初沛风尊者到达后，鸠风尊者通过传送通道隔了一段时间才到达，中途这么长时间，按理说沛风尊者对付你……”

“你有飞行宫殿类至宝的事，虽然没得到证实，但也有六七成可信度。”离烁王盯着罗峰，“总之，你之前就已经拥有三件至宝，通过祖神教得到了两件至宝，还得到吠镜王的那件至宝，你肯定至少拥有六件至宝，并且其中有一件是灵魂类至宝，还有一件是飞行宫殿类至宝！”

“每一件灵魂类、飞行宫殿类、领域类宝物，相当于十件百件普通至宝，足以令宇宙霸主疯狂！”离烁王郑重道，“你一人就拥有一件灵魂类宝物、一件飞行宫殿类宝物！你说现在消息完全传开，通过上亿名传承者，恐怕整个宇宙都知道了！你说该有多少超级存在会盯上你？宇宙之主们尚且还不会对付你，可宇宙霸主们，随便来一个……”

罗峰听得面色发青。

吠镜王，你够狠！

自己的确有一件灵魂类至宝，而飞行宫殿类至宝则是吠镜王信口说的。

古船银河和金线极光镜分别属于飞行宫殿类与领域类宝物，都是顶级重宝，都比其他普通至宝要珍贵。

由此可知，真正的飞行宫殿类至宝、领域类至宝会让强者们何等疯狂。

“你有六件至宝，其中一件是灵魂类至宝，一件是飞行宫殿类至宝，而你仅有中等宇宙尊者级战力，撑死了也只能算高等宇宙尊者级战力。”察曼王感叹，“你这次真的麻烦大了！”

……

察曼王、千雨王、离烁王他们三位很快就离开了，走时，还给了罗峰一个视频，是吠镜王和北疆联盟其他强者的对话视频。

视频中的吠镜王说：“我的法则感悟低，攻击力本来就不行，对付宇宙尊者，我靠的就是我的天赋秘法。刀河王有灵魂类至宝，能抵抗我的天赋秘法，我还能拿他怎么办？只能被他击杀。”

“你说他有飞行宫殿类至宝？”

“我当时已被击杀，哪里知道？是后来我和当初来救我的沛风尊者聊天，才知道了这点信息。”

……

看着视频中的吠镜王，罗峰的脸色愈加冰冷。

“很好，吠镜王，你很好！”

罗峰一边念叨一边赶去荣耀世界露天广场。

罗峰一进去就遭到了上亿名传承者的注视，各种议论声不断。

他们现在已经完全肯定罗峰拥有六件至宝，也完全肯定罗峰拥有一件灵魂类至宝，且有较大可能拥有飞行宫殿类至宝，这足以让那些传承者眼红、嫉妒。

那些传承者都没摸过至宝，更别说拥有了。

就算是宇宙尊者也同样眼红，因为只有极少数宇宙尊者才拥有一件至宝。

不单单其他势力的强者，甚至鸿盟内的强者，罗峰都感觉他们和自己有隔阂了，显然，那些强者因为嫉妒，和罗峰的关系也有了些变化。

“果然。”罗峰逛了一圈便离开了荣耀世界。

“消息已经传遍荣耀世界，上亿名传承者都已经知晓，宇宙各大超级势力，亿万个族群很快也会知晓。”罗峰脸色冰冷，“吠镜王，这就是你的报复吗？”

北疆联盟的宇宙秘境中。

一块悬浮的大陆碎片上有着连绵的宫殿群，里面仆从上万。

“哈哈哈……对，这就是报复！这就是我的报复！”

“刀河王，对，我是难以亲手击杀你，单单靠我自己不知道要等多久，可是，谁让你拥有的宝物太多，我根本不需要动手，自会有一些宇宙霸主对付你！”吠镜王在自己的修炼室中，眼眸中满是疯狂，面目扭曲。

“你死定了！死定了！哈哈哈……”

吠镜王发出一阵阵疯狂的笑声。

他被逆转时空复活后，北疆联盟又赐予了他数件重宝护身，但不可能再赐予他一件至宝，并且他申请兽神传承令时，遭到了拒绝。

当时北疆联盟的高层冷漠地道：“吠镜王，你现在去也没用，你无法接受更高一重的兽神传承，还是等吧。等你跨入宇宙尊者级，我北疆联盟自会给你一枚兽神传承令。若是没有跨入宇宙尊者级，你还是别想了！”

吠镜王只能离开。

他离开时，北疆联盟的高层还说了一句话：“只知道索取，不知道为联盟做贡献的蠢货！”

这句话惹火了吠镜王，可结果——

实力差距太大，他自然是自取其辱，这令复活后本来就一肚子火的吠镜王更加怨恨罗峰。

“都是你，都是你！你如果没有灵魂类至宝，当年在九幽时空就被我杀了，宝物自然落到我手里，我依旧是强大的特殊生命，哪会沦落到现在这样？”愤怒的吠镜王很快就想出了一个报复罗峰的办法。

“既然我击杀刀河王的可能性很低，那么就让宇宙中的无数超级强者去对付刀河王吧！”

紫荆岛府邸内。

真衍尊者知道这个信息后，当即来找罗峰。

“罗峰，罗峰！”

厅内，罗峰坐着悠闲地端着茶杯，喝着茶水。

“你可知道你的麻烦大了？还喝茶！”真衍尊者急切地说道。

“什么麻烦？”罗峰却很平静，面带一丝微笑地品着茶水，“不就是我拥有的至宝多吗？”

“你知道？”真衍尊者很惊诧，随即也坐下。

“兵来将挡，水来土掩。”罗峰继续微笑着喝茶，“来的异族强者再多，也只是我的磨刀石！”

“你对付不了怎么办？”真衍尊者道。

“逃呀。”罗峰轻声一笑，细细品了一口茶，随即放下茶杯：“老师放心，能让我逃的超级强者，会越来越少的！”

很随意的一句话，却让真衍尊者感觉到其中蕴含的无比坚定的决心和信心，他能感受到罗峰已做好了面对无尽战斗的充足准备。

“要小心。”真衍尊者道。

罗峰笑道：“多谢老师提醒，我会的。强者之路，本来就该靠战绩铸就！”

罗峰眉头一皱，他收到了虚拟宇宙系统发来的一封邮件，通知他去参加最高层会议。

“今天召开最高层会议？”真衍尊者惊诧地道。

第1018章

何为偏心？

罗峰和真衍尊者对视一眼，他们俩是同时收到虚拟宇宙系统发来的邮件的。

“我还从未参加过最高层会议。”真衍尊者有些期待。

“我也是。”罗峰一笑。

“走。”

二人的意识连接虚拟宇宙。

“去众神山。”罗峰站在雷霆岛山腰自己的宫殿内，轻声道。

众神山众神殿是最高层会议的召开之地。

最高层会议就在今天召开，虚拟宇宙系统广发邮件通知之时，众神山会自动开启，平常一直保持关闭状态。

云雾缭绕，山峰隐隐。

一道道人类强者身影接连出现，罗峰、真衍尊者也一前一后出现。

“罗峰。”

“罗峰。”

罗峰一出现就引起不远处正在交谈的一些宇宙尊者的热情招呼。

“九淼尊者。”

“雷鸣尊者。”

罗峰和一名名宇宙尊者打招呼，人类族群中的宇宙尊者和他关系好的还是有很多的。

“罗峰，吠镜王被逆转时空复活后，给你带来的麻烦可不小啊。”一名有羽翼的男子笑道，“灵魂类至宝、飞行宫殿类至宝，啧啧，恐怕很多异族宇宙霸主都会眼馋得生出贪婪之心，你以后可得小心。”

罗峰走过去道：“是有些麻烦，不过那些异族想要杀我，也要看他们的实力够不够，说不定反而被我击杀了。”

“面临如此危境，还这么镇定，不愧是刀河王！”男子端着酒杯笑道。

“血翼尊者，你别取笑我了。”罗峰笑着摇头。

罗峰虽然结识了很多宇宙尊者，但有些仅仅是点头之交，真正脾性相合、一见如故的很少，血翼尊者便是其中一个。血翼尊者出了名地孤傲、不好相处，但罗峰和血翼尊者相识后，二者都很欣赏对方。

“说实话，”血翼尊者压低声音郑重地道，“吠镜王放出的消息的确很惊人，如果我是异族，那么也是会忍不住对你下手的。”

“嗯。”罗峰点头。

“你看看周围。”血翼尊者道。

罗峰目光一扫，周围已经聚集了上千名宇宙尊者，远处的更多，他隐隐看到远处一些陌生的宇宙尊者看过来，嘴里似乎在议论着什么，罗峰根本听不到别人的交谈声，正如别人听不到他和血翼尊者的交谈声一样。

罗峰就是刀河王人类族群的高层是知道的。

“我敢打赌，肯定有很多宇宙尊者在议论你，特别是那些和你没有交情的。”血翼尊者道，“对你有嫉妒心的，也有很多。”

“嫉妒？”罗峰眉毛一挑。

“众神山有两处聚集地，一个是我们这儿，在这儿聚集的都是四星、五星、六星强者，一般拥有普通宇宙尊者级、中等宇宙尊者级、高等宇宙尊者级战力。”血翼尊者道，“另一个是七星霸主和殿主的聚集地，也就是宇宙霸主和宇宙之主的聚集之地。”

罗峰点头。

他的确发现了周围没有一位宇宙霸主。

“在这儿聚集的，最强的也就我这一水准，高等宇宙尊者级战力。高等宇宙尊者中偶尔还有人拥有一件至宝，像中等宇宙尊者、初等宇宙尊者，几乎都没有至宝。”

“至宝一般是宇宙霸主们及之上的存在才拥有，有的还拥有数件。”血翼尊者低声道。

“虽然你很优秀，但实力还是远不如宇宙霸主。人人都知道你至少拥有六件至宝，并且其中一件是灵魂类至宝，甚至你可能拥有飞行宫殿类至宝，就算是宇宙霸主，也只有极少数能拥有这么多至宝。”

“你说在场的这些宇宙尊者会不嫉妒你？就连我都有点羡慕嫉妒了。”血翼尊者笑道。

罗峰笑了。

“当然同是人类族群，没几个人敢对你下手。”血翼尊者道，“可是因为嫉妒，除了一些和你交好的外，其他宇宙尊者恐怕会有意无意地排斥你。”

“排斥我？”罗峰轻声道。

“他们纯粹是不忿。”血翼尊者道。

“那就用实力让他们服气。”罗峰道，“待将来我可匹敌宇宙霸主，甚至比宇宙霸主更强时，相信他们面对我时就会恭恭敬敬的，不敢生出不敬之心。”

“哈哈哈……那恐怕要等到你突破成为宇宙尊者之时了。”血翼尊者笑道。

罗峰转头看向远处。

……

“至少拥有六件至宝啊！”

“罗峰在九幽时空被吠镜王追杀时，他还没得到宝藏之地的宝物，也没得到雷之兽神赐予的宝物，他就有三件至宝，其中一件还是灵魂类至宝，他当时是一个界主，哪有能力凭自己得到至宝，肯定是强者赐予他的！”

“对，混沌城主未免太偏心了！”

“怎么能把灵魂类至宝赐给一个界主？我们宇宙尊者可连普通至宝都没有，他界主级时就得到一件灵魂类至宝了！”

巨斧斗武场、宇宙第一银行、宇宙星河银行、宇宙佣兵联盟等势力的超级强者，特别是不认识罗峰的，更是无所顾忌地和自己的朋友们议论着这件事。越议论，他们越不平。

“凭什么？”

“界主凭什么得到三件至宝？特别是其中一件还是灵魂类至宝！”

“人类族群中有好些宇宙霸主都没有灵魂类至宝呢，就算混沌城主将他的宝物赐予罗峰，也不能这么乱来，难以服众啊！”

虽然他们暗地里各种不满，但没一个敢直接去找混沌城主说这件事，毕竟混沌城主是虚拟宇宙公司的最高掌权人，哪里是他们敢去招惹的？

……

时间流逝，众神山上聚集的宇宙尊者越来越多，渐渐逼近最高层会议开启的时间。

“罗峰。”真衍尊者走来。

“老师。”罗峰转身。

真衍尊者皱眉道：“你在界主级就拥有了三件至宝，惹得很多宇宙尊者不满，特别是当时你就有灵魂类至宝，他们认为混沌城主赏罚不明。要不，你去找找混沌城主说说这事，看怎么消除影响？”

“在界主级就拥有三件至宝？不公平？”罗峰哭笑不得。

混沌城主仅仅赐予罗峰一件至宝弑吴羽翼，《星辰布道图》、塔珠是坐山客给的。特别是灵魂类至宝塔珠，实际上是星辰塔的一个重要部件——镇封空间的控制核心，这根本就和人类族群没有关系啊！

“这件事……”罗峰摇头。

自己无法说。难道说是坐山客赐予的？

“这件事我会想办法的。”罗峰摇头道，“就算没办法消除影响也没什么，我总不能期望所有强者都和我关系好。和我关系好的有，嫉妒我的有，仇恨我的有，这也没什么。”

“对你是没什么。”真衍尊者道，“可对混沌城主的威信有点影响。”

“就算老师混沌城主赐予我宝物，只要没动用人类族群的共同资源，是老师自己的宝物，他愿意怎么用就怎么用，嫉妒又怎么样？”罗峰嗤笑道，“更何况老师能拥有这等地位，凭借的是无可匹敌的实力。”

在初始宇宙，混沌城主就是无敌的存在。

单单这一条，他的地位依旧没有人可以动摇。

漫长岁月以来，混沌城主处理事情一直很公正，所以这样偏心罗峰的行为，惹得很多强者不满。若是一些本身脾气乖戾的宇宙之主这样做，那么没有宇宙尊者敢多说。

……

众神山上聚集的强者越来越多。

轰！

天地轰鸣。

罗峰等数千名宇宙尊者同时抬头看天，只见云雾中，两扇发出耀眼金光的大门缓缓打开，这两扇门上有着璀璨星空。

会议召开之地是众神山上空那座悬浮的宫殿——众神殿。

“人类强者，聚！”

一个雄浑的声音响彻整个天地。

众神山上的所有强者瞬间消失，全部被传送进了众神殿。

轰隆隆！

散发金光的两扇大门轰然关闭。

众神殿内有着雕刻精美的巨大圆桌，罗峰仅仅能看到圆桌的一部分，其他部分仿佛笼罩在云雾中，根本看不清。

密密麻麻的王座围绕着圆桌摆放，一眼看不到尽头。

罗峰坐在其中一个王座上。

“嗯？”罗峰双手抚摸着扶手，回头看了一眼，王座的椅背上有着“刀河”二字。

“好多宇宙尊者。”罗峰环顾四周。

他发现坐在最下方的宇宙尊者都是初等宇宙尊者，他们的王座是最小的，大概2米宽。

中等宇宙尊者的王座则是10米宽。

高等宇宙尊者的王座则是50米宽。

罗峰坐的是10米宽的王座，他仅仅能看到初等宇宙尊者、中等宇宙尊者、高等宇宙尊者，至于地位更高的宇宙霸主和宇宙之主，完全隐入朦胧云雾中，根本看不清。

“我的神体也变成了刚好契合这个王座的大小。”罗峰抚摸着扶手，暗自惊叹，“我坐在10米宽的王座上，双手刚好搭在这扶手上。”

第1019章

原始星

密密麻麻的王座分成五个级别：2米宽的、10米宽的、50米宽的、200米宽的、1000米宽的。所有强者的神体完全契合王座，其中天蚀宫主、鸠风尊者、不死尊者等一些宇宙霸主都坐在200米宽的王座上。

最高处的巨大王座上的一位位宇宙之主俯瞰着其他人类强者，这些宇宙之主是来自人类族群五大势力的超级存在。

1000米宽的王座大多呈耀眼的金色，唯有最中间的两个是黑色的，其中一个黑色王座上隐隐有着巨斧雕刻，坐在这个王座上的是一名手指粗大、散着长发的巨汉，他旁边的一个黑色王座上则空荡荡的，没有人坐。

其他金色王座上皆坐着一个个魁梧强者。

“混沌。”这个巨汉看着左手边金色王座上的混沌城主，笑道，“你对罗峰的偏心，似乎惹得不少宇宙尊者不满呢。”

“他们不满也不奇怪。你的弟子归一也有宇宙霸主级实力，他常年跟随你，他似乎就没有灵魂类至宝。他都没有，当初仅仅是界主的罗峰却得到了灵魂类至宝，归一尊者恐怕也会有些不平吧。”

“哼！”一股直击灵魂的冰冷气息蔓延开，有人道，“赐予他们宝物，是恩情；不给他们宝物，也是理所应当！想要至宝，自己去拼杀啊！混沌赐予的灵魂类至宝，是混沌自己得到的，谁都没资格多说！”

“依我看，杀一儆百，把跳得最欢的直接关押到初始宇宙的监狱中去。”

“这就太过了。”

“他们没有动手抢夺，没有引起杀戮，不至于关押到监狱中去。”

……

金色王座上的身影一一开口。

“诸位，”混沌城主微笑道，“我虽然重视罗峰，但我做事的分寸大家是知道的，绝对不会在罗峰的实力仅仅为界主级时就赐予他一件灵魂类至宝。”

其他宇宙之主，包括黑色王座上的巨汉都看了过来。

他们知道混沌城主处事最公平公正，也最有威信。

真正有耐心去处理族群琐事的宇宙之主很少，很多宇宙之主根本懒得多管。

混沌城主却很有耐心，一直很受人尊敬。

“他在界主级时就有三件至宝，是他际遇不凡，唯有他的飞行类至宝弑吴羽翼是我赐予的。”混沌城主道。

“啊？”

“他自己得到的至宝？”

“至宝可不是别的，不是际遇不凡就能得到的，一般都是超级存在刻意留给传人的。”

“管他什么超级存在，反正这宝物落到我们人类族群手里，就是好事。”

“哈哈哈……对，不管是谁留下的，只要宝物落到我们人类族群手里就行。罗峰不管怎样，首先是人类，其次才跟留下宝物的存在有些瓜葛。”

“难怪我听到混沌赐予罗峰三件至宝这个消息时就感到疑惑，混沌不是这样的人啊，原来如此。”

王座上的身影交谈着。

“其他宇宙尊者都在等，会议开始吧。”坐在黑色王座上的巨汉看向左手边的混沌城主，开口道，“混沌，还是你主持会议。”

“嗯。”混沌城主点头。

……

罗峰通过和旁边一些宇宙尊者交流，知道了一些最基本的信息。

众神殿的王座分五个级别，虽然在座的一般能够看到比自身高一个级别的强者，但只能和同级别、低级别的对话。比如罗峰仅仅能和五星强者（中等宇宙尊者）、四星强者（初等宇宙尊者）对话，而最低级别的初等宇宙尊者，仅仅能和其他初等宇宙尊者对话。

“各位。”一个温和的声音传下来，整个众神殿顿时一片寂静。

罗峰一听就知道是混沌城主的声音。

“最高层会议商讨的都是影响整个族群的大事。”混沌城主声音雄浑，传遍整个众神殿，“这次召开最高层会议，是因为原始星即将开启。”

“原始星即将开启！”

几乎所有宇宙尊者脸上都露出了震惊之色。

“原始星是我们浩瀚宇宙的最核心之地，是亿万个族群的争夺之地。这次也同样不例外，想要得到至宝，想要对族群有大贡献，那么机会来了。详细信息，大家可以先浏览。”混沌城主道。

众多强者的面前都悬浮着一面屏幕，屏幕上出现了大量详细资料。

罗峰也盯着面前的屏幕看。

宇宙最核心之地是宇宙本源之地，然而漫长岁月以来，除了意识偶尔能到宇宙本源之地，没有任何一位超级强者能够亲自抵达宇宙本源之地，那个地方仿佛是虚幻的。

原始星却是真实存在的。

原始星共一万零八十一颗，这一万零八十一颗原始星环绕宇宙本源之地，堪称整个宇宙中最接近宇宙本源之地的地方。

一万零八十一颗原始星上孕育着无数宝物，但也存在诸多危险。

通往原始星的通道共有一万零八十一条，可这上万条通道平常一直关闭，经过极为漫长的岁月才会开启一次。每次开启会持续一千纪元，一千纪元后就会关闭，所有进入的强者必须在关闭前出来，否则必然陨落。

不管是分身逗留其中还是化身逗留其中，只要关闭后还逗留在原始星的，就必定陨落，没有例外。

这是宇宙的神秘之地，没人知道原因。

一万零八十一颗原始星上虽危机四伏，但有着无数宝物，至宝经常显现，重宝都不值一提。

宇宙亿万个族群的超级存在会在这里为各自的族群争夺宝物。

每次开启都是一场可怕的杀戮，每一次开启都有宇宙之主陨落。

每次开启都很残酷，却充满诱惑，让无数强者为之疯狂。

这就是原始星，最接近宇宙本源之地的地方。

“嗯，贡献？”罗峰看着下方的另外一份资料。

在原始星得到的宝物，可以自己使用，也可以给族群以换取贡献值。

族群之所以强大，靠的就是无数强者的贡献。

贡献值可以用来换取其他宝物。

人类族群分为享受资源者和贡献资源者。

所有普通人、不朽神灵都是享受资源者，如普通人享受的是和平。不朽神灵中表现优异者，可以得到超级强者的指点、教导，甚至被赐予宝物。

一旦跨入宇宙强者行列，参加最高层会议，那么就代表你成了人类族群的骨干。人类族群需要真正强者的贡献，只有你们愿意贡献，人类族群才会强大。

强者夺得宝物资源后给族群，一切都会换算成贡献值记载下来，你们可用贡献值向族群换取资源。

刀河王，当你参加最高层会议时，就失去了天才身份，失去了因天才身份享受的免费资源。从这一刻起，你就是我人类族群的超级强者之一，你完全有实力为我人类族群做出贡献，完全可以靠贡献值换取所需要的资源。

……

罗峰看着两份资料，一份有关原始星，一份有关贡献值。显然只有第一次参加最高层会议的才需要这份有关贡献值的资料，比如罗峰、真衍尊者。

“贡献值？”罗峰轻声道，“是啊，如果个个都想要得到好处，那么哪有那么多资源可以分配？”

罗峰明白了。

这就像一个原始部落，男人们在外猎杀，妇人们种植，孩子们享用资源成长，长大后为族群做贡献。

只有跨入宇宙强者之林，有足够实力后，才能开始为族群做贡献。

“很好。”罗峰轻声道，“这样非常好。”

“原始星？”罗峰眼眸发亮，“宇宙真神奇，在这之前，我都不知道有原始星这样的地方。一万零八十一颗原始星，最接近宇宙本源之地的神秘之地。”

……

当最高层会议上的超级强者为之震撼时，混沌城主又开口了。

“距离原始星开启还有整整十年，在这十年里，大家可以做好准备。比如能够互补的数名强者组成小队，比如向一些不愿去原始星的强者借用宝物……十年后，可启程去原始星。”

第1020章

向罗峰借宝物

最高层会议在混沌城主平静、雄浑的声音中结束了。

轰隆隆——

众神殿之门开启，紧跟着几乎所有宇宙尊者都站了起来。

“这么快？”罗峰、真衍尊者也随着大众站了起来，只见其他宇宙尊者一个个谈笑着直接走向众神殿大门，一跨出大门就皆消失了。

“你们俩迟疑什么呢？”血翼尊者走了过来。

“只是惊讶于最高层会议结束的速度。”罗峰笑道。

血翼尊者笑道：“我第一次参加最高层会议时，也惊诧于最高层会议时间之短。不过后来就明白了，能够影响人类族群的大事自然很久才发生一件，而且最高层会议多数都不需要成员进行商讨，只是通知罢了。只有少数需要表决的，才会花费不少时间；不需要表决的，时间都很短暂。高高在上的宇宙之主可没时间和我们说太多。”

罗峰点头。

最高层会议的效率很高。

混沌城主没多说什么，只把主要事情讲完，其他人通过查看屏幕就可知道详细信息。

“走吧。”血翼尊者道。

“嗯。”

罗峰、真衍尊者、血翼尊者他们三位几乎并行，一同跨出众神殿大门。

“看，是刀河王。”

“听说刀河王至少拥有六件至宝啊！”

在后面的一些宇宙尊者彼此悄然议论。

“他虽然能击杀吠镜王，算得上不朽神灵中的超级人物，可论战力，也就勉强算是中等宇宙尊者。就他这点实力，去了原始星，恐怕会成为异族超级强者的靶子。”

“对。他至少有六件至宝，其中有灵魂类至宝、飞行宫殿类至宝，在原始星，他简直是移动宝库。到时，原始星聚集着亿万个族群的超级强者，一些异族的宇宙之主看到刀河王，恐怕会迅速出手。”

“异族的宇宙霸主、宇宙之主只要碰到他，都会出手。”

“你们想什么呢？原始星每次开启，宇宙尊者中实力弱小者大多都不会去，刀河王也不傻，他只要不去，那些异族又能拿他怎么样？”

他们在议论声中跨出大门，消失。

雷霆岛山腰，罗峰的宫殿群，亭台内。

罗峰、血翼尊者、真衍尊者三个坐在一起，喝酒聊着原始星，准确地说是血翼尊者说，罗峰和真衍尊者仔细听。

“一万零八十一颗原始星，每颗上都有宝贝，每颗都让宇宙各大超级势力为之心动。”血翼尊者感叹，“一些重宝、普通至宝，他们争夺得还不算激烈，像一些珍贵的至宝，如飞行宫殿类的、领域类的、灵魂类的，甚至一些高等至宝、顶级至宝……出世引起的动静非常大，各族宇宙之主都会因此搏斗。历史上，原始星每一次开启都会有宇宙之主陨落！”

罗峰忍不住道：“不少宇宙之主都有天赋分身等一些保命手段吧，像一些没有天赋分身手段的，应该不会去原始星吧？”

“错，你这就错了。”血翼尊者摇头，“宇宙之主极其稀少，一个族群只要拥有一位宇宙之主，那么该族群就算得上强大族群，就算我人类族群是巅峰族群，宇宙之主的数量也不多。”

“能成为宇宙之主的，胆小怕死的很少，他们虽然谨慎，但是原始星开启是他们获得一些顶级至宝的机遇，他们会选择拼一拼的。他们如果从中获得了一些顶级至宝、巅峰至宝，那就能仗着至宝纵横宇宙，几乎无可匹敌了。”

罗峰点头。

至宝的作用非常大。

像千宝河就令混沌城主的一大分身战力强悍，就算天狼之主有天狼殿，也不敢对上。

像紫色兜寇尊者是七十二位神将之一，继承了神将之位，比沛风尊者、鸠风尊者这些候补神将强得多，且真正拥有宇宙之主级战力。然而，拥有天狼殿的天狼之主却能轻松压制紫色兜寇尊者。

“我进去过原始星一次，那次，我差点陨落！”

正当血翼尊者讲述他的经历时，远处一道身影飞来。

“罗峰。”一个声音响起。

罗峰转头一看：“九剑尊者？”

罗峰有些错愕，他跨入不朽级后，登门恭贺的宇宙尊者很多，九剑尊者却一直没来。

罗峰猜得到原因，如果他没有成为混沌城主的亲传弟子，按理应该是九剑尊者的属下，九剑尊者那般自傲，自然不愿过来。

“九剑尊者。”罗峰笑着迎上去。

“罗峰。”九剑尊者脸上带着笑容，看了一眼旁边的真衍尊者、血翼尊者，“真衍尊者、血翼尊者也在。”

“哈哈哈……九剑尊者，你来这儿……是借宝的？”血翼尊者道。

九剑尊者表情略微一僵。

他的确打算来借至宝，毕竟在宇宙人类族群中，拥有至宝的一般都是高等宇宙尊者和宇宙霸主。这些超级存在一般都会去原始星。拥有至宝且又不会去原始星的，屈指可数。

但至少拥有六件至宝的罗峰，很可能就不会去。

“我和罗峰没仇怨，反而算旧识，自然可以和罗峰成为朋友。这次进入原始星，我若有至宝护体，那么在其中得到宝物的概率就高多了，只是略微低下头而已。”九剑尊者暗道。

他一咬牙，立即就过来了。

强者之路上，实力才是第一。

实力强，其他强者才会尊敬你。

“罗峰，我来这儿的确想要和你借一件至宝。”九剑尊者道，“我擅长近身战，所以想要借吠镜王的那件至宝。”

他清楚灵魂类至宝的珍贵程度，不会向罗峰借灵魂类至宝。

“借至宝？”罗峰一怔。

“我来借至宝是有些突然。”九剑尊者连忙笑道，“等我从原始星出来，自然会立即将至宝归还给你，并且以十件重宝酬谢你。我完全可以在虚拟宇宙系统的公证下签下借用契约，除非我背叛族群，否则我绝对不敢不归还的。”

罗峰心里迟疑。

如果直接拒绝，是不是太不给九剑尊者面子了？

“九剑尊者，”罗峰开口道，“有些抱歉。”

九剑尊者顿时明白。

“罗峰，原始星开启状态持续一千纪元，过程中是随时可以出来的，我一旦得到宝物，就定会立即出来，所以我在原始星中可能也就花费数百上千年而已。”九剑尊者连忙道。

“不是不想借。”罗峰道，“是我自己也打算去原始星。”

九剑尊者顿时没说话了。

罗峰既然打算进入原始星，那么当然要让自己的实力越强越好。

“哈哈……九剑尊者，其实我也打算和罗峰借至宝，没想到你先开口了。”旁边坐着的血翼尊者哈哈大笑，“现在我知道罗峰打算去原始星，也就没必要开口了，哈哈……我还得多谢九剑尊者你啊。”

九剑尊者也笑了，他暗暗感激血翼尊者，血翼尊者的这番话化解了他的尴尬。

……

九剑尊者很快就离开了，可仅仅片刻，又一名强者抵达。

“二师兄。”罗峰连忙去迎接。

一身火红色长袍的光头男子飘然而至，正是常年侍奉混沌城主左右的归一尊者。

“罗峰，我的来意你应该猜到了。”归一尊者赤脚落在地面上，微笑着看着罗峰，“我来是想要和你借灵魂类至宝。我猜测你这次应该不会去原始星，所以我便来了。等我从原始星出来，定将灵魂类至宝归还于你，并且还以三件普通至宝酬谢你。”

三件普通至宝？

罗峰暗暗心惊。

很多宇宙霸主也就数件至宝，像沛风尊者也就四件至宝。

归一尊者常年跟随混沌城主左右，可能至宝略微多点，可直接以三件至宝酬谢罗峰，绝对是大手笔了。

“二师兄，”罗峰连忙道，“这的确让我心动，只是师弟也打算去原始星。”

“罗峰，”归一尊者惊诧地道，“你也去？”

“嗯。”罗峰点头。

“师弟难道不知那里是何等凶险？普通宇宙尊者都很难得到至宝。就算是宇宙霸主，若是没有足够多的至宝护身，恐怕也难获得三件至宝。”归一尊者道。

罗峰听明白了。

归一尊者的意思是就算宇宙霸主去了原始星，也不一定能得到三件普通至宝，现在只要借给他灵魂类至宝，就能得到三件至宝，很值了。

罗峰暗自无奈。

二师兄，你哪里知道我这件灵魂类至宝是塔珠？塔珠是星辰塔的一个重要部件，宇宙尊者如果将它融入灵魂，必死无疑。

“我还是打算进去闯一闯，也算见识见识，而且这件至宝有些独特之处，恐怕……”罗峰道。

“好吧。”归一尊者略一点头，笑道，“那我就先走了，看来，我得想其他办法了。”

第1021章

前往焱神族

罗峰目送着归一尊者离去，心中则有些愧疚。

这次没有帮上二师兄，有些不安啊。二师兄表面上一如既往，可不知他说的其他办法是什么。

可惜，自己的灵魂类至宝是塔珠。若是一件普通的灵魂类至宝，暂借给二师兄也不算什么，反正原始星的开启时间足足一千纪元，自己可以等数百纪元。等二师兄在原始星闯荡一番归来后，自己再去闯荡也不迟，而且过了数百纪元，自己的实力肯定更强了，说不定已经跨入宇宙尊者级了。

“罗峰，”血翼尊者走过来，“依我看，你还是借给归一尊者吧，归一尊者身份不一般，难得开口。”

“唉，不是我不愿意借，而是无法借。”罗峰笑着摇头。

“随你吧。”血翼尊者也笑道，“你也挺有野心的。”

“当然想出去闯闯。”罗峰道。对于神秘的原始星，罗峰的确很想去见识一下，可他也清楚，自身实力还不够。

……

时间流逝，来和罗峰借至宝的宇宙尊者一个接一个。

绝大多数强者都认为罗峰应该不会去原始星，可他们都没有借成。

这些来和罗峰借至宝的，有一些是罗峰的朋友，有一些是关系很亲近的，也有一些是不认识的。

之后，消息很快就传开了，几乎所有宇宙尊者都知道罗峰也想要去原始星闯荡。想跟他借至宝，那还是别想了。

“罗峰也去原始星？”

“他仅仅是一个不朽神灵，只有中等宇宙尊者级战力居然也想去原始星。他有那么多至宝，在原始星上他就是移动宝库，任何异族超级强者遇到他，都是会对他下手的，他这不是找死吗？”

“他找死，你管得着？”

“他这点实力去原始星，纯粹是自己找死！”

“看吧，看他在原始星是什么结局！”

“他死不要紧，如果他死了，至宝却落到异族手里，那可是我们整个族群的损失，他就是罪人！”

“放心，他没那么容易死，混沌城主那般重视他，肯定会帮他，说不定混沌城主会安排两位宇宙霸主和他组成一队呢！”

看罗峰不顺眼的、嫉妒罗峰的宇宙尊者的确有好些，这些宇宙尊者一直拼命争夺一些宝物给族群以获得贡献值，以贡献值换取自己所需要的资源。可罗峰在界主级就能得到灵魂类至宝，自然引起他们的不忿，甚至仇视。

“且看着，看着罗峰在原始星会落到什么田地！”

“原始星那是什么地方？在之上，高等宇宙尊者都属于最常见的生命，高等宇宙尊者一般会组成一支小队，任何一支小队的战力都不能小觑，罗峰仅仅是一个不朽神灵怎么可能创造奇迹？”

“就算他是特殊生命，就算拥有最逆天的特殊秘法和宝物，不朽神灵也是无法在原始星上创造奇迹的。”

很多宇宙尊者都准备看罗峰的笑话。

虚拟宇宙，雷霆岛山腰上。

罗峰和真衍尊者聚在一起。

“原始星我就不去了，我的实力远远不够。”真衍尊者的眼眸中有着一丝不甘，“真想去闯闯啊！可我也有自知之明。罗峰，你是我的徒弟，我便说说你吧。你虽然实力不错，但也不必急着去原始星闯荡，而且你还因为这事，和两位宇宙霸主产生了隔阂。”

罗峰只能笑着。

来和罗峰借至宝的强者中共有两位宇宙霸主，一位是归一尊者，一位是白风尊者。二者都是来借灵魂类至宝的，可罗峰无法借出啊。

“你是我的弟子，脾气也跟我一样。”真衍尊者笑道，“唉，你去原始星，可得小心，做好充足准备，从我们现在搜集的资料来看，那里实在太危险了。”

“嗯。”罗峰点头。

高等宇宙尊者在原始星陨落是很常见的，宇宙霸主陨落的情况也会出现，宇宙之主也会陨落。

“老师，我有准备。”罗峰道。

“嗯，你不借出至宝，惹得现在我们人类族群很多宇宙尊者都在看你的笑话。”真衍尊者道，“就连你的朋友都不太相信你能创造奇迹。不过我是你的老师，我看着你一路成长，我相信你！”

罗峰咧嘴一笑。

“记住，别被那些家伙看了笑话。”真衍尊者道。

“嗯。”罗峰点头。

……

片刻后，罗峰目送着真衍尊者离去。

“除了老师相信我，恐怕也没几个会相信我能创造奇迹吧。”罗峰轻声道，“就连我自己也没多大把握啊。凭我现在的实力，碰到宇宙霸主我还是得避着。在原始星中想要虎口夺食，太难了。”

“劫甲，别让我失望。”罗峰期待道。

罗峰清楚自身实力，原始星上即将聚集亿万个族群的超级强者，想要夺取至宝，靠的就是自身实力了。在宇宙之主、宇宙霸主、一些高等宇宙尊者小队中，他的实力的确垫底。

唯有靠劫甲。

宇宙最强者之一的坐山客，为他的二徒弟留下两件至宝，一件是焱神戟，一件是原魂；为三徒弟罗峰也留下两件至宝，一件是星辰塔，一件是劫甲。

星辰塔在创造过程中因为出现意外，威力暴增，达到最强至宝层次。

劫甲、焱神戟、原魂都属于同一水准的至宝，都是宇宙中极珍贵的至宝，坐山客为此付出了巨大的代价，比之混沌城主的千宝河都丝毫不差。而且劫甲是坐山客专门为他的三徒弟罗峰炼制的，所以罗峰无疑是最适合使用劫甲的人。

“像《星辰布道图》、弑吴羽翼等，都是普通至宝。”罗峰喃喃道，“宇宙之主根本不在乎，这些对他们而言都已无用。劫甲只比星辰塔稍差一筹，毕竟星辰塔是宇宙最强至宝之一，劫甲绝对算得上顶级至宝乃至巅峰至宝，比弑吴羽翼等要强太多。劫甲的威力，定是不凡。”

焱神族居住在远离人类疆域的偏僻之地，他们独占一个庞大宇宙秘境。

一颗荒凉的星球上出现碧绿色光芒。

一名异族不朽神灵和一名身穿金甲的青年，出现在了这颗荒凉的星球上。

“做得不错。”金甲青年笑着看了一眼异族不朽神灵。

异族不朽神灵连忙恭敬匍匐。

“我麾下有诸多异族强者，他们在宇宙中留下了诸多信物，这里是离焱神族最近的地方。”罗峰轻声道，同时挥手将那名异族不朽神灵收入世界戒指，“从这儿出发前往焱神族，还有些距离，幸好我有古船银河。”

罗峰翻手，掌心出现枣核大小的古船，道：“大，大，大。”

罗峰一挥手，古船银河立即破空飞去，同时将神力灌入其中，催动古船银河。只见古船银河在星空中迅速变大，很快就变得和罗峰所在的这颗星球一般大小。

“哈哈……”罗峰一步上了古船银河。

他站在甲板上，看着无垠星空。

“飞行宫殿类顶级重宝比宇宙飞船就是要强了不知道多少。”罗峰操控神力，令古船银河缩小，变成一艘约千米长的古船。毕竟维持古船银河庞大形态也需要消耗神力。

“出发。”罗峰心念一动，古船银河迅速加速，在星空中留下一道银色流光，紧跟着达到光速，直接消失，进入了暗宇宙。

暗宇宙中，古船银河的速度疯狂飙升。

10倍光速、20倍光速、30倍光速……

100倍光速、200倍光速、300倍光速……

“哈哈哈……痛快，痛快！”站在栏杆前，罗峰扶栏而望，古船银河外部自然形成一层盾形薄膜，将古船银河保护起来。

“速度比那些生物飞船、机械飞船快太多了。”罗峰不断提升着古船银河的速度，终于达到接近800倍光速。

这是罗峰的极限，而非古船银河的极限。

若是罗峰燃烧神力，古船银河的速度还能更快；若是罗峰的法则感悟程度更高些，古船银河的速度也能更快些。

“够了，估摸着在暗宇宙中飞行两个多月就能抵达焱神秘境。”罗峰暗道。

焱神族生活在一个庞大的宇宙秘境中，这个宇宙秘境被一些宇宙强者称为焱神秘境。

乘坐古船银河，罗峰遨游暗宇宙，过了近三个月后，古船银河终于开始减速，离开了暗宇宙。

茫茫虚空中，一艘古船上。

罗峰站在古船银河的甲板上扶栏而望：“焱神秘境到了。”

第1022章

焱帝

焱帝当年带着麾下焱神族脱离了人类族群，寻了一个离人类疆域无比遥远的宇宙秘境居住下来，繁衍生息。漫长岁月过去，焱神族变得更加强大，加上焱帝纵横宇宙的无敌实力，没有谁敢来招惹焱神族。

虽说焱神族距离人类疆域无比遥远，但焱神族还是经常加入其他阵营进入域外战场，去和人类战斗。

“我当年得到的兵甲、将甲碎片都是在战争留下的残骸中找到的。”罗峰站在古船银河的甲板上遥看宇宙虚空，暗道，“焱神族脱离人类族群后，和虫族、妖族、机械族中某一方合作对付人类族群，看来和人类族群的仇怨很大！”

按理说，焱神族原本是人类的一分子，即使脱离了，也没必要对付人类族群。可不管是从虚拟宇宙中查阅到的信息，还是从战争残骸中找到的兵甲、将甲碎片，都说明焱神族和人类族群是敌对关系。

“焱帝是坐山客老师培养的宇宙之主，又有焱神戟、原魂两大强大至宝，定比天狼之主强得多。”

“不过他敢脱离人类族群，却不敢违逆老师。”罗峰暗道。

嗖！

罗峰一挥手，古船银河就迅速缩小化为枣核大小，落入罗峰掌心。

“去拜会一下我这位二师兄。”罗峰在宇宙虚空中施展起了瞬移，朝焱神秘境逼近。

焱神族生活在宇宙秘境的三个辽阔的大陆上。

这三个大陆中，最小的直径也超过1光年，最大的一个直径约3光年。三个大陆彼此毗邻，三个大陆中央的虚空中有一片巍峨的悬浮的宫殿群，宫殿群周围有着无穷无尽的火焰，黑色、紫色、白色、绿色、蓝色……各色火焰环绕。

一名名不朽级战士在走廊、广场上行走，偶尔看向宫殿群中央那座最高的主殿，眼神中满是尊敬。

焱神族战士个个体形高大魁梧，矮的身高也有8米，高点的身高10米，同时皮肤上更是布满鳞甲，眉心处有一根弯角，手脚则和地球人的一样，只是更加粗大，暴虐的气息散发开来。

最高主殿内。

一道魁梧的身影高坐在王座上，高近万千米，鼻孔喷出的气流令周围虚空燃烧起来，黑色独角更是直刺苍穹，身上有密密麻麻的黑色鳞甲，只见他手指轻轻敲击着扶手，一双眼眸宛如看透虚空，看到了远处飞来的罗峰。

“气息挺强的，焱神族竟有客人来了。”魁梧身影轻声道。

他是宇宙之主，一般宇宙尊者就能够感应极其遥远的空间波动，而完全掌控时空的宇宙之主能够感应直径千万光年内的一切空间波动。

“看看客人是谁。”魁梧身影的双眸遥遥看着，循着时空破开一层层空间阻碍。

遥远的虚空中，一名黑发青年迅速逼近。

王座上的魁梧身影的气息猛地一震，令周围空间战栗。

“三师弟，”魁梧身影轻声道，“我知道你跨入不朽级后就猜到你会来，你终于来了。”

“拜真衍为师，拜混沌城主为师，三师弟啊，你为何和人类族群牵扯这么深？难道你忘了，你的家乡地球是被人类族群抢夺去的？难道你不知道，他们对你好是为了让你帮他们作战吗？

“真抱歉，我是不会让劫甲这件超级至宝为人类族群所用的。但是老师有命令……若是没有老师的命令，你恐怕永远无法得到劫甲。

“老师！”

焱帝的眼眸中掠过一丝忌惮。

站得越高，越感觉坐山客可怕。

坐山客将原魂、焱神戟都给了他，劫甲是暂时放在他这儿的。成为宇宙之主后，他几乎无所顾忌了，像混沌城主、蒙托之主等他是一个都不怕，宇宙之主中巅峰的存在也只能够压制他，无法击杀他。

唯有宇宙最强者能击杀他。

宇宙最强者，个个实力无法估量，言出法随，轻易改变法则，完全掌控部分区域，只是因为遭到宇宙运转法则的压制，他们表露出的实力才仅比混沌之主、蒙托之主等一些存在强一些罢了。

“巨斧斗武场的创始者因为有族群的牵挂，倒是不愿惹怒我。”

“老师的手段层出不穷，招惹他的还没有一个不吃大亏！老师独来独往，毫无牵挂，我的底牌他几乎尽知，一旦动手，那我……”焱帝的眼睛眯起。

如果说怕，宇宙中他仅仅怕坐山客一个。

“至今，我都没有百分百掌控劫甲。”焱帝抚摸着手臂，只见皮肤表面浮起一层透明的铠甲，铠甲上复杂的秘纹在变化，无比奥妙。

“坐山客创造至宝的能力的确独步宇宙。劫甲是为三师弟所创造的，其他强者都无法让它认主，而我虽能让它认主，但仅能驱动部分威力。”焱帝感叹道。

塔珠是星辰塔的一个重要部件，宇宙尊者如果将它融入灵魂，必死无疑。

其他强者虽然能将劫甲融入灵魂，但根本无法使用，就连焱帝也仅仅能使其发挥部分威力。

“虽仅仅能使其发挥部分威力，但依旧比其他顶级至宝要强。”焱帝一直抚摸着透明的铠甲，抬头看着虚空之外的那道身影，渐渐地，焱帝脸上浮现出一丝笑容。

“三师弟，若是你能够见到我，我自然得听从老师的命令，不敢不给。可前提是你得见到我，或者你至少得来到我焱神族居住地。”焱帝轻声道。

只要罗峰抵达焱神族居住地，给焱神族的一些不朽神灵传了话，焱帝就无法假装说不知道了。

若罗峰无法抵达焱神族居住地，无法见到焱帝，焱帝自然可以假装不知道。

“哼！想得到劫甲？不跨入宇宙尊者层次，以你现在的实力，你根本抵达不了我焱神族居住地。”焱帝轰然站起，走下王座，走到宫殿外，遥看虚空。

焱帝很清楚坐山客的性格，他所做的这些完全在坐山客的容忍范围内。

“封锁。”焱帝轻声道。以他所在的主殿为核心，四面八方的空间波动完全被封锁，直径足足数百光年。

“虽说焱神族居住地的空间坐标早已被掩盖，可以防万一，我得再加点手段，就算你请混沌城主来破解，短时间内也难破解开。”

焱帝微微一笑，神体一动，直接达到光速，进入暗宇宙，开始施展手段了。

嗖！嗖！嗖！

罗峰一次次施展瞬移，逼近焱神族居住地。

“快到了！”罗峰越发期待。

“嗯？”罗峰忽然停下，皱眉看着前方虚空，虚空中有一些星星碎片飘浮。

“空间波动竟然完全被封锁了，怎么回事？”

“五彩极光湖内是无法施展瞬移的，人类族群的原始秘境的一些重要之地也是无法施展瞬移的。难道焱神族居住地也一样，直径数百光年范围内都无法施展瞬移？”罗峰暗道。

宇宙之主将法则秘纹刻在一些特殊建筑上，以火神源晶等一些晶石驱动，以保证能长期完全保持空间封锁状态，或者通过一些至宝也能做到。

“可是这样一来，焱神族族人不也无法施展瞬移了？”罗峰皱眉，“还是说我这位二师兄故意封锁空间？”

“不好！”罗峰脸色一变，当即双翼一振，化为一道流光，迅速达到光速直接进入暗宇宙。

罗峰在暗宇宙中飞行，理论上很快就能抵达焱神族居住地。

“坐标呢？焱神族居住地所对应的暗宇宙坐标呢？”

罗峰左手持着坐标定位仪，定位仪上的定位点不断跳动，直接从一个位置跳到另一个位置，仿佛中间位置的坐标完全消失了，甚至仅仅片刻，同样的位置，定位仪显示的坐标又变了。罗峰看得目瞪口呆，这比呼延博当年遮掩暗宇宙坐标的手段强了不知道多少。

“够狠，遮掩暗宇宙坐标，封锁空间。也就是说，我只能靠飞行慢慢飞过去，数百光年，即使一直以接近光速的速度飞行，也得数百年才能抵达。”

罗峰到了这时哪还会不明白？他这位二师兄焱帝真的如他猜测的那样，使用劫甲久了，不想归还了。

“他又是遮掩宇宙坐标，又是封锁空间，只差没亲自对付我了。”罗峰暗道，“看来，他也不敢明着违背坐山客老师的命令。”

第1023章

生出贪婪之心

论危险程度，焱神秘境远低于祖神秘境，以罗峰现如今的实力，焱神秘境本身并没有能威胁到他的地方。

一艘生物飞船正以亚光速在焱神秘境内飞行。

“二师兄，”罗峰坐在控制室内，端着酒杯，“大师兄至今都没有一件真正的顶尖至宝，你拥有两件，还暂时占用了我的那件劫甲。你不舍得归还劫甲我能理解，可贪婪是不好的。”

罗峰仰头将果酒喝光，又给自己倒了一杯。

“原始星开启状态持续一千纪元，我乘坐飞船慢慢飞行，花费数百年时间就可以抵达焱神族居住地。数百年时间而已，我等得起。”

罗峰倒是丝毫不急。

焱神族宫殿群的主殿中。

焱帝遥望虚空，破除一层层空间阻碍，看到了那艘通体深紫色的生物飞船，甚至看到了飞船内悠闲喝酒的罗峰。

“竟然不知难而退！”焱帝摇头，“空间被封锁、暗宇宙的坐标被掩盖，你都不知难而退。我的三师弟，难道你以为二师兄就真的拦不住你？本来不想如此，但你硬是要过来拿走劫甲，那就别怪你二师兄了！”

焱帝目光冷厉。

九域联盟疆域，一颗看似普通的生命星球内生活着泥蛙族人，上千个泥蛙族人分散居住在星球各处。

其中一个村落中。

“一个个依次测试，只有最好的才能得到三长老的亲自教导，一旦得到三长老的教导，那么几乎一定能成为强者，能够在空中飞行了。”

一群泥蛙族人在一名魁梧的泥蛙族人的喝令下，挨个进行测试。

远处那位三长老手持木杖微笑着注视一切，他的那只碧绿色独眼里满是喜悦。他喜欢这样平静的生活，他喜欢和族人生活在一起，他当年最弱小的时候，也是生活在这样朴素的村落中。

“嗯？”三长老手持木杖，眉头一皱。

“人类族群中匹敌逆天特殊生命的刀河王，竟然出现在焱神族疆域，而且还提供了他的准确坐标。”三长老的碧绿色独眼中露出一丝惊疑，“毫无疑问，这个消息肯定是焱神族放出的。焱帝是宇宙之主，刀河王到了他的地盘，他怎么不亲自动手？也对，焱帝在宇宙之主中都是顶尖的存在，怕是根本不屑，而且据传焱帝当年出身于人类族群，可能有所顾忌吧。”

“刀河王至少有六件至宝在身，这个消息已经传开，恐怕敢动手抢的，都是无比自信的宇宙霸主，那些高等宇宙尊者怕是不敢动手抢。”三长老俯瞰着正在进行测试的族人，他很喜欢在村落的生活，但他明白，整个泥蛙族的真正核心支柱就是他，他是泥蛙族的最强者，增强自身实力是第一要务。

“灵魂类至宝，我必须得到！”三长老手持木杖站在那儿，然而，他的真身已然离开了这颗星球，留在这儿的仅仅是他的一个化身。

作为宇宙霸主，他的一个拥有了一丝意识的能量化身保持界主级的实力是轻而易举的。

……

“哈哈哈……刀河王竟然离开了人类族群！

“灵魂类至宝啊！经常和虫族那群强者战斗，虫族那群强者个个都是灵魂类大师……若是有一件灵魂类至宝在身，那就万无一失了。

“哈哈哈……这灵魂类至宝是我的！”

一处宇宙秘境中，一座看似普通的悬浮着的山峰忽然睁开了巨大的九只眼睛，九只眼睛中满是兴奋，紧跟着，这座“山峰”施展瞬移，消失了。

……

“罗峰怎么去了焱神族疆域？”

“他这不是找死吗？”

“本以为他会死在原始星，没想到竟然还嫌自己死得不够早，直接跑到敌方疆域了！”

人类族群中的一些超级强者一得到消息就炸开了锅。

这个消息首先在祖神教荣耀世界的露天广场上传出，露天广场上聚集着宇宙各大超级势力的传承者，很快各方皆知晓了。

……

“哈哈……刀河王啊刀河王，我就怕你一直躲在人类族群不出来。”吠镜王也在当天就得知了这个消息。

虽说吠镜王无法去紫荆岛，无法进入荣耀世界，但北疆联盟在那里有大量的传承者，其中有不少和吠镜王关系很近。

“你竟然出来了，还到了焱神族疆域。现在原始星即将开启，有的宇宙霸主嫌自己的至宝不够多，有的嫌自己的至宝不够强，你突然现身焱神族疆域，你自己找死，怪不得我啊！”吠镜王畅快大笑着，这恐怕是他被逆转时空复活以来最开心的一刻。

来自宇宙各个族群的超级强者，他们都有自己的好友，很快就在第一时间赶到了焱神族疆域。

焱神族宫殿群的主殿内。

“焱帝。”迷蒙的红光亮起，一道身影从中走出，恭敬地道。

“来了。”焱帝微微一笑，“巴蜂，我让你过来，是因为刀河王。”

巴蜂尊者，九域联盟中的一位宇宙霸主，体形很瘦，有点像竹竿，头为方形，脸上还有绒毛，三只眼睛竖直排列着，被他盯着，就会自然陷入幻境中，他在同层次宇宙霸主中实力算一般。

“刀河王？”巴蜂尊者略显疑惑，他道，“我刚刚得到消息，刀河王出现在了焱神族疆域。”

“对。”焱帝点头。

“你看。”

焱帝遥指虚空，虚空荡起波纹，数百光年外的情景直接浮现在眼前，一艘生物飞船正在飞行。

“这就是刀河王的飞船。”焱帝笑道。

“焱帝，你的意思是……？”巴蜂尊者一头雾水。

“你知道，我出自人类族群，对付这个小家伙，我不想亲自动手。”焱帝道，“所以让你出手。”

“我明白。”巴蜂尊者点头，他活得长久，知道当年焱帝背叛人类族群的事情，那件事在当年可是爆炸性的新闻。

“焱帝放心，刀河王仅仅是一个不朽神灵，虽说拥有中等宇宙尊者级战力，但他在我面前绝无反抗能力，别说是他，就算是高等宇宙尊者，在我面前想逃都逃不掉。”巴蜂尊者很自信地说道。

焱帝只微微点头，道：“我知道你的手段。”

“只要焱帝一声令下，我就立即动手。”巴蜂尊者道，“是杀他，还是活捉他，全凭焱帝吩咐。”

“当然是杀了他。”焱帝冷漠地道，“我活捉他干什么。”

“是。”巴蜂尊者不敢多说。

“当然现在还不急。”焱帝摇头。

“消息已经传开，很多异族强者都会对他动手。”焱帝道，“我让你来，只是以防万一。若是那些异族的手段太差，让他逃掉，那时候才要你出手。”

巴蜂尊者点头。焱帝在九域联盟中地位极高，绝对可匹敌鸿盟中的混沌城主，是顶尖的存在之一。为焱帝办事，巴蜂尊者自然不敢懈怠。

“看着吧。”焱帝轻声道。

“是。”巴蜂尊者乖乖站在魁梧如山的焱帝身后。

焱帝喃喃道：“我的三师弟，相信以你的消息灵通程度，该知道是我放出的消息，你现在逃走还来得及，迟了，可就逃不掉了。不知道你是逃，还是继续朝我这儿前进呢？”

生物飞船中，罗峰端着酒杯，意识一直保持连接着虚拟宇宙。

“刀河王，”千雨王是第一个通过虚拟宇宙联系罗峰的，他一脸焦急地道，“消息在荣耀世界露天广场传开了，说你在焱神族疆域，而且正朝焱神族居住地逼近，连你的宇宙坐标都被公开了，现在怕是很多异族超级强者都赶过去了，你不会真的在那儿吧？”

罗峰一怔。

“哦？消息传开了？”罗峰道。

“对，消息的内容很详细，我一听就感觉是真的。你别欺瞒我，你现在很危险，非常危险！”千雨王急切地道。

“明白了，谢了。”罗峰笑道。

“别乱来，你现在赶紧走，各方势力的超级强者还在赶去的途中，你若是迟疑，恐怕很快就会遭到攻击了，到时候想要逃都逃不掉！”

“放心，我懂。千雨王，谢谢你了！”罗峰道。

罗峰断开了和千雨王的通信，紧跟着，察曼王、真衍尊者甚至血翼尊者等，一个个都通过虚拟宇宙联系罗峰，显然，他们一个个也得到了消息，知道大事不妙。谁都能猜出罗峰现在出现在焱神族疆域，各方势力的超级强者肯定会去猎杀罗峰。

第1024章

紧紧相逼

主殿中，焱帝闭眼站着，分出的一丝意识透过时空，感应着罗峰那艘生物飞船的能量波动，一旦能量波动出现异常，他就会察觉到。

焱帝未免太重视那个人类了，竟一直站在这儿。他身为宇宙之主中的巅峰存在，根本没必要理会一个人类小家伙。巴蜂尊者心想。

但表面上巴蜂尊者依旧恭敬地站在焱帝身后。

“嗯？”焱帝忽然睁开眼。

前方虚空中出现画面，只见那艘生物飞船停下来了，金甲青年从中飞出并且周围出现迷蒙的碧绿色光芒。

“神国传送？”焱帝露出疑惑之色，暗道，“难道我这三师弟决定放弃，要走了？”

空间被封锁的区域照样可以施展神国传送。

像焱祭大陆的祭塔内就无法施展瞬移，却能施展神国传送，毕竟神国传送与瞬移的原理不同。

“刀河王肯定怕了。”巴蜂尊者恭敬地道，“他猜到肯定会有很多异族超级强者即将抵达，他要施展神国传送回人类疆域了。”

“逃了也好。”焱帝露出笑容轻声道，“算这小家伙走运。”

“是焱帝仁慈。焱帝掌控一方时空，若是焱帝出手，他连逃的希望都没有。”巴蜂尊者道。

焱帝只微笑地看着，没再接话。

"嗯？"焱帝面色微变。

只见画面中，罗峰一挥手，一名丑陋的异族不朽神灵出现，先匍匐向罗峰行礼，而后跨入迷蒙的碧绿色光芒，离开了。至于罗峰，他却没走，而是返回生物飞船，继续乘坐飞船前进。

"没逃回去？"焱帝皱眉，疑惑地道，"他派一个奴仆回去干什么？"

在其身后的巴蜂尊者也有些疑惑。

"第一位到了。"焱帝露出笑容，转头看向另一处虚空，透过一层层虚空，数万光年外的场景浮现在眼前。

那是一个腹部为银白色，背部为青黑色，且生有两翼的巨蛇生物，巨蛇额头生九角，角仿佛柳条般分叉且弯曲，形成王冠。他的一双碧绿色掺杂丝丝金光的眼眸扫视虚空，似乎感应到了焱帝的注视，他微微垂下脑袋，表示对焱帝的尊敬。

"妖族的邪翼教主。"巴蜂尊者说道。

"他是个有野心也很有实力的宇宙霸主。"焱帝点评道。忽然他又看向另一方向，虚空荡漾，一名手持着黑色木杖的泥蛙族老者出现，泥蛙族老者也感应到了焱帝的注视，也微微躬身表示尊敬。

"泥蛙智者。"焱帝轻声道，"最先赶到的两位都不一般。"

"第三位来了。"

焱帝看向另一个方向，眼前浮现出数十万光年外的情景，那是一名长相俊美类似人形的异族强者，头上有着两根比自身大腿还粗的弯角，弯角仿佛锁链缠绕着神体，一双碧蓝色眸子仿佛星空，目光直击灵魂。这位异族强者也微微欠身。

"是麻沙尊者。"焱帝轻声道，"他可是拥有一件领域类至宝，罗峰若是遇到他，最难逃掉。"

巴蜂尊者声音低沉地道："邪翼教主、泥蛙智者、麻沙尊者都是名传宇宙的超级存在，个个手段厉害。邪翼教主是妖族的，泥蛙智者是一个族群的领袖，麻沙尊者有领域类至宝，刀河王遇到他们中的任何一个，都难逃脱。”

焱帝露出笑容。

“三师弟，迎接我为你准备的盛宴吧。”焱帝暗道。

轰！

维持主殿的神力忽然减弱，空间封锁的范围一下子就缩小到直径100光年。

焱神秘境的虚空中，一块飘浮的碎片上，邪翼教主庞大蜿蜒的身躯缓缓滑行，他的一双冰冷眸子看着远处。

“按照我得到的消息，刀河王应该就在那儿。刀河王，你的至宝都是我的！”邪翼教主发出低沉的声音。

嗖！

他直接施展瞬移迅速逼近过去。

……

“为了泥蛙族，我必须得到刀河王的至宝！”手持黑色木杖的泥蛙智者道，随即施展瞬移，也迅速朝罗峰逼近。

……

“我有领域类至宝，如果再有灵魂类至宝、飞行宫殿类至宝……就算是宇宙之主，想击杀我也不容易。”俊美的麻沙尊者抚摸着自己弯曲的长角，迈步，施展瞬移而去。

焱帝放出消息，宇宙各方势力都已经知晓了，但一般宇宙尊者根本不敢前来，而宇宙霸主实力强大，都想要得到至宝，所以最先赶到的三位都是宇宙霸主。

生物飞船减速停下。

“空间封锁消失了？”罗峰站在虚空中，看着前方雾气（宇宙能量实质化）弥漫。

“我这位二师兄怎么会这么好心？”罗峰闭上眼睛，仔细感应。论对空间的感应，魔杀族分身丝毫不比宇宙尊者差，魔杀族分身循着空间波动，一直朝焱神族方向延伸开去，清晰感应到大约100光年外的空间波动完全停止。

“并非关闭，而是缩小。”

“不管你耍什么手段，我都会抵达。缩小空间封锁的范围倒是让我省了百年飞行时间。”罗峰挥手收了生物飞船，迈步，施展瞬移。

罗峰施展瞬移的数秒钟后，一道有着双翼的巨大蛇影出现。

“有施展瞬移的波动。”邪翼教主的碧绿色眼眸中满是激动、兴奋，他和泥蛙智者、麻沙尊者出现在不同方位，彼此距离遥远得很，所以根本感应不到彼此的波动。邪翼教主离罗峰最近，自然第一个到达罗峰这儿。

对宇宙尊者而言，双方距离近到上千光年，才有可能感应到施展瞬移形成的波动。

“一定是他！”

邪翼教主巨大的双翼一振，蛇尾一甩，连忙施展瞬移逼近过去。

……

罗峰直接抵达空间封锁区域的最外围。

“我这位二师兄为什么突然缩小空间封锁的范围？”罗峰站在雾气弥漫的虚空中，看了一眼身后，“难道那些异族到了？管他呢！”

罗峰化作一道流光，直接飞入空间封锁范围。

嗖！

当罗峰飞入空间封锁区域时，邪翼教主出现，他一眼就看到远处的身影。

“人类刀河王！”邪翼教主低沉的声音响起。

嗖！

邪翼教主迅速追过去。

罗峰保持着接近光速的速度在焱神秘境中飞行，回头看了一眼后方追杀而来的邪翼教主。

“你追不上的。”罗峰道。

“人类刀河王，你逃不掉的。”邪翼教主在后面追着。

罗峰根本不理他，保持着直线飞行。

若是速度再快，就会达到光速进入暗宇宙了。

要知道，焱神族疆域周围的暗宇宙坐标是完全被遮掩的，一旦进入暗宇宙，就要浪费很多时间。

“法则领域。”邪翼教主忽然施展法则领域，只见直径上亿千米范围内瞬间陷入时间法则的法则领域，罗峰也是如此。

罗峰燃烧神力，速度依旧接近光速，丝毫不减。

“单单凭借一个法则领域就想拦住我，没用。”罗峰瞥了身后的邪翼教主一眼，忽然连续两股强大的波动出现，令罗峰震惊，他道，“不好，还有其他追杀者。”

邪翼教主也感应到了，回头看了一眼。

只见两道强大的气息一前一后迅速追来，正是泥蛙智者和麻沙尊者，他们俩也冲入了空间封锁范围，在后面追着。

罗峰在前面逃，三位宇宙霸主在后面追。

大家都在空间封锁范围内，都无法施展瞬移。

“哈哈……老泥蛙、邪翼，这里可是空间封锁区域，你们的法则领域最多做到影响刀河王，想要困住他击杀他远远不够。看来，上天是眷顾我的，灵魂类至宝也是我的！”最后面的麻沙尊者哈哈大笑。

“九千万沙河域，成！”

麻沙尊者的声音轰隆，在邪翼教主、泥蛙智者耳边响起。

只见直径上亿千米的巨大区域内弥漫着无数沙粒，一颗颗沙粒坚不可摧，虽然每颗沙粒的威力极弱，但无数沙粒聚集，那威力能轻易毁灭一些宇宙尊者。

“可恶！”邪翼教主双眸中满是怒意，遥遥看着麻沙尊者，“麻沙，至宝应有我的一份！”

“麻沙尊者，别太自信了。”泥蛙智者看着后方的麻沙尊者。

“该是我的，就是我的！啊，可恶的老泥蛙，你竟然敢攻击我！”麻沙尊者眼中满是怒火，“没用的，你的灵魂攻击力度还不够，还伤害不了我。不跟你们俩啰唆了！”

“人类刀河王，宝物归我了！”

轰！

无穷无尽的沙粒，每颗沙粒都散发着点点光芒，疯狂朝罗峰而去。随着无数沙粒聚集，威力不断叠加，一个巨大的沙粒旋涡形成了，直接席卷罗峰。

……

“三师弟，若是你的至宝被夺走了，可别怪二师兄，谁让你想要劫甲呢！”宫殿群的主殿内，炎帝看着这一切发生。

一切尽在他的掌控中。

第1025章

无能为力

罗峰看着周围巨大的沙粒旋涡，沙粒旋涡高有上百千米，让罗峰有一种即将被碾压的感觉。

“魔杀族分身。”罗峰左手握着一颗石子。

呼！

石子瞬间消失。

轰隆！

沙粒旋涡瞬间碾压罗峰，罗峰被碾压成碎片，紧跟着化为虚无。

“人类刀河王死了，死了，他的至宝是我的了！”远处的麻沙尊者无比激动地感应着沙粒旋涡中罗峰留下来的至宝，他从未想过得到至宝会这么轻松。

“至少六件至宝啊，竟然能够这么轻轻松松地得到，实在是太——啊！我的至宝呢？至宝在哪儿？”麻沙尊者忽然发出高亢、愤怒的吼声，任凭他如何寻找，就是找不到至宝。

嗖！

远处，金甲青年出现。

“刀河王！”

“他在那儿！”

邪翼教主、泥蛙智者都一眼看到了罗峰。

“不是被沙粒旋涡击杀了吗？怎么一下子到了1万千米外？难道是瞬移？可

在空间封锁范围内，谁也无法施展瞬移。”邪翼教主道。

“人类刀河王，”麻沙尊者震惊地盯着远处的罗峰，“你竟然没死！”

周围的无尽沙粒开始疯狂向罗峰压迫。

“死！”麻沙尊者低吼。

嗖！

罗峰消失，紧跟着就到了上万千米外。

嗖！嗖！嗖！

罗峰疯狂移动着，眨眼的工夫就到了数十万千米外。

“不是瞬移，是天赋秘法，是空间类的天赋秘法域。”泥蛙智者眉头微皱。

“麻烦了。”邪翼教主盘起身子，张开双翼，转头看着后面愤怒的麻沙尊者，嗤笑一声，“老泥蛙，我们三人中最失望的恐怕是麻沙尊者了，空有领域类至宝在身，还是让刀河王逃掉了。刀河王有这个天赋秘法，对战宇宙霸主，几乎都能逃掉，只有极少数宇宙霸主才能令他无法逃掉。”

“嗯。”泥蛙智者点头。

罗峰施展天赋秘法域时，先融合空间，然后化作神体出现。

任凭麻沙尊者怎么操控至宝攻击，魔杀族分身只要融入空间，就能轻松躲过。当然若遇到宇宙之主，宇宙之主能够完全掌控一方时空，这一方时空内的一切他都能操控，就算魔杀族分身融入空间，也能被强行踢出来。

只是麻沙尊者、泥蛙智者、邪翼教主暂时都做不到。

“可恶！可恶！可恶！”麻沙尊者眼睁睁地看着罗峰逃掉，无能为力。

天赋秘法域令麻沙尊者感到很无力，他只能愤怒地咆哮，泥蛙智者、邪翼教主却在一旁饶有兴味地看着这一切。

“你们俩也没得到至宝，得意什么？”麻沙尊者怒道。

“麻沙尊者，你也是宇宙霸主，你现在多么失态。”泥蛙智者微笑道，“我和邪翼教主并没有得意，只是我们三个一起追杀刀河王，我和邪翼教主都认定你有希望得到至宝，所以我俩一开始并没抱多大希望，失败了自然也不会很失望。

可是你不同，眼看至宝即将到手，没想到刀河王还藏有这一手。这种痛苦，哈哈……我俩能想象。”

“哈哈哈……”邪翼教主也发出低沉的笑声。

“老泥蛙，走。”邪翼教主道。

泥蛙智者微笑着点头，当即和邪翼教主一道速度飙升直接达到光速，进入暗宇宙离开了。

“可恶，浑蛋，啊啊啊——”麻沙尊者俊美的脸蛋上神色狰狞。

他们虽为宇宙霸主，但不代表不会愤怒，只是能够令他们愤怒的已经极少了。这次麻沙尊者本以为灵魂类至宝、飞行宫殿类至宝等六件至宝可以到手，但希望突然落空令麻沙尊者愤怒、痛苦。

“刀河王！”

麻沙尊者咬牙切齿，但也只能进入暗宇宙离开。

焱神族宫殿群的主殿内，巴蜂尊者小心翼翼，不敢出声，他感觉得到焱帝的愤怒。

焱帝看着虚空中的画面，罗峰正凭借天赋秘法域一次次前行。

“很好，我的三师弟，我真是小瞧你了！”焱帝道，他冷漠地看着虚空中的画面。

“焱帝，现在该怎么办？”巴蜂尊者感觉焱帝的气息平稳后，才开口说话。

“你有办法杀他？”焱帝看向巴蜂尊者。

“若是他一直前行，我也无法阻拦他。”巴蜂尊者摇头道，“这是天赋秘法域，只有一些极擅长隐匿、逃命的特殊生命才会拥有，据传魔杀族内有极少数存在也拥有这等能力。这类生命虽说战斗能力一般，但活命能力极强。”

“等。”焱帝冷漠地看着虚空，“等其他异族强者一个个接连赶来，他们中有宇宙霸主，有高等宇宙尊者，说不定就有人能阻拦并击杀刀河王。”

巴蜂尊者乖乖听从，只是暗自疑惑。

炎帝有必要执着于击杀刀河王吗？若是真想击杀，那么亲自动手不就行了？他若动手，弹指间即可击灭刀河王，但他自己不动手，真是怪事。

……

罗峰施展天赋秘法域许久后，又乘坐生物飞船继续前进。

“二师兄，你一封锁空间、掩盖暗宇宙坐标，师弟就猜出你的想法了。”罗峰端着酒杯，“所以早早让奴仆带着我的金角巨兽分身，金角巨兽分身又带着我的大量至宝，回归了人类疆域。”

“地球人本尊、魔杀族分身、幽海分身，没有一人携带至宝甚至一件重宝。就算死了，最多也就花费点能量。”罗峰嗤笑一声。

罗峰不傻，知道炎帝不轻易归还劫甲后，当然不会拿塔珠、弑吴羽翼等至宝冒险。他让金角巨兽分身带着至宝回到人类疆域后，自然能够无所顾忌地面对一切困难。

之前遭到麻沙尊者领域类至宝的攻击，地球人本尊湮灭，魔杀族分身带着世界戒指逃掉了。世界戒指中藏着幽海分身，罗峰以幽海分身蕴含的神力，轻松令湮灭的地球人本尊完全恢复。

“这一次，我暴露了逃命的一大绝招——天赋秘法域。”罗峰的眼眸眯起，“混沌城主老师曾说，面对宇宙之主之下的强者，我施展域，几乎100%能逃命。我暴露了域，就是为了得到劫甲！劫甲，我势在必得！”

罗峰看着虚空，他猜到，炎帝可能正观察着他的一举一动。

“是我的就是我的，你想要留也留不住！”罗峰咧嘴一笑。

邪翼教主等宇宙霸主失败之时，宇宙各大超级势力的一些宇宙霸主、高等宇宙尊者，凭借神国传送、瞬移等手段，从一个个遥远的疆域迅速朝炎神族之地赶去，距离越来越近。

但罗峰完全深入空间封锁区域，其他强者根本无法追上。

所以炎帝再度缩小空间封锁区域，这样才能令其他追杀者能够追上罗峰。

“二师兄，你还真够无耻的！”罗峰暗自嗤笑。

嗖！

罗峰这次没有丝毫迟疑，先是施展瞬移直接抵达空间封锁区域边缘，然后凭借天赋秘法域一次次朝空间封锁区域里面钻。

当最快的一个异族强者追来时，他距离罗峰还有数百万千米。

天赋秘法域足以让在后面追杀的大多异族强者放弃，当罗峰钻进空间封锁区域深处时，其他一些来得较晚的异族强者连尝试的机会都没了。

……

“一群废物！”

焱帝面前画面皆消失，此刻，焱帝的怒气毫不掩饰，整个主殿仿佛陷入了其怒火的汪洋，旁边的巴蜂尊者心中惊惧，他不明白焱帝为何会愤怒成这样。

“你退下。”焱帝扫视了他一眼。

“是。”巴蜂尊者恭敬地道，而后跨入迷蒙红光，离去。

“废物，废物，一群废物！”

焱帝已经有很长时间没这么愤怒了，算计罗峰失败，罗峰即将拿走劫甲，这令他很愤怒。

片刻后，焱帝平静了下来，道：“三师弟，你就慢慢飞吧，飞到我这儿还得一百多年。”

他毕竟是高高在上的宇宙之主，因为牵扯到劫甲，所以才这么失态，连续做出两次缩小空间封锁区域这种比较无耻的事情。

“原始星即将开启，我先到原始星战斗一番，或许能得到一件能匹敌劫甲的至宝。”焱帝暗道。

可焱帝明白，这种概率极低。

焱帝已经活了漫长岁月，曾多次去原始星闯荡，虽说也得了不少至宝，但大多是最普通的，高等至宝极少，顶级至宝更是没有一件。当然凭借在其他地方的争夺，他付出巨大代价获得了一件顶级至宝，可这件顶级至宝和劫甲相比，完全是两个层次的东西。

“哼！”焱帝坐在王座上，看着虚空，而后闭上眼睛默默等待原始星开启。对付罗峰，他暂时没有办法了，有坐山客的命令，他不敢太过分。

第1026章

事情缘由

猎杀罗峰的事情称得上雷声大雨点小，宇宙各族的众多超级强者赶去，但天赋秘法域一出，那些追杀罗峰的宇宙强者大多无奈放弃，后来赶去的一些超级强者，因为去得太晚，罗峰早已深入空间封锁区域，他们根本无法追了。

于是，事情就这么结束了。

但罗峰的一大秘密绝招天赋秘法域暴露了，那些追杀罗峰的强者知晓后，一传十，十传百，完全传开，这让很多异族强者为之震惊，刀河王竟还有这等逆天手段。

“竟然瞧不起我！”沛风尊者知道消息后更是恼怒，“当初我对付他时，他竟然还藏着这一手。和我动手，都没倾尽全力，刀河王，你够狠！”

“刀河王又躲过一劫，他怎么就这么难被击杀？”吠镜王知道后，更是气得怒吼，吼声令静室墙壁完全破裂。

……

异族也震惊，人类族群内部也为之惊叹，毕竟域是宇宙赐予的天赋秘法，是无法靠修炼得到的。

“单靠这一招，刀河王在原始星就能闯荡很久。”

“他有这一招，只要不遇到宇宙之主，都能活下来。”

“天赋秘法域的确逆天，大多宇宙尊者对此都没办法，可还是有一些存在有手段，像传说中的最强世界树，他配合他的天赋秘法，已然可匹敌宇宙之主，能绝对控制一方时空。还有一些其他特殊生命，有能压制域的天赋秘法。”

外界的议论，罗峰通过虚拟宇宙大概了解了，这让他愈加感叹：“想要获得其他强者的尊敬，靠的就是实力！”

之前人类族群的很多宇宙尊者都认为罗峰去原始星是找死的行为，现在他的天赋秘法域显露出来，说罗峰是去找死的就明显少了。

“域仅仅用来逃命。在原始星，宝物出世，争夺至宝，靠的是战斗。”罗峰暗道，“仅仅靠逃是不够的。劫甲，必须到手！”

相比于劫甲，天赋秘法域不值一提。劫甲是足以让焱帝等一些超级存在都眼红的至宝，就算是混沌城主也会为这样的至宝而不顾生死地搏斗。

……

时间流逝，一年年过去，转眼，已过十年。

“罗峰，”雷霆岛之巅，混沌城主站在崖壁，俯瞰下方，“明天原始星就要开启了，听说你也打算去？”

“是的，老师。”罗峰站在混沌城主身后。

“准备怎么做？想要和谁组成小队？有没有邀请一些强者？”混沌城主问道。

“没有。”罗峰摇头。

“若是你想和谁组成队伍，我可以帮忙。”混沌城主道，“你实力还稍弱，一般高等宇宙尊者都是另找两三个强者组成一支小队，彼此互补，你也该找适合的强者彼此协助。”

“我和谁组队？”罗峰摇头道，“和高等宇宙尊者组队对我的意义不大，至于和宇宙霸主组队，就算宇宙霸主愿意，恐怕也是因为老师你，其心底会认为我是拖后腿的，我还是独自去的好。”

“独自？”混沌城主吃惊。

“弟子只是去见识一下，会小心的。”罗峰道。

“也对，你有血海为根基，一切你自己把握。”混沌城主点头道，“不过罗峰，你怎么去焱神族之地了，还暴露了你的天赋秘法域？底牌暴露了，敌人要对付你，肯定事先为应付你这一招做好了准备。绝招要隐藏，不到关键时刻，不能动用。”

“弟子明白。”罗峰道，“弟子去焱神族之地是有些私事。”

“私事？”混沌城主饶有兴味地看了罗峰一眼，“私事我就不多问了。只是焱神族之地是焱帝的地盘，焱帝是宇宙之主中极强的一位存在，论天赋，论进步，怕是不比你差，也是一样的耀眼。”

“你若是查过资料，就该知道焱帝本是人类族群的。或许是他太过耀眼，一路成长，无可匹敌，同层次的没有一个能和他媲美，他从来没有失败过，谁都不放在眼里。”

“他无所畏惧，的确算是一位超级强者。或许也正是因为他无所畏惧，认为没有人能压制他吧，野心太大、不甘人下。”混沌城主摇头。

罗峰默默听着，喃喃道：“野心太大？不甘人下？”

“而且他性格有缺陷，只记得别人对他的不好，不记得对他的好。成了宇宙之主后，战绩卓越，更加不可一世，而且极自私。”

“极自私？”罗峰暗惊。

“他对同族的宇宙之主下杀手，只为夺宝！”混沌城主感叹道，“矛盾一次性爆发，巨斧斗武场的创始者终于决定严惩他，将他关押进监狱，让他好好反省反省，没想到他竟然带着他的族人背叛我人类族群，成为整个宇宙的一大笑话！”

“他的确是个天才，看到你，就像看到了当年的他。”

“人类族群把他培养成绝世强者，最后被他反咬一口，甚至每次族群出现战争，与异族超级强者争夺资源时，他对我人类族群的人都狠下杀手。罗峰，若是他要对你动手，你便立即告诉我，我定会第一时间赶到！”混沌城主郑重地道。

“嗯。”罗峰点头。

这次谈话令罗峰震惊，他的这位二师兄竟是这样的。

“自私？是啊，他的确自私，劫甲是坐山客老师留给我的，他却想方设法留在他手中。”罗峰回忆之前的经历，更加警惕他的这位二师兄。

……

第二天，原始星开启，这是宇宙的一大盛事。不过，一般不朽神灵是根本不知道的，这是超级强者的盛宴。

罗峰在焱神族疆域，无法亲眼看到原始星通道开启的场景，但通过虚拟宇宙还是能看到一些强者拍摄的原始星一条条通道开启的画面。原始星开启，惊天动地，每一条通道的开启过程都无比震撼，通道发出强大的威压，比宇宙之主的威压还要可怕，接着一支支队伍开始涌入原始星。

一万零八十一条通道分布在宇宙各地。

一位位超级存在，或者单独行动，或者组队前去。

争斗即将开始。

“宇宙是眷顾我的，劫甲可能即将被我的三师弟拿走，老师盯着我，我没办法。没了劫甲，说不定会有更好的至宝。”焱帝穿过一条通道，直接降临在一颗原始星上。

……

生物飞船在大雾弥漫的虚空中前进，罗峰的日子过得非常平静，精力大多花费在感悟空间法则和兽神之道上。在之前创造究极秘法的八万年中，罗峰就悟透了空间法则的第二种玄奥——封锁。

至于第三种玄奥绞杀，也快了。

悟透三大玄奥后，融合为一，就可以真正跨入宇宙尊者级。

显然，罗峰还需要较长一段时间。

“原始星上的战斗真是残酷！”

罗峰虽然没去，但通过观看一些视频感受到了，视频是一些从原始星出来的强者拍摄的。

原始星是最接近宇宙本源之地的地方，危机四伏。

进入原始星后，就无法连接虚拟宇宙，这是罗峰知晓的第一个无法连接虚拟宇宙的地方。

“我的决定是明智的。

“没有劫甲，单以我现在的实力，我只能一路望风而逃。”

罗峰默默忍耐。

在一百多年的岁月里，因为宝物出世，原始星内发生了十二次大规模战斗，陨落了数百名宇宙尊者和二十多位宇宙霸主，倒没有宇宙之主陨落。

宇宙各大势力反而格外兴奋，因为宝物珍贵。

他们派出更多强者不惜代价去争夺宝物。

……

“连清晰点的视频都没有。”罗峰暗自摇头道，“也对，那种层次的厮杀，毁天灭地，的确无法拍摄到清晰的视频。”

“可惜啊，这十二次大规模战斗我无法亲眼看到。”

罗峰站在控制室，遥遥看着远处三个庞大的大陆，那就是传说中的焱神族居住地——焱神秘境。

虽说早早看到了那三个大陆，但彼此距离太远，飞了一个多月，才终于靠近边界。

“这是焱神族疆域，人类，你竟然敢来这儿！”一名焱神族的不朽神灵飞了过来，双眸中满是怒意。

“哼！”

罗峰眉头一皱，威压蔓延开，直接压制住那名焱神族的不朽神灵。

“焱帝，我已到了你的焱神族疆域，现身一见吧！”罗峰遥遥看着在三个大陆中心的宫殿群，声音轰隆地传递开去。

第1027章

下马威

“放肆！”这名焱神族不朽神灵怒喝道，只见其掌心忽然出现了一杆长枪，枪尖指向罗峰，“人类，焱帝陛下岂是你想见就能见的？”

焱帝是焱神族绝对的领袖，虽说罗峰展露出的实力极强，但这名焱神族不朽神灵没有丝毫退却。

罗峰看了一眼这名不朽神灵，在自己的威压下竟然还能这么充满战意，当即释放神力。在绝对的实力面前，那名焱神族不朽神灵十分愤怒，可无法发出声音，无法动弹。

罗峰看着远处的宫殿群，开口道：“焱帝，你难道都不敢现身了？这是你掌控的一方时空，可别假装听不到我说的话。”

说完后，罗峰默默等待。

这是焱神秘境，焱帝又是宇宙之主，若焱帝假装没听到，不现身，那绝对是故意的。

仅仅片刻——

轰！

主殿迸发出强大的神力波动，紧跟着，空间封锁完全消失。

一道身影一闪就已经到了罗峰前方。

“这位可是人类的刀河王？”穿着黝黑战铠的独角男子问道。他身高约8米，皮肤上有着一层鳞甲，有点像蛇的鳞甲，面部也有，头顶则是光秃秃的，很光亮。

“对。”罗峰点头，独角光头男子是焱神族的一名宇宙尊者。

“我是冰氘尊者。”独角光头男子笑道，“焱帝让我在这儿等你，总算等到了。我一知道你到了，就立即将保护族群的空间封锁都给关闭了。”

罗峰在心中嗤笑。

关闭？刚才的情形可不是这样的，恐怕空间封锁是特地为我准备的。

二者交谈时，旁边那名被罗峰用神力压制的不朽神灵却听不到任何声音。

“刀河王能否放了我的族人？”冰氘尊者道。

罗峰当即收回神力。

冰氘尊者转头看了族人一眼，直接喝道：“速速退去！”

“是，尊者。”那名焱神族不朽神灵恭敬地行礼后，连忙施展瞬移，离去了。

冰氘尊者笑看向罗峰道：“刀河王，请随我来。”

罗峰点头。

他不怕焱帝耍手段，之前焱帝就不敢明着来，现在既然罗峰到了这儿，焱帝若再敢耍手段，就是故意针对罗峰，坐山客不会坐视不管。

二者施展瞬移前进，直接来到了宫殿群。宫殿群周围燃烧着无尽火焰，火焰直接分出一条道路，道路尽头有一些焱神族的不朽神灵，他们恭敬地站立在两旁。

罗峰、冰氘尊者并肩而行。

“焱帝呢？”罗峰问道。

“那是主殿，是焱帝的居所。”冰氘尊者指向远处最高的一座宫殿，“旁边两座宫殿是偏殿，是客人暂居之地。刀河王，你先在偏殿等等，等焱帝来了，自会相见。”

罗峰脸色一变。

“拖延时间？”罗峰盯着冰氘尊者，“焱帝这么命令你的？你将我到来的消息告知他了吗？可别跟我说没办法告知焱帝！哼，焱帝是焱神族唯一的宇宙之主，肯定掌握着这一方时空吧？”

"刀河王别急。"冰氘尊者却不在乎罗峰生气，"我刚刚已将消息传给了焱帝，只是焱帝现在在原始星，所以……"

"通过神国传送从原始星回来，怕是片刻就到。"罗峰冷漠地道，"你去前面带路，我就暂且听从你的安排在偏殿休息等待。我倒要看看，焱帝到底什么时候出现！"

"请随我来。"冰氘尊者在前面走着。

二者一前一后进入了偏殿，冰氘尊者吩咐仆从准备一些美酒佳肴后，就直接离开了。

"一个小家伙，竟敢这么嚣张！"冰氘尊者站在远处，看着偏殿，冷笑道，"即使是逆天的不朽级生命，也仅仅拥有中等宇宙尊者级战力罢了，最多有擅长逃命的手段，更何况他还是人类，竟敢对焱帝陛下不敬！哼，若不是焱帝陛下命令我不得惹事，我定要让你知道对焱帝陛下不敬的后果！"

冰氘尊者转头离去，根本懒得理会罗峰。

偏殿内。

来自宇宙各地的美酒佳肴摆满一桌，单单这些吃的就足以让封王级不朽神灵花掉所有家产。

"我这位二师兄的派头还真大。"罗峰坐着思索道，"我的行踪几乎可以肯定就是他暗中泄露的。明明早知道我要来，硬是拖延时间，我这次来可是奉坐山客老师之令，老师说等我实力足以驱动劫甲后就可以来取走劫甲。"

"这是老师的吩咐，他居然摆他宇宙之主的派头。"罗峰暗自摇头。

劫甲本是罗峰之物，焱帝使用了漫长岁月，罗峰这个正主出现时，焱帝不但不急着归还，反而让属下应付罗峰。

"我便等，看看要等到何时。"罗峰暗道，"这次事情早已闹大，造成大量超级强者追杀我，消息满天飞，老师肯定也知道。二师兄啊二师兄，老师盯着这里，我便看看，你能摆谱到什么地步！"

一天、两天、三天……

一个月、两个月……

没有任何消息，焱帝就是不现身。

“等，继续等。”罗峰闭上眼，一边将意识连接虚拟宇宙修炼起来，一边默默等待。

实力不如人，他只能等。

“三师弟，就让师兄先压压你的傲气。人类族群的绝世天才？哼，师兄当年可比你更强。我会让你明白，师弟要十分尊敬师兄！”焱帝盘坐在原始星的一片古老森林中，仔细感应着遥远处的一些波动。宝物出世都会有特殊动静。

……

罗峰在偏殿中已经等了一年多，在这期间，罗峰一直很平静。

忽然，轰！一股强大威压蔓延开来，笼罩整个宫殿群，宫殿内的无数仆从、战士立即恭敬地行礼。

罗峰睁开了眼，道：“总算来了。”

周围时空瞬间转换，罗峰只感到眼前一阵变幻，他就已经来到了一座空阔的大殿中。一道高大的身影坐在大殿的王座上，他全身满是密密麻麻的鳞甲，还有巨大的独角，完全是焱神族族人的模样。

这道高大的身影俯瞰罗峰，无形威压压迫下去，令罗峰仿佛身处火炉。

“二师兄。”罗峰抬头看着焱帝，露出一丝笑容，“二师兄总算来了，师弟等了好久。”

焱帝起身，一步步走下台阶，他的神体不断缩小，当走下最后一个台阶后，体形就和罗峰相当了。焱帝有一股霸气，一种舍我其谁、唯我独尊的霸道，那种霸道是骨子里的，是灵魂里的，是自然而然散发出来的，没有一丝刻意。

这跟一些骄纵霸道到让人讨厌的强者不同。

焱帝的霸道只会让人感叹，这真是一方霸主。

“三师弟，”焱帝看着罗峰，眼神中有着一丝笑意，“师兄在原始星和其他族群强者争夺宝物，收到消息时正处于关键时刻，所以耽搁了点时间，相信三师弟你不会在意吧？”

“师弟当然不会在意。”罗峰道。

“嗯。”炎帝点头道，“我和大师兄聊过，老师也吩咐过我一些事情，我还搜集了一些资料，你的确是人类族群现如今难得一见的绝世天才，不过你应该知道，你的一切是老师赐予的，所以不得骄傲，得谦逊，争取早日跨入宇宙尊者层次，乃至成为宇宙之主，我和你大师兄都等着这一天。”

罗峰眉头微皱，他很不喜欢炎帝这种高高在上的姿态，可还是应道：“师弟自然会努力。”

“你运气不错，能够扛过星辰塔的生死传承，成为老师的三弟子。所以你更该珍惜机会，不要让老师失望。”

“二师兄，”罗峰直接道，“我来这儿的目的，相信你是知道的。”

“哈哈……为了劫甲，我当然知道。”炎帝微笑着看着罗峰，对于罗峰，炎帝本能地厌恶。虽然炎帝称得上宇宙中数一数二的绝世天才，但坐山客全力栽培罗峰，罗峰丝毫不比炎帝差。

当炎帝知道罗峰将来会拥有最强至宝星辰塔时，炎帝在罗峰身上看到了巨大的威胁，可罗峰是坐山客倾力栽培的三弟子，他根本没任何办法阻拦。

大师兄普缇，老师的仆从出身，实力比他差多了，炎帝不屑一顾。

对于罗峰，炎帝十分警惕。

“对，我来就是为了劫甲。”罗峰道，“老师吩咐我，当能驱动劫甲后，便让我来二师兄这儿取劫甲，所以我现在来了。”

“劫甲是宇宙中的超级至宝，威力无穷。”炎帝看着罗峰，“你现在只是不朽神灵，实力太弱，无法发挥出多少威力，甚至很可能令劫甲遗失。我看，为了劫甲，也为了师弟你自己，你还是再多修炼修炼，提高实力跨入宇宙尊者级后，再来取劫甲。师兄暂且为你继续保管劫甲，待你成为宇宙尊者后，直接送到你手上。”

第1028章

正面交锋

大殿中，一直对焱帝不爽的罗峰顿时怒火冲天，心想：劫甲是老师给我的，我实力强弱，我是否会遗失，和你有什么关系？我奉老师的命令来取劫甲，你只需要将劫甲给我就行了，管那么多干什么？

罗峰虽然一肚子怒火，但只能强忍。

焱帝微笑着看着罗峰道："师弟，好好修炼，尽早跨入宇宙尊者级，也就能尽早使用劫甲。"

"二师兄，"罗峰也微笑道，"师弟没有劫甲时，遭到宇宙各族强者追杀都能活下来；若是有了劫甲，自然实力大增，更加不会轻易死去。二师兄你就不必为师弟操心了，将劫甲给我即可。"

"不可心存侥幸！"焱帝暴喝一声，声音直接震慑罗峰的灵魂。

"劫甲这等超级至宝，宇宙之主都无比渴求，你怎么能抱有这样的侥幸心理？劫甲是老师花费无数心血才炼制而成的，你当然该保证它绝对不会遗失！"焱帝盯着罗峰，威压蔓延开，罗峰仿佛被大山压着。

"师兄也是为你好，好好修炼，达到宇宙尊者级，师兄自会将劫甲送去！"焱帝的声音轰隆作响。

罗峰意志极坚定，即使没有塔珠，他的意志也是宇宙霸主级水准，焱帝毕竟只是擅长近身战的宇宙之主，单单靠声音就想要令罗峰改变想法，显然是远远不够的。

“二师兄，你是不是不想给我劫甲？”罗峰盯着焱帝。

“哼！”焱帝顿时怒气上涌，一时间整个大殿都陷入无尽的怒气浪潮中，威压直接压迫罗峰，低沉的声音响起，“三师弟，师兄是奉老师之令为你保管劫甲，等你实力足够时再给你的。现在你虽然能驱动这劫甲，但实力还很弱，师兄也是为你考虑，为你好。若是遗失了劫甲，岂不是让老师失望了？”

“那就不必了。”罗峰丝毫不为所动，“我若是遗失了劫甲，自会向老师交代。”

“你怎么交代？”焱帝喝道。

“那就和师兄无关了。”罗峰回答道。

“当真是有一点成就就骄纵了。”焱帝摇头。

罗峰看着焱帝道：“二师兄，其他的还是别多说了，我今天来就是为了劫甲，你给还是不给？”

“你实力不够！”

焱帝刚开口，罗峰就道：“既然二师兄不给，师弟也没能力夺走，那师弟就只能禀告老师了。若是老师认为劫甲应该继续留在二师兄手上，师弟自然不会再来打扰二师兄。”

罗峰略躬身，然后说道：“我就先走了，二师兄不必送。”

罗峰说完转头就走，焱帝见状，脸色变了。

焱帝从头到尾都不敢直接说不给劫甲，他一直想要让罗峰自己放弃。若是罗峰真的放弃了，那么焱帝相信以坐山客的性子不会插手这事，毕竟是罗峰暂时放弃的。若罗峰坚持，焱帝却硬是不给，那么就真的违背坐山客的命令了。

“三师弟！”焱帝喊道。

罗峰没有停下，直接飞了出去。

“停下！”焱帝低喝一声，周围时空一震，罗峰感觉眼前一阵变幻，又回到了大殿中。

罗峰看着焱帝道：“二师兄拦我干什么？我还要去见老师呢。”

“我什么时候说过不给你劫甲了？只是说你实力还很弱。”焱帝皱眉喝道，“既然你强行索要，我这做师兄的，该说的都说了，该劝诫的也劝诫了，你不听我的，我也没办法，若是你将来遗失了劫甲，别怪师兄就好！”

“这是劫甲。”焱帝翻手，一套完全透明的仿佛钻石雕刻而成的精美战甲被焱帝托在掌心，透明战甲上隐隐有着秘纹，秘纹流动变化，时而显现。

劫甲仿佛一座高不可攀的神山，罗峰完全屏息盯着劫甲，心中难忍激动。

劫甲！这就是劫甲！

它衍生出了大量的兵甲、将甲、王甲、皇甲，它是坐山客为罗峰倾力准备的超级至宝，就算是宇宙之主巅峰行列的焱帝也舍不得劫甲，漫长岁月以来，他无法靠自己的能力得到一件能匹敌劫甲、焱神戟的至宝。

“还不拿走？”焱帝道。

罗峰当即一伸手，神力如丝，直接就缠绕住劫甲，一丝神力钻入劫甲，生命印记烙印其中，顿时一则古老的信息传入罗峰的脑海。

罗峰翻手就将劫甲收入世界戒指，笑道：“多谢二师兄，师弟就先走了，若是将来有机会，再来见师兄。”

“师兄这儿，三师弟你随时都可以来。”焱帝道。

罗峰转身迈步，迅速离开主殿，片刻后沿着分开的通道离开。

宫殿群和外界的空间波动是完全隔断的，所以在宫殿群内是无法直接施展瞬移出去的，恐怕唯有焱帝这片宫殿群的主人才能直接施展瞬移出去。

一出了宫殿群，罗峰就直接施展瞬移，迅速离开，而后凭借仆从的神国传送，离开了焱神族疆域。

焱帝站在主殿外，扶栏而望，目光透过虚空，看到罗峰通过神国传送离开。

“哼，三师弟，你真是厉害！”焱帝道，“面对星辰塔的生死传承，前两个逆天的候选者都死了，你竟然成功了！”

之前嘴上说罗峰是运气好，但焱帝心底清楚，坐山客选弟子是广撒网，亿万年岁月才出罗峰这么一个天才，这不仅得益于坐山客的栽培，罗峰自身当然很优秀。焱帝当年也是经历诸多劫难熬过来的，但焱帝心里清楚，坐山客给他设置的难关不算难，罗峰遇到的星辰塔的生死传承才叫可怕。

“劫甲，终究还是被他拿去了！”焱帝渐渐平静下来，对于罗峰，他现在只有警惕，毕竟就算罗峰成为宇宙之主拥有了星辰塔，也最多算是宇宙之主中比较可怕的存在之一，那时候的罗峰能够压制他，但还不足以击杀他。

除非罗峰成为宇宙最强者。

“成为宇宙最强者何等艰难，宇宙最强者何等稀少！哪怕只拥有一位宇宙最强者的族群，那也是巅峰族群；有宇宙最强者坐镇的势力，才是顶尖的超级势力！”焱帝感叹，“他们能够扛住逆转时空的宇宙反噬之力复活一位位宇宙霸主；他们的实力无比逆天，走到哪儿，哪儿就是他们掌控的天地，言出法随，宇宙运转法则都得暂时退避。老师就是其中之一。”

“成为最强者，才能真正唯我独尊！”焱帝的眼眸中有着渴望，他有着强大的野心，也正因为这颗野心，才令他的实力迅速提升。虽说坐山客给焱帝提供了宝物，但在修炼方面焱帝是靠自己领悟突破的。他如今已经是宇宙之主中顶尖的存在，只要再跨出一步，就能迈入宇宙最强者行列。

什么叫最强者？

单单“最强者”这三字便表明了其含义，实力是绝对强悍。统领一方势力，称霸宇宙一方疆域，宇宙各方不敢招惹，这便是宇宙最强者。

“跨出这一步，老师，我就能与你比肩，只是这最后一步……”

焱帝当即转身回了主殿。

人类疆域，乾巫宇宙国内的一片星空中。

魔杀族分身从一颗普通星球的深坑走出。

“这里距离我的神国大概3300光年。”魔杀族分身跨步，嗖的一声，已然到了1000光年外。

论与空间的契合度，魔杀族分身比宇宙尊者还高些。吸纳一颗空间之心的精华能量成为特殊生命后，魔杀族分身和空间的契合度极高，甚至拥有天赋秘法域，界主级时，他一移动就能到上百光年之外；达到不朽级后，不管是神力还是意识都强了很多，瞬移距离快接近宇宙尊者了。

嗖！嗖！嗖！

罗峰施展瞬移，撕裂空间进入空间夹缝，而后继续施展瞬移，直接到了自己的神国。

神国无边，幽海时时刻刻都在缓慢扩张。

幽海上空，散发耀眼金光的神殿中，直接施展瞬移到其中的罗峰走了出来，一跨步就直接站在了幽海海面上。

“劫甲。”罗峰的神体表面隐现一层透明战甲，战甲和神体完全契合，一股汹涌的力量充斥体内，这股力量强大无比。

罗峰闭上眼，沉醉其中感受其威力。

“不愧是老师专门为我准备的至宝！”罗峰轻声叹道，他在焱帝那儿使劫甲认主时就得到了信息。

劫甲是一套很特殊的战甲，不同于常见的其他至宝，催动一般至宝、重宝靠的是法则感悟，而催动劫甲和法则感悟没关系，反而和神体强度有关系，就像使用兵甲、将甲、王甲等对身体要求极高一样，劫甲也是如此。

神体越强，劫甲能发挥出的威力也越强。

轰！

一道庞大身影突然出现在远处的空中，正是金角巨兽分身。

“试试劫甲吧。”罗峰一笑。

嗖！

一套铠甲从罗峰的神体离开，化作流光直接飞向金角巨兽分身，融入庞大的金角巨兽分身。

第1029章

做好万全准备

罗峰得到劫甲后，完全感受了一番劫甲的威力后才将意识连接虚拟宇宙，准备和真衍尊者说他要去原始星了。

……

虚拟宇宙，雷霆岛山腰，真衍尊者的宫殿群前，六道身影坐在那儿，一边喝酒一边高谈。

“据传，其中一颗原始星的广袤平原上忽然就升起了一座美轮美奂的神殿，神殿前有一块古老的石碑，石碑上记载着一件顶级至宝的详细信息。有了这件至宝，逃跑时就可以将敌人瞬间甩开，战斗时就能轻易劈碎一层层空间，这绝对是用来逃命、攻击的顶级至宝，这件顶级至宝叫作天鎏帆。”一个头上有三个角的粗壮大汉抓着酒壶大口喝着，边喝边称赞道，“第一时间就有三位宇宙之主、十八位宇宙霸主、上百名宇宙尊者冲入那座神殿，神殿很快关闭。六年后，神殿再度开启，活下来的人却只剩下一半。据传天鎏帆最终被北疆联盟的宇宙之主夺去了。”

“真的假的？狃宙尊者，可别像上次一样吹嘘。”

“狃宙尊者，这件事我们怎么不知道？”

其他五名宇宙尊者包括真衍尊者，都在旁边笑着道。

狃宙尊者眼睛瞪得滚圆，大声道：“吹嘘？我上次也没有吹嘘！”

“可你上次说的是上上上次原始星开启时发生的故事了，而且——”一名全身长满青色毛发的狼人尊者揶揄道。

“我刚刚说的天鎏帆就是这次原始星开启后刚刚现世的顶级至宝。”狃宙尊者道，“我结交的好友无数，不少进入原始星的好友归来后跟我叙说了各种故事，我也是今天才知道天鎏帆的事，知道后立即跟你们说了。说我吹嘘，不信你们等着，再过几年，天鎏帆的消息就会完全传开，你们就知道了。”

“别生气，狃宙尊者，再跟我们说说顶级至宝出世的故事。”

“再说再说，我给你准备酒。”

狃宙尊者这才得意起来，一口喝光酒壶里面的酒后递过去，道：“装满。”

“你们也太贪心了，顶级至宝，件件珍贵，足以令宇宙之主为之疯狂。”狃宙尊者摇头感叹，“离这次原始星开启才过去一百多年，哪有那么多顶级至宝的故事？如果再多几件顶级至宝出世，恐怕就又得有宇宙之主陨落了。”

“咦？你们看。”

“那不是罗峰吗？”

“真衍尊者，你徒弟来了。”

这些宇宙尊者都看到了远处飞来的身影，正是罗峰。

“听说你徒弟一百多年前在燚神族疆域遭到过无数异族强者的追杀呢，不过还好没事。真衍尊者啊，你徒弟的手段……至少保命手段比你强！”

“当然比我强。”真衍尊者一笑，“他是人类族群未来的支柱！保命手段当然得厉害。”

谈话间，罗峰已经飞了过来。

“老师。”罗峰笑道。

“罗峰，来，坐。”真衍尊者指向旁边的一个座位。

罗峰笑着坐下，看向其他宇宙尊者，笑道：“诸位好，都在啊。”

“虽然我们不敢去原始星闯荡，但多听听消息，知道原始星的一些事情，说不定以后用得着。”一名全身有着长毛，乍一看类似狮子的老者笑道，“对了，罗峰，听说你要去原始星，怎么现在还没去？”

一旦进入原始星，就没办法连接虚拟宇宙了。

“你怎么知道罗峰没去？罗峰有天赋分身之术，或许留一个分身在人类族群疆域，这个分身自然可以随时进入虚拟宇宙。”狃宙尊者道。

“说得有理。”

“狃宙尊者说得对。”

其他宇宙尊者一个个都哈哈笑着，有人看向罗峰，问道：“罗峰，你可去了原始星？”

“还没有。”罗峰笑道，“我来这儿就是来告诉老师，我马上要进入原始星了。”

“马上就去？”真衍尊者略微一惊。

“罗峰，你和谁一起去？不会独自一人吧？”狼人尊者道。

罗峰点头道：“我独自进去闯闯。”

“那也太危险了。”

“那个地方，连高等宇宙尊者都会陨落，罗峰，你还是和其他强者组成一队的好。”那些宇宙尊者个个劝说道。

罗峰笑道：“没事，我只是去见识一下，积累经验，并不一定要得到至宝。”

“我有一些原始星的详细信息，都是一百多年发生的各种事情。”狃宙尊者看着罗峰，“我喜欢交友，喜欢搜集各种信息，资料之丰富，在众多宇宙尊者中不敢说第一，但也绝对是前三。回头我将原始星的资料发给你一份，你进入前好好看看，对原始星的情况有个了解。”

罗峰感激地道：“那实在太感谢狃宙尊者了。”

“狃宙尊者的资料的确很多。”真衍尊者微笑着点头。

“不过罗峰，了解得越多，我越感觉原始星中的危险出现得毫无规律。比如某个地方之前无比平静，突然就出现至宝，至宝出世的动静会立即引来一些超级强者，弱者一下子就遭受了灭顶之灾。依我看，你拥有的至宝多，但你的实力不够，各族强者都会眼红你的至宝，我担心你活下来的概率怕是不超过一成。”狃宙尊者说道。

“一成？不会吧？”

“罗峰可是有天赋秘法域的，不超过一成？”

其他宇宙尊者都摇头。

之前罗峰凭借天赋秘法域逃过了大量异族强者的追杀，早已声名在外。

“这么低？是因为宇宙之主吗？宇宙之主的确实力强大，去原始星的宇宙之主数量已经过半，但他们分散在一万零八十一颗原始星，每颗原始星的宇宙之主是很少的，大部分原始星上根本没有宇宙之主，我碰到宇宙之主的概率应该很低。”罗峰道。

“我说你活下来的概率低不是因为宇宙之主，而是因为原始星的环境。”狃宙尊者道，“每颗原始星就那么大，却聚集了那么多高等宇宙尊者、宇宙霸主……一旦你被发现，那么那些异族的高等宇宙尊者、宇宙霸主会立即针对你的天赋秘法域对付你，令你无法逃脱，然后击杀你。”

罗峰微微点头。

“暴露出来的底牌就不再是底牌了。天赋秘法域虽然逆天，但并非无敌。几位宇宙霸主提前准备彼此合作，要破解不难，甚至一些手段逆天的宇宙霸主，只一人就能破解天赋秘法域。”

“所以你最好有个搭档。两人彼此配合，遇到危险，靠你的天赋秘法域逃窜，当你的天赋秘法域被压制时，搭档的作用就显现出来了。”狃宙尊者道。

“谢谢狃宙尊者。”罗峰笑道。

“我现在就将资料发给你。”狃宙尊者道。

罗峰立即收到一封邮件，资料非常详细，有文字、图片、视频等等，全是有关这次原始星开启一百多年来发生的各种事情。

罗峰暗自庆幸。

幸好……幸好自己已经得到劫甲！有了劫甲，自己就仿佛有了一个堡垒，再配合魔杀族分身的变化、复制气息等手段，到时候谁能认出自己是刀河王？

之前在神国中，地球人本尊、金角巨兽分身都尝试过穿上劫甲，感受过劫甲的威力，地球人本尊、金角巨兽分身得到的信息和当时魔杀族分身得到的信息完全一致，让罗峰感叹劫甲不愧是超级至宝，难怪惹得焱帝都使出了那等手段。

劫甲的确非常逆天，罗峰估摸着或许其威力比千宝河还强。

劫甲是坐山客炼制而成，是一种很特殊的铠甲，和罗峰知晓的其他至宝不同。像弑吴羽翼、金震犽王铠、古船银河……这些都需要使用者法则感悟极高才能驱使，罗峰现在仅仅能驱动弑吴羽翼、金震犽王铠的第二形态，无法发挥出古船银河的最大威力。

但劫甲完全不同。

兵甲、将甲、王甲、皇甲和法则感悟没有关系，只和身体强度有关。劫甲一样和法则感悟没有关系，只和神体强度有关。若是神体不够强，即使法则感悟再高也没用；若是神体强，法则感悟不够也无妨。

劫甲有三大形态。

第一形态需1亿倍界主之力才能驱动。驱动后，劫甲能够将物质攻击削弱到千分之一，将灵魂攻击削弱到十分之一，并且赋予使用者10亿倍界主之力。

第二形态需1000亿倍界主之力才能驱动。驱动后，劫甲能将物质攻击削弱到万分之一，将灵魂攻击削弱到十分之一，同时赋予使用者1万亿倍界主之力。

第三形态需100万亿倍界主之力才能驱动。驱动后，劫甲能将物质攻击削弱到十万分之一，将灵魂攻击削弱到十分之一，同时赋予使用者100万亿倍界主之力。

这是一件非常逆天的护体至宝！

一位宇宙之主燃烧神体完全能驱动劫甲的第三形态，能扛住其他宇宙之主使用超级至宝发出的物质攻击。物质攻击方面，几乎再无威胁，除非遇到一些更加逆天的攻击类至宝，像最强至宝等。

这样一件超级至宝如果在原始星出现，足以引起众多宇宙之主火拼，甚至因此陨落一两位宇宙之主，都很正常。

第1030章

进入原始星

雷霆岛，罗峰的宫殿，幽静的书房中。

罗峰仔细翻看着有关原始星的资料，点头称赞道：“厉害，狃宙尊者搜集的资料果真详细，我的计划行得通。”

“真够危险的，原始星完全是法则强者的地方！”罗峰忍不住轻声感叹，“嗯，我的三大分身已经到原始星通道处了。”

距离人类疆域大概100多亿光年外的一片星空中没有任何星球，只有一阵阵风暴。

一道高约12米的身影站在星空中，他有着一对银色的弯角，紫色的眸子，一条蝎子尾巴，全身覆盖一层灰色的鳞甲。他散发着一股股血腥、霸道的气息。他的肩膀上蹲着一只大约1米长的异兽，这只异兽身后有双翼，头上有五根金色的角，四蹄粗壮，犹如蜥蜴的尾巴随意摆动。

若是见识广的，恐怕很快就能认出，那有着一对银色的弯角的是星空巨兽中的紫蛹巨兽。星空巨兽模样各异，有类似人类形态的，紫蛹巨兽就是其中之一。

紫蛹巨兽以嗜杀出名。

其实，绝大多数的星空巨兽都以嗜杀出名。

很多强者都能认出紫蛹巨兽的肩膀上蹲着的异兽，他是星空巨兽十二大巅峰血统中的金角巨兽。

“哈哈……恐怕就是老师遇到了我，也根本认不出我吧。”罗峰微笑着。

“魔杀族分身变化成紫蛹巨兽隐匿气息后，根本察觉不到一丝本来的气息。”罗峰抚摸着肩膀上的金角巨兽分身，“魔杀族分身体内的世界戒指中藏匿着新幽海分身，新幽海分身的气息透过世界戒指完全散开，其他强者若是看到紫蛹巨兽，只会感觉到一股血腥气息，这股气息雄厚，浩浩荡荡地压迫过去，绝对达到了强大的宇宙尊者的水准。”

气息和神体有关。

神体越强，气息也越强。

像一些宇宙霸主，他们的法则感悟程度更高，创出了更强的秘法，但单单表面上的气息，和一些宇宙尊者相差无几，所以若是一位宇宙霸主不主动暴露实力，一般人是无法判断其真实实力的。

幽海分身的神体有1亿倍界主之力，神体庞大，散发的气息之强，绝对属于宇宙尊者中较高水准。

当然，金角巨兽分身的气息更强。

此时金角巨兽分身大约1米长，这实际上是金角巨兽分身将本尊天地、兽神变都已经施展后的形态。在创造究极秘法的八万多年里，罗峰顺便购买了大量珍贵材料以修炼本尊天地。

毕竟界主修炼本尊天地所付出的代价较小。

罗峰地位极高，而且有好些重宝在身，随便卖掉一件重宝就能换到许多珍贵材料，自然轻而易举就将本尊天地修炼到了巅峰——振幅提高36倍。

一旦本尊天地大成，那么身体大可达到10万千米、小可只有1米。

这都不会影响实力。

本尊天地大成使得振幅提高36倍，兽神变第三层大成使得振幅提高8倍，两者结合，效果有一定重合，所以金角巨兽分身的神体的振幅只提高45倍。

若是再施展天赋秘法强化，那么完全可以一举将振幅提高90倍。

罗峰看着肩膀上的金角巨兽分身，金角巨兽分身也看过来。

二者眼神交流。

“哈哈……无论谁看到，恐怕都会以为我们是星空巨兽联盟的强者吧。”罗峰微笑道。

宇宙有九大超级势力，分别是六大巅峰族群各自的联盟、祖神教、北疆联盟、星空巨兽联盟。

其中六大巅峰族群各自的联盟和北疆联盟互相争斗，而祖神教、星空巨兽联盟则置身事外。

祖神教不争疆域，星空巨兽则无比罕见，普通星空巨兽都很难见到，甚至星空巨兽联盟驻地在哪儿，都是宇宙的一大秘密。

虽然一些特殊地方，像原始星上能偶尔看到星空巨兽联盟的强者现身，但无法通过他们知道星空巨兽联盟的驻地到底在哪儿。

一个置身事外的势力也同样不争疆域。

一只只星空巨兽在宇宙各地随意行走。

“我人类的身份刀河王，闻名宇宙各地，我一旦出现在原始星上，就会被当成移动的宝库，定会遭到劫杀，甚至遭受不同族群的强者联手攻击。”罗峰看了下自身的灰色鳞甲，“以紫蛹巨兽的身份出去，就不显眼了，也不会遭到联手攻击了。”

原始星上聚集的各族强者，一般都彼此忌惮，没有把握、足够的实力是不会轻易出手的。

但刀河王对他们有着巨大的吸引力，即使可能陨落，也会去试一试。

星空巨兽的两大强者绝对不好惹，没有必要一试。

……

罗峰遥看前方，一阵阵风暴中有一个巨大的旋涡，旋涡直径约百亿千米，散发着耀眼绚丽的彩光，周围的空间都已经完全扭曲，单单旋涡通道产生的压力，就可以把一般不朽神灵碾压成虚无。

“原始星通道。”罗峰轻声道。

罗峰一迈步就已经进入绚丽通道，他朝通道深处飞去，而压迫性的力量越来越强。

轰隆——

压迫引起空间的震颤、扭曲，罗峰直接消失在通道深处。

……

通道口飞出一道高大的身影，高大的身影肩膀上有一只看似可爱的异兽，血腥的气息让人心颤，还有一股更加霸道的气息，这两股气息分别从那看似可爱的异兽和那道高大身影身上散发开。

“这就是原始星。”

罗峰站在半空，遥遥看去。

他身后就是旋涡通道，旋涡通道位于半空。

“苍茫、无边。”

罗峰站在半空，感觉到无穷无尽的压力作用在自己身上，这股可怕的压力远远超过中子星，也远远超过当年在冰狱中的压力。

罗峰缓缓降落，踩在满是落叶的山林中。

一万零八十一颗原始星，每颗大小都一样，直径1000亿千米。原始星上的空间波动是完全停止的，无法施展瞬移，也无法施展神国传送。

直径仅仅1000亿千米，对于超级强者而言不算大，虽说罗峰能够加速到接近光速，但一直承受这样的可怕压力，导致加速需要更长时间，变换方向、改变速度等，都会明显比外界慢一大截。

罗峰好似陷入一个领域类至宝释放出的领域中。

“压力真大，魔杀族分身的生命基因层次已经提高100倍，达到1000万倍界主之力，没想到在原始星上行走都感到吃力。”罗峰一步步小心行走着，肩膀上趴着金角巨兽分身。

片刻，罗峰走出了这片山林，走到了山脚下。

远处是苍茫的荒原。

罗峰前进着，同时仔细感应着能量、气息。

根据从狃宙尊者那里得到的资料来看，在原始星上感应能量、气息，是大多数强者都会选择的一种寻找宝物的方式。

许久——

轰！

一股能量波动经过远距离传递，到了罗峰这儿。

“是那里。”

罗峰猛地转头，遥遥看去。

罗峰瞬间化作一道流光，速度飙升，然而随着速度越快，阻力越大，罗峰1000万倍界主之力的神体显然有些吃不消了。

“好重的压力，燃烧神力。”罗峰甚至都开始燃烧神力了，一股股强大的能量顿时令速度飙升，很快就达到了亚光速，继续朝远处飞去。

下方是无尽的荒原，罗峰不断飞着，很快就看到远处连绵丘陵上的五名正在厮杀的强者。

嗖！

罗峰迅速降落。

“五名宇宙尊者。”

罗峰发现他们分为两个阵营，一方明显是妖族，体形庞大，气焰滔天；另一方则有点混杂。

“一方是妖族，另一方似乎是九域联盟。”罗峰迅速做出判断。

宇宙中有九大超级势力，还有十二大顶级势力。

论族群数量、宇宙尊者数量，十二大顶级势力不一定比人类族群联盟、妖族联盟等少，只是他们没有宇宙最强者坐镇。

“还有六支强者小队在盯着。显然，除了我，被这里的战斗动静吸引来的异族强者有好些。大家仅仅在远处看着，并没有插手。”

……

“是狱族联盟、晶族联盟、刺环联盟……还有星空巨兽联盟的强者，仅仅三件重宝，我们已经得到两件。走，暂时放过九域联盟的这三个家伙。”一只有着三个头的野兽传音道。

“是星空巨兽联盟的强者。”一只有着巨大龟壳的妖也看了一眼罗峰那边，“我们走。”

妖族和星空巨兽联盟是有好些瓜葛的。

妖族一直认为星空巨兽联盟也是妖族的一分子。

嗖！嗖！

两名妖族的宇宙尊者瞬间化作流光飞离开去，三名有些狼狈的九域联盟的宇宙尊者看了周围一眼，也迅速飞离开去。

第1031章

走了狗屎运

妖族、九域联盟的强者都离去了，被动静吸引来的七拨强者自然也就遥遥看了看，随即都悄然离开了。

“和资料上描述的一样。”罗峰在荒原上空缓缓飞行，金角巨兽分身乖乖地蹲在肩膀上，“原始星中的强者们都非常谨慎，没有足够大的吸引力，或者十足的把握，是不会轻易出手的。刚才妖族、九域联盟的强者为了宝物厮杀，我感觉这里根本没有至宝的气息，估摸着就是几件重宝。”

若是至宝收敛气息，单从外表是难以辨别出的。

可是原始星上不同，原始星上宝物众多，重宝出世，没什么动静，顶级套装重宝出世或许有点小动静，而至宝出世绝对是有大动静的。动静越大，代表着至宝的层次越高，甚至还会从地底冒出一座宫殿，用来安放至宝。

“嗯？”罗峰看到远处半空的空间旋涡，“又是一条旋涡通道？不知道这条通道通往哪一个原始星。”

按照资料上的描述，一万零八十一颗原始星，每颗原始星的半空都随机分布着一万零八十一条旋涡通道，只有一条是可以出去的（罗峰进来时通过的旋涡通道），其他一万零八十条通道则通往其他一万零八十颗原始星。

“在原始星中寻宝的所有强者都不会傻乎乎地乱跑，几乎都是守在一个地方默默等待，感应气息，一旦感应到特殊动静，就立即赶去。”

罗峰决定参照前辈们的经验，找一个地方静静等候。

嗖！

罗峰当即俯冲而下，飞入一片山林。

这座山高上千千米，比地球上的任何一座山都高得多，不过在原始星上算是低矮的了，山上的花草树木长得很漂亮。

踏着落叶，罗峰漫步而行。

“原始星的压力极大，弱一些的不朽神灵都会湮灭，可是这些花草树木生存得很好。”罗峰看着一棵足有30多米粗的大树道，“毫无疑问，这些花草树木都是价值很高的珍稀材料，能用来打造普通不朽神灵使用的兵器。”

罗峰明白这一点，但根本不会去拿。

因为历史上早有人这么干过。

砰！

罗峰一脚踹在树干上，大树纹丝不动，罗峰感觉到这棵大树仿佛和大地是一体的，他整个人都被震得倒飞开去，落在远处的花草丛中，压趴了不少花草，而后才站了起来。

“这里的花草树木果真和原始星是一体的，而且很难被损坏，即使超级强者损坏了花草树木，它们也会再度恢复原样。”

罗峰先用神力将周围隔绝，跟着燃烧神力，威力暴增，轰的一声一脚踹在地上，大量沙土乱飞，罗峰直接踹出一个坑来。

然后，他站在旁边默默观看。

片刻后，那些乱飞的土壤聚集，大坑被填满，恢复原样。

“果真是这样。”罗峰暗叹，“好神奇的原始星！”

原始星上，任何和原始星一体的事物，如土壤、花草、树木，虽说能够靠暴力暂时拿走，但很快就会回到原处。

一切注定了都是无用功。

唯有和原始星不是一体的事物，如一些出世的宝物，才能够被带走。

罗峰漫步在山林中，感受着原始星的神奇，观察着山林中的一切。

罗峰一脚碰在一个坚硬物体上，以他的神力，普通石头会被踢飞。

“嗯？”罗峰低头一看。

一个银色尖角从地面冒出，上面还沾着很多泥土，罗峰仔细感应一下，发现银色尖角隐隐有些不凡。

罗峰眨巴一下眼睛。

“我的运气不会这么好吧？”罗峰暗自嘀咕，原始星上宝物极多，一些重宝出世是没有任何动静的，重宝可能出现在河流中、泥土中。

走路都能遇到重宝的情况，历史上也发生过很多次。

“走路踩到重宝了吗？”罗峰蹲下，右手落在银色尖角上，神力如同丝线缠绕住银色尖角。

一用力，仿佛拔萝卜，泥土掉落，一个正方体被罗峰拔了出来。神力发挥作用，泥土完全掉落，一个有着古老法则秘纹的精致的银色正方体就完全显露出来，气息隐现，显然是一件重宝。

“哈哈哈……难怪九剑尊者向我借至宝时，愿意以十件重宝酬谢我。”罗峰满脸笑容，“原始星上的重宝还真多啊，我走路都能踩到一件重宝！”

走路踩到重宝，罗峰的运气的确好。

原始星上的重宝的确很多，只要在原始星待的时间久点，那搞到数十上百件重宝并不难，完全可以拿数十上百件重宝向族群换取套装重宝。

套装重宝可以拆解，拆解开的一些珍贵材料平常难以搜集到。完全有希望用拆解大量套装重宝后得到的无数珍贵材料制造出一件普通至宝，但操作难度较高。

想制造出劫甲、原魂、焱神戟这类超级至宝，恐怕也只有炼制宝物技术独步宇宙的坐山客才能做得到。

罗峰将生命印记烙印在这个正方体上，顿时这件重宝就成了他的，一条条信息传递而来，银色正方体迅速缩小，变成仅仅一个魔方大小。

“哈哈……竟是一件封印类重宝，内含封印空间，不比镇封星辰差。”罗峰满意地点头，“来原始星的第一天就得到一件重宝，如果每天都能得到一件，在原始星待数百上千年，那得收获多少重宝？哈哈……”罗峰知道这根本不可能，不过走路踩到重宝的事让他很兴奋。

罗峰在山林逛了大半天，可惜，这次没能再踩到一件重宝，紧跟着，他便随便寻了一个地方。

他盘坐在落叶上，开始默默等待了。

原始星的开启状态将会持续整整一千纪元，一些顶级至宝出世的概率很小，许久才会有一次。

套装重宝、普通至宝反而成了常见的争夺对象。这里的“常见”是相对于顶级至宝而言的。

时间飞逝，罗峰来到原始星已经两年了，一次都没看到过套装重宝。虽说有三次都感应到了套装重宝出世的气息，虽然气息较弱，但强者的感应何等敏锐，所谓近水楼台先得月，罗峰距离远，当他赶到时，套装重宝的争夺早就结束了。

“运气啊！一件套装重宝都没到手，两年时间了，才弄到两件重宝，真可怜！”罗峰站在山林的山巅，遥遥看向远处。

两年才得到两件重宝，这个效率的确很一般。

罗峰现在是伪装成星空巨兽联盟的强者，星空巨兽联盟很神秘，那些异族强者一般不会招惹他。

两年时间，罗峰和他肩膀上的金角巨兽分身颇有名气了。

“人类族群联盟、妖族联盟、机械族联盟、虫族联盟之间斗得真狠。”罗峰暗自嘀咕，“但凡有一点由头，都可能爆发战斗。”

罗峰活的时间不长，虽然经历过虫族间谍为了杀他直接引爆一颗空旷的星球、遭到过沼蚀尊者的刺杀，但对虫族、妖族、机械族的仇恨还没强烈到极致。

真正活得久的人类强者却不同，他们和三大巅峰族群有过太多太多的纠葛，一次次交手，一次次累积恨意，他们都非常仇恨三大巅峰族群。

“我来到这里两年了，竟没有战斗过一次。”罗峰暗自感叹。

正当罗峰暗自感叹时，一股特殊的气息蔓延开。

早有经验的罗峰一怔，立即反应过来。

“是套装重宝，或是普通至宝，而且距离似乎很近。”

罗峰激动了。

前三次因为距离远，都没碰到套装重宝的毛，这次的距离总算极近了。

罗峰瞬间燃烧神力，速度迸发，直接朝气息发源处飞去。

……

“气息挺强的，一定是套装重宝，甚至可能是至宝！”狱族的一名全身弥漫金色火焰的高10多千米的巨汉和两名都有着十二对黑色羽翼的身高都在百米的弓着腰的宇宙尊者，一道飞了过去。

……

“宝物出世的气息！”

……

“是宝物！”

周围一带的六支队伍都迅速赶去。

宝物的气息蔓延开去，一些距离远的异族宇宙尊者队伍，也三三两两地迅速飞向气息发源处。

第1032章

双双爆发

罗峰疾速朝气息发源处逼近。

“气息还挺强的。”罗峰既惊又喜，喜的是气息这么强，至少是顶级套装重宝，甚至可能是一件普通至宝。惊的是这样强大的气息，就算能够第一时间赶到，恐怕也避免不了一场对战。

“看来，我来到原始星的第一场战斗要来了。”罗峰目光冷厉。

嗖！

魔杀族分身旁边突然出现了一道身影，正是新幽海分身。

新幽海分身从9000多千米高直接缩小到9米多高，同时变成紫蛹巨兽的形态，而魔杀族分身则瞬间进入世界戒指。

罗峰的眼眸中掠过一丝战意。

有了劫甲配合金角巨兽分身庞大的神体，可以说要杀死金角巨兽分身已经变得极难。之前新幽海分身自爆都没杀死沛风尊者，论神体强度，论振幅，金角巨兽分身与沛风尊者相差无几。论体形，金角巨兽分身是沛风尊者的不知道多少倍，而且劫甲能将物质攻击削弱到万分之一。

“有了劫甲，金角巨兽分身无可匹敌。”罗峰暗道，“金角巨兽分身神体强大，他的神力储存量和新幽海分身相当，新幽海分身就没必要为其供应神力了。”

嗖！嗖！

新幽海分身迅速破空飞行，肩膀上趴着金角巨兽分身。

飞过山林，罗峰很快就来到一片沼泽地上空。

“是那里！”罗峰迅速感觉到气息发源处，立即俯冲而去。

黑漆漆的沼泽水中有一把山头大小的黑剑正在缓缓上浮，同时朝四面八方释放开气息。

“仅仅一件？”罗峰俯冲下来，他看到了那把黑剑，不由得大喜，“是至宝！”

若是数件，那就是套装重宝了。

现在仅仅一件，则必定是至宝。

“而且我还是第一个到达的！”

罗峰迅速冲向那把黑剑。

而这时候另外一个方向的半空，一个全身由无数岩石组成的弥漫着金色火焰的巨汉和另外两名都有着十二对羽翼的强者同时飞来，他们清晰地看到黑剑正在缓缓上浮，此刻，剑身部分已然开始浮现。

“仅仅一件，是至宝！”狱族的三名强者顿时激动了。

“星空巨兽，放下至宝，否则至死方休！”巨汉传音咆哮道。

声音传来，罗峰都懒得看一眼，手掌直接落在了巨大的黑剑把上，神力开始渗透其中。

“嗯？”神力刚一渗透，罗峰就感觉到黑剑此刻和整个大地是一体的。

不好，还没完全出来！罗峰心中一惊。

这是至宝出世常有的情况。

比如在神殿缓缓浮现的过程中，他们是没有办法冲入神殿的，必须等神殿完全浮现后，才能想办法开启神殿，夺取里面的至宝。

同样的道理，必须等黑剑完全浮出，才能使其认主。

“哈哈哈……”狱族的三大超级强者见状，立即大喜。

“滚！”站在沼泽上的新幽海分身、金角巨兽分身同时看向狱族的三大强者，怒喝道。

轰！

全身弥漫金色火焰的巨汉猛地从高空落下，双脚直接踩入沼泽，沼泽1000多米深，仅仅淹没了他的脚背，远远没到膝盖。旁边另外两名狱族强者悬浮半空，散发着邪恶气息的羽翼展开，盯着罗峰。

“你们是在找死吗？”巨汉俯瞰罗峰他们两个小不点。

“哼！”

新幽海分身和金角巨兽分身同时开始变大，之前仅仅9米多高的新幽海分身直接变成9000多千米高，而金角巨兽分身也变成1万千米长。

金角巨兽分身的神体长度只要在一定范围内，就对实力没有影响；新幽海分身要达到9000多千米高，才能爆发出正常战力。

9000多千米高的新幽海分身和1万千米长的金角巨兽分身悬浮空中，俯瞰着三个小不点。

三名狱族强者对9000多千米高的新幽海分身和1万千米长的金角巨兽分身而言，的确是小不点。

“哼！”巨汉抬头看着新幽海分身和金角巨兽分身，冷哼一声。

“不好！”两名狱族强者则脸色微变。

神体大小反映实力强弱。

“敕岘，”其中一名狱族强者连忙传音道，“星空巨兽以体形大出名，金角巨兽成年后的正常体形都是1000千米长，据传星空巨兽联盟中有提高他们血统的办法，达到1万千米长的金角巨兽我们也见过，可是，一般巅峰的紫蛹巨兽的体形也就近百千米罢了，这只怎么这么大？”

“别管了，体形大，只能说难以击杀罢了。哼，在原始星上，宇宙霸主一般都是单独活动的，联手的几乎都是高等宇宙尊者。对方只有两个高等宇宙尊者，我们却有三个，我们占优势。我缠住金角巨兽，你们俩一个缠住紫蛹巨兽，一个去夺宝！”巨汉道。

“好。”

“不要久战，和体形这么大的星空巨兽久战，我们会吃亏。”

……

新幽海分身和金角巨兽分身悬浮半空，简直遮天盖地，甚至令狱族的三名宇宙尊者无法看到黑剑。

新幽海分身和金角巨兽分身时刻注意着黑剑。

黑剑正在缓缓浮现，剑刃部分已经冒出很长一大截，眼看着即将完全出来。

“只要把握住最后一段时间，至宝就是我的了。”罗峰暗道，同时警惕着眼前宛如蚂蚁般的三名狱族强者。

三名高等宇宙尊者，实力不容小觑，不过罗峰还是有足够把握的。

“高等宇宙尊者啊，实力匹敌蚀火尊者。”罗峰忽然有些感慨，“当年我在蚀火尊者面前犹如蝼蚁，可是现在，就算面对三名高等宇宙尊者，我爆发全部战力，也足以应对。不知不觉中我已经站在宇宙强者行列了！”

“冲！”

三名狱族强者同时动了。

“金线极光镜！”

“法则领域！”

“融合——金线极光域！”

金角巨兽分身咧嘴露出獠牙，同时燃烧神力催动金线极光镜。以金角巨兽分身的神体强度，施展神体振幅秘法，燃烧神力催动金线极光镜，顿时，方圆1亿千米都完全陷入蒙蒙金光中。

“领域类宝物！”

“好强的阻力，不是领域类顶级重宝，就是领域类至宝。”

“星空巨兽有领域类珍宝！”

三名狱族强者大惊。对方有领域类宝物，他们的优势就没那么大了。

“星空巨兽，你们找死！”敕唲咆哮着，化作一道流光，手中出现一个巨大的火焰神锤，直接轰然砸向金角巨兽分身。

“受死吧！”金角巨兽分身吼着，双翼猛地一展。

金灿灿的弑吴羽翼足有数万千米宽，宛如两把巨大的战刀。随着金角巨兽分身的俯冲，两把巨大的羽翼战刀呼啸着切割向敕唲。

“星火贯天！”

虽说罗峰的刀法明月策未达到究极秘法层次，但是罗峰早已开始琢磨改造。毕竟是将同一种奥妙运用在不同事物上，明月策第三式现如今也达到了能够击败混沌城主设置的第1600名对手的层次，算是巅峰秘法中一等一的，比刚达到巅峰秘法门槛时强上六七倍。

刀法是巅峰秘法，兵器是至宝，金角巨兽分身的神体强度、振幅秘法更达到宇宙霸主层次，虽说在兽神意境上差些，但彼此互补，金角巨兽分身完全不惧高等宇宙尊者！

“星火贯天之玉石焚天崩地裂！”新幽海分身身穿金震犼王铠，站在黑剑旁，燃烧的虚化神力在念力振幅秘法的辅助下施展开了这一招，只见数千道黑影从新幽海分身胸膛飞出，紧跟着半空就出现了一个魁梧的兽神。

兽神咆哮着，轰隆隆地撞击向那两名狱族强者。

万星布道图第三式——星火贯天之玉石焚天崩地裂，罗峰从未在外施展过，这是罗峰第一次在外施展，由新幽海分身来施展。

新幽海分身、金角巨兽分身双双爆发，配合金线极光域压制对方的移动速度，直接碾压向那三名狱族高等宇宙尊者。

第1033章

势在必得

敕喣奋力挥动神锤，神锤轰隆隆砸向飞来的金角巨兽分身，而金线极光域的阻力根本无法影响神锤。

敕喣低吼着，施展出了他的最强一锤。

原始星环境特殊，没引起空间破裂，但并非这一锤不强。

砰！

神锤和巨大的羽翼直接撞击。

敕喣倒飞起来，他双脚狠狠踩踏虚空数次，硬是将自己控制在半空。

“可恶的星空巨兽！”敕喣咆哮。

金角巨兽分身化作一道流光，再度降临，巨大的羽翼直接劈来，仿佛能够劈碎一切似的。

砰！砰！砰！

双方一次次撞击。

论灵活性，敕喣不及拥有弑吴羽翼的金角巨兽分身，更何况他在金线极光域中还受到重重阻力，他完全被压着打。

金角巨兽分身实在太大了，他的弑吴羽翼有数万千米宽，敕喣躲都无法躲。

新幽海分身犹如定海神针般站在黑剑前，遥遥看着远处两名狱族宇宙尊者，同时操控着巨大的兽神去追杀他们。

兽神在半空奔跑咆哮，快如幻影。

一旦那两名狱族宇宙尊者逃得有些远，兽神就不追了。

兽神仅仅在黑剑周围活动，那两名狱族宇宙尊者侵入这个范围时，兽神就会立即攻击。

这个兽神是念力兵器，念力兵器的飞行速度何等快，加上又有金线极光域，只要在这个范围内，兽神完全能在极短时间内撞飞那两名狱族宇宙尊者。

砰！

一名狱族宇宙尊者被撞飞，而从相反方向冲进来的另外一名狱族宇宙尊者则急速朝缓缓上浮的黑剑冲去。

“嗷——”

兽神咆哮着飞奔过去，快得留下一道残影，紧跟着轰然撞击那名狱族宇宙尊者，直接将那名狱族宇宙尊者撞飞。

“敕哾，怎么办？我们冲不进去！”

“念力兵器速度太快，而且他们还有领域类宝物！”

“我们已经损耗3%的神体了！那可恶的紫蛹巨兽怕是连万分之一的神体都没消耗，不能这么耗下去了！”

那两名狱族宇宙尊者悬浮在远处，同时传音给敕哾。

敕哾也只能愤怒地咆哮，他也没有办法。

他虽说因为神体大，消耗的神力量还很少，但他清楚眼前的金角巨兽分身消耗的神力量肯定更少，怕是他消耗完神体，眼前的金角巨兽分身都不会消耗掉百分之一的神体。

战斗还在继续。

“哈哈哈……有其他异族强者来了。”敕哾传音道，“再坚持一会儿。其他异族强者到来，这两只星空巨兽肯定会惊慌，到时候我们就有机会了。”

那两名狱族宇宙尊者环顾四周，顿时露出喜色。

果然，两个方向都有一支队伍飞来。

“嗯？那是北疆联盟的小队，共三名宇宙尊者。那是鸿盟的小队，共两名宇宙尊者。”新幽海分身朝四周看了一眼，迅速做出判断，“不过我现在这个身份，鸿盟小队也只会将我当成星空巨兽联盟的。”

顾不得其他，新幽海分身一边压制着狱族的三名宇宙尊者，一边观察着缓缓上浮的黑剑。

整个剑尖似乎都要出来了。

“快了，快要完全出来了！”罗峰既焦急又期待，“快，快，快！必须在其他队伍到来前完全出来啊！”

两支队伍迅速飞来。

那支鸿盟小队虽说是鸿盟成员但并非人类，他们遥遥看到这一幕，迅速做出判断。

“哈哈哈……只有一件宝物，肯定是至宝！”

“宝物还没完全出来，他们还没使其认主，快！”

“趁星空巨兽小队和狱族小队僵持，我们赶紧夺宝！”

北疆联盟小队的三名宇宙尊者见状大喜。都知道机会难得，个个拼命朝黑剑飞去。

北疆联盟堪称族群最多的一个联盟，由大量的族群聚集而成，北疆联盟的宇宙尊者数量也多。

比如在荣耀世界露天广场上的鸿盟传承者仅仅有上千人，北疆联盟的传承者却有数十万人。

所以在原始星上，北疆联盟的宇宙尊者队伍也是最常见的。

也因为北疆联盟的宇宙尊者数量较多，和人类族群等六大巅峰族群相比，同等实力的强者拥有的宝物一般都要少很多。

“咦？”北疆联盟的三名宇宙尊者中，一个高10余米全身宛如紫色金属铸造的生命，一边急速飞向黑剑，一边仔细观察着，他的眼中露出疑惑，“那似乎是……不可能，不太可能吧？”

“快，快，快！”新幽海分身焦急万分。

黑剑虽说已经快完全出来了，但是它浮现的速度远远比超级强者飞行的速度慢得多，鸿盟、北疆联盟的宇宙尊者小队即使在金线极光域中，也依旧保持高速逼近。

“哈哈哈……来不及了！”敕哾哈哈大笑，“星空巨兽，这件至宝你是得不到的。”

“那也轮不到你！”

金角巨兽分身发出一声怒吼，吼声震天。

嗖！

金角巨兽分身忽然双翼一振，折返回到黑剑周围。

新幽海分身也后退一步，一脚就踩在黑剑旁边的沼泽里。

“来吧！”

新幽海分身、金角巨兽分身都在黑剑周围，显然，罗峰要死守了。

只要坚持片刻，这件至宝就到手了。

别说他们这些宇宙尊者，就算是宇宙霸主，拥有劫甲的金角巨兽分身也丝毫不惧。新幽海分身虽说神体强度弱些，仅仅能驱动金震犼王铠的第二形态，将物质攻击削弱到千分之一，比劫甲要差，可是新幽海分身体形巨大，撑片刻绝对没问题。

新幽海分身和金角巨兽分身宛如两座大山，一座屹立在黑剑旁，一座悬浮在黑剑上空，阻拦一切敢靠近的异族强者。

“冲！”

“冲！”

“夺取至宝！”

“快，其他五支队伍也要到了，我们赶紧！”

鸿盟、北疆联盟的两支队伍也都发现，远处出现了五支队伍，不过估摸着这五支队伍需要一会儿才能抵达。

三支队伍，鸿盟的、北疆联盟的、狱族的，共八名高等宇宙尊者，同时朝新幽海分身冲去。

轰！轰！轰！

三支队伍同时化作流光冲去。

金角巨兽分身双翼一展，直接挡在最前方。

只见金色双翼猛地变大（弑吴羽翼能轻易改变颜色），疯狂地朝四面八方延伸开去，几乎瞬间就变成了数十万千米宽。羽翼一合，仿佛母鸡保护小鸡，金色羽翼将黑剑完全罩住。

想要夺得黑剑，就必须将金色羽翼轰开。

“攻击！”

“哈哈哈……他竟然还想硬扛！”

八名宇宙尊者同时发动攻击，鸿盟中的一名手持刀轮的宇宙尊者一次次砸向金色羽翼，他手中的刀轮是普通至宝。

金角巨兽分身粗壮的四蹄宛如天柱站立在沼泽中，沼泽无法淹没金角巨兽分身的蹄爪。

轰！轰！轰！

八名高等宇宙尊者联手，威力之强，仿佛一位宇宙霸主手持至宝，一次次轰击。

“就这点威力！”金角巨兽分身站在那儿稳如大山，任凭八名高等宇宙尊者一次次轰击，轰击力经过弑吴羽翼、劫甲双重削弱后，金角巨兽分身凭借庞大的神体，轻易就能抵挡。

“这羽翼是至宝！”

“一定是至宝！”

“很少有重宝能变得这么大，就算能变得这么大，在我们八名高等宇宙尊者的联手攻击下也会缩小，不然就会崩解，这羽翼定是至宝！”

八名高等宇宙尊者都立即判断出了这一点。

普通重宝，一些宇宙霸主就能毁掉。

就算是顶级重宝，如果缩小体形还好，若是故意变大，承受力变弱后，是会崩溃的。

当八名高等宇宙尊者联手轰击都奈何不得金角巨兽分身时，新幽海分身的目光落在黑剑上，只见黑剑的剑尖终于出了沼泽，紧跟着直接悬浮在空中，气息完全收敛变得好似普通宝物。

“宝物到手！”

金角巨兽分身低吼一声，当即释放一丝神力直接飞向黑剑，欲将生命印记烙印其中。

第1034章

剑河罗

金角巨兽分身的一丝神力迅速钻入黑剑，生命印记烙印其中，黑剑认主成功。

“嗯？”低垂着脑袋的金角巨兽分身的眼眸中掠过一丝疑惑。

“怎么回事，竟然没有信息传递过来？”新幽海分身也疑惑，俯瞰着黑剑。

许多重宝、至宝，认主的时候都会传递出信息，一般包括宝物本身的一些详细信息，还有运转宝物的秘法，等等。

当然有些宝物是没有信息的，比如《星辰布道图》、弑吴羽翼、塔珠等。

是否传递出信息，要看当初创造这件宝物的强者是否留下过信息。

塔珠是星辰塔的一部分，是不会传递出信息的。

《星辰布道图》是坐山客将一幅图卷与许多镇封星辰结合而成的一件普通至宝，所以《星辰布道图》也不会传递出信息。

可是根据罗峰从狃宙尊者那里得到的有关原始星的资料来看，但凡是在原始星上出世的至宝、重宝，都由宇宙孕育而生，这些宝物本身就蕴含信息。

“怪事。”金角巨兽分身暗自纳闷。

轰！轰！轰！

八名高等宇宙尊者还在疯狂地攻击，他们一次次轰击金角巨兽分身的双翼，打断了金角巨兽分身的思考。

金角巨兽分身心念一动，令那把黑剑迅速缩小融入体内，与一块鳞甲融合。

“嗷——”

一个震天动地的怒吼声响起，巨大的双翼迅速缩小，宽度从数十万千米缩小到数万千米，金角巨兽分身和新幽海分身自然也露出来了。

八名高等宇宙尊者见状，顿时有些失望。

“至宝被收了？”

“已经认主了。”

“可恶的星空巨兽，我们走！”

八名高等宇宙尊者狠狠地看了新幽海分身、金角巨兽分身一眼。狱族的三名强者飞离开去，旁边的鸿盟、北疆联盟的五名宇宙尊者也有着一丝失望，他们都没有争夺宝物的想法了。

他们都非常清楚，在宝物认主之前，他们还能争一争，但现在既然宝物认主了，那么想要夺得宝物唯一的办法就是击杀金角巨兽分身。

而之前面对八大宇宙尊者的联手攻击，金角巨兽分身都没事，可知其防御力有多强。

如果金角巨兽分身真的想逃，那么他们根本拦不住。

最让他们升不起夺宝之心的是——金角巨兽分身的神体。

“这么大的神体，慢慢跟我们耗，我们还没杀死他俩，我们自身的神力都要消耗完了。”

“我们这次来晚了，早点来就好了！”

“至宝啊，落在星空巨兽手里了！”

鸿盟、北疆联盟的高等宇宙尊者都有些不甘。

“哈哈……你们速度慢了。”金角巨兽分身发出低沉的声音。

“算你走运！”

“我们走！”

五名宇宙尊者迅速离去。

金角巨兽分身、新幽海分身遥遥看向远处，此刻远处的一支支队伍正在逼近，他们都是被至宝气息和战斗动静吸引来的。

新幽海分身迅速缩小成9米多高，金角巨兽分身也猛地缩小到百米长，金色双翼一展，新幽海分身盘坐在金角巨兽分身背上，嗖的一声，迅速破空而去。

“赶紧走！”

……

“宝物已经落入那星空巨兽手里。”

“走吧。”

“这次夺宝已经结束了。”

“等下次了。”

“不知道这次出世的宝物是顶级套装重宝还是普通至宝。”

后来的一些异族宇宙尊者交谈着，个个暗自疑惑，却也只能离去。

在原始星上，近水楼台先得月，想要得到宝物，既要靠实力也要靠运气。若是距离至宝出世地近，自然占得大便宜。

北疆联盟的三名宇宙尊者正在飞行，片刻后，回到了他们的暂时休息地——一座低矮山体的山巅。

“那两只星空巨兽真是走运。”

“不过，星空巨兽联盟的确既神秘又强大，还有领域类宝物和至宝羽翼，这次又得到了一件至宝。”

三名宇宙尊者交谈着，其中一名高10余米全身好似由金属铸造的宇宙尊者皱眉思索着。

“那样式……对，是它！就是它！”

这名宇宙尊者眼睛一亮，先用神力将周围完全隔绝，随即看向旁边趴在地上的嘴边有数百根胡须的百貉尊者，道：“百貉尊者，你有分身在我北疆联盟核心，你赶紧传消息给联盟内部，我们刚刚发现了剑河罗的其中一把神剑。”

“剑河罗?!”

旁边的两名宇宙尊者都一愣，眼睛瞪得滚圆，特别是百貉尊者。

百貉尊者一排密密麻麻的眼睛雪亮雪亮的：“传说中的顶级至宝剑河罗？”

剑河罗堪称这次原始星开启一百多年来最耀眼的一件至宝。

当时从地底浮现出了一个巨大的坟墓，那是剑的坟墓——剑冢。剑冢中有一块古老的石碑，石碑上记载着剑冢内有大量的神剑，这些神剑都是重宝，甚至还有数件普通至宝，以及最珍贵的——剑河罗部件。

剑河罗由罗盘、九把神剑组成。

九把神剑融入罗盘，九剑合一，威力叠加，一旦驱动，就可施展出无穷无尽的剑河，威力巨大，不可思议。

剑河罗是领域类的顶级至宝，在攻击方面匹敌巅峰至宝。

其实，单单一件罗盘就已经是领域类的普通至宝了，融入一把神剑，威力提升。融入的神剑越多，威力越强。直至九把神剑完全融入，剑河罗就能达到最完美的境地。

剑冢出世，罗盘上仅仅有一把黑色神剑。

“剑河罗的一把神剑，我们在哪儿发现的？”百貉尊者追问道。

“是啊，我们在哪儿——”

另一名宇宙尊者刚开口，高10余米的宇宙尊者就忍不住道：“就是刚才星空巨兽联盟的小队带走的黑剑啊！剑河罗的图片，我亲眼看过，罗盘上插着的黑剑和刚才的黑剑一模一样！”

百貉尊者大惊。

“快……快禀报联盟。”高10余米的宇宙尊者连忙道。

“好好。”百貉尊者连连点头。

很多进入原始星的各族超级强者，都在族内留有化身，也有极少数在族内留有分身。化身能够传递信息，不过一些重要事情，不一定能做到。

“我的分身已经进入联盟核心，即将有宇宙之主见我。”

百貉尊者低声说着。

许久——

“好了，我将之前见到的黑剑的样子通过意识模拟出来了，宇宙之主已经确认，那的确是剑河罗的其中一个部件。至宝数量本来就极少，样式几乎不太可能完全一样，而且一前一后在原始星出世，那黑剑定是剑河罗的其中一把神剑。”

“宇宙之主命令我们暂且勿动，现在正安排离我们这颗原始星最近的宇宙霸主以及覆魔之主赶来。”

“我们的贡献值已经记录下来了。”

百貉尊者看向其他两名宇宙尊者，大家都露出兴奋的笑容。

虚拟宇宙，鸿盟城内城的一个露天酒吧上，大量的宇宙尊者聚集在这儿。

这次进入原始星的鸿盟强者们，几乎都在族内留有化身，化身连接虚拟宇宙，以此来传递信息。

“又有一件至宝出世。看看，就是这件至宝，我可是亲眼所见。”

“什么至宝？”

“快去看看！”

“在哪颗原始星？”

各种声音响起，关于原始星的一些动静大家都很感兴趣。

“看，这是图片。”一名秃顶、身上满是毛、有着一双金色眼睛的异族强者说道，“这个至宝当时是从沼泽中缓缓浮现的。可惜，我距离远，去慢了，这个至宝被星空巨兽联盟的两位强者夺走了！”

“至宝啊！”

“真可惜，一件至宝在眼前，你都没弄到手，竟被星空巨兽联盟的夺去了！”

“我也没办法，星空巨兽联盟的两位强者的神体长度有上万千米，这么强的神体，宝物到他们手里，还有希望夺回来？就算宇宙霸主拼命抢夺，要消耗光那么大的神体，怕也要花费很大力气。”那名秃顶的宇宙尊者在那儿说着。

“那不是剑河罗的神剑？”

“对，剑河罗的神剑！”

这里顿时炸开了锅。

这时候，一道身影在露天酒吧中行走，正是罗峰。

“怪事，原始星上的宝物认主后竟然没一点信息。”罗峰疑惑。正因为疑惑，他连接虚拟宇宙，来到了鸿盟在虚拟宇宙的消息交流地，想找些熟悉的朋友问问。罗峰的很多朋友，比如狃宙尊者，也待在这儿。

“狃宙尊者。”罗峰一眼看到远处正在听别人说话的狃宙尊者，当即喊道。

狃宙尊者回头一看，眼睛一亮道：“刀河王。”

罗峰一笑，走过去。

忽然，他眉头一皱，一道身影吸引了他的注意。

“是他？”罗峰认出了那名秃顶的宇宙尊者，这名秃顶的宇宙尊者就是之前在原始星攻击罗峰的鸿盟队伍中的两名宇宙尊者之一。

第1035章

逃

正当罗峰在虚拟宇宙中获取信息时，罗峰所在的这颗原始星上，通往外界的旋涡通道下方，一片山林内聚集着三名气息可怕的强者，三名强者模样各异。

“按照联盟的命令，我们以最快的速度赶到了这里，看来，我们三个是最早抵达这儿的。”

“嗯。”

“那两只星空巨兽一旦发现那把黑剑是剑河罗的一部分，肯定会被吓一跳，会立即赶往这条旋涡通道，逃向外界。一旦逃到外界就可施展瞬移、神国传送，谁都抓不住他们。我们必须将这儿看守好！”

“难道就一直在这儿等？”一个低沉的声音响起，“到时候会有一群宇宙霸主抵达，连覆魔之主都会到。仅仅一把剑河罗的神剑，我们能分到多少贡献值？依我看，忘珈尊者，你暂时待在这儿。我和卑鄤尊者主动出击，以我和卑鄤尊者的能耐，我们完全有希望击杀那两只星空巨兽。”

“这……”

“还犹豫什么，其他宇宙霸主很快就快到了。卑鄤尊者，你同意吗？”

“我同意。”卑鄤尊者的声音响起。

“好吧，我也同意。到时候如果得到神剑，那可得平分贡献值。”

“那是当然。”

三位宇宙霸主彼此相视一眼，都笑了。

嗖！嗖！

两道身影同时破空飞起，其中一位强者约有30米高，头上有三根朝正前方弯曲的尖角，双眸凌厉犹如鹰眼，手臂仿佛钢铁铸造而成，粗壮有力，正抓着一杆古朴的长矛，长矛尖端有三道红色划痕；另一位约10米高，全身罩在黑色战袍里，脸上戴着黑色面具。

“卑酆尊者，等会儿你施展灵魂攻击直接杀死那两只星空巨兽最好，若是杀不死，也要影响他们，到时候由我和他们近身作战。”那名约有30米高的宇宙尊者传音道，“以我岐血之矛的威力，再加上我燃烧神体施展我的究极秘法，就算他们身上穿着普通至宝，在我匹敌宇宙之主的可怕攻击下，他们的至宝恐怕也只能将攻击力削弱到千分之一，甚至只能削弱到百分之一。”

“岐血之矛是高等至宝，威力强大。”卑酆尊者笑道，“定能一举功成。”

岐血宫主是北疆联盟中名气极大的一位宇宙霸主。

他有三件至宝，他近身作战时使用的兵器是高等至宝，这件高等至宝配合他的究极秘法，使得他就算遇到宇宙之主，也能交手片刻。他一旦全力攻击，攻击力的确超过普通至宝的承受范围。在承受范围内，第三形态的普通至宝一般能将物质攻击削弱到万分之一，可一旦超出这个范围，至宝的削弱能力会急剧下降，甚至只能削弱到千分之一、百分之一、十分之一，甚至承受不了直接破裂。这就是宇宙之主根本不屑用普通至宝的原因。

“虽说他们神体大些，但我的岐血之矛多刺几次，也能达到同样的效果。”岐血宫主高速飞行的同时，笑着传音道，“卑酆尊者，到时候就靠你的灵魂攻击，别让他们逃掉了，听说他们中的金角巨兽可是有至宝羽翼的。”

“交给我。”

卑酆尊者、岐血宫主在半空化作两道流光，迅速朝黑剑出世之地飞去。

当时罗峰是最先抵达黑剑出世之地的，所以北疆联盟很容易推断出罗峰的暂居之所，肯定就在黑剑周围不远处。

卑酆尊者、岐血宫主有目的地可循。

虚拟宇宙中。

罗峰惊诧地看着远处那名秃顶的宇宙尊者："是他？当时和我争夺宝物的鸿盟的两名宇宙尊者之一？"

罗峰也注意到那名秃顶的宇宙尊者周围非常热闹，聚集着一大群宇宙尊者，似乎正在激动地议论着某件事。

"剑河罗！"

"剑河罗的神剑啊，据传剑河罗的罗盘被刺环联盟的一位宇宙之主得到了，那位宇宙之主肯定非常想要得到九把神剑，甚至愿意付出极大代价来换取神剑。"

"看似是普通至宝，可能实际价值匹敌高等至宝啊。"

"对，而且剑河罗只有集齐所有神剑才能达到完美形态，差一把都不是完美形态。只要其中一把神剑被我们鸿盟得到，那么刺环联盟肯定会想尽办法甚至向我们低头以换取神剑。"

"可惜，被两只星空巨兽弄走了。"

罗峰听得清清楚楚。

罗峰一愣。

剑河罗的神剑？被两只星空巨兽弄走了？

"可惜我去晚了。如果我运气好，神剑就是我的了。"

那名秃顶的宇宙尊者摇头，他面前的屏幕上正展示着罗峰得到的黑剑的图片。

在远处看着的罗峰心中掀起了滔天巨浪。

"天哪，那是我得到的黑剑！那把黑剑竟然是剑河罗的其中一把神剑！"罗峰感到非常吃惊。

"剑河罗？"罗峰轻声念叨，脑海中迅速浮现出一些资料，那是狃宙尊者给他的。

资料中记载，在原始星开启的这一百多年中，一万零八十一颗原始星中发生了十二次大规模血战，剑冢出世时就引发了一次大规模的血战。

关于剑河罗，仅仅是简单地描述，也让罗峰知道剑河罗的威力。那可是领域类的顶级至宝，在攻击方面更是能匹敌攻击类的巅峰至宝！论价值，不低于千宝河，或许还略高些，当然前提是融入所有的神剑。

远处传来声音——

“快！快告诉我们，你在哪颗原始星？神剑出世地在哪儿？”

“对，我们赶紧过去！”

“联手杀了那两只星空巨兽，夺得神剑。到时候不愁得不到刺环联盟的报酬，若是给鸿盟，鸿盟也一定愿意给我们极高的贡献值。”

这里顿时一片沸腾。

“逃！赶紧逃！”罗峰瞬间反应过来。

“刀河王。”狃宙尊者跑来。

“我还有事，狃宙尊者，下次聊。”罗峰立即消失不见，留下狃宙尊者满脸疑惑。

罗峰所在的原始星，那片低矮山林中。

“快，快，快！”新幽海分身、金角巨兽分身都迅速站起。

“鸿盟的很多强者很快就会赶来，我得赶紧走。得到黑剑时，狱族、鸿盟、北疆联盟这三方都看到了黑剑，鸿盟的强者现在才得到消息，怕是来不及，但是北疆联盟、狱族的强者很可能已经到了。”新幽海分身迅速变成仅仅2米高，盘坐在金角巨兽分身背上。

这次是逃命。

金角巨兽分身逃命的速度极快，实力最强，就算突然遇到危险，也会最先挡住危险。

金角巨兽分身变成约10米长，双翼一展，当即燃烧神力迅速破空飞去。

金角巨兽分身燃烧神力催动至宝弑昊羽翼，嗖的一声，迅速化作一道金光破空飞行。这一刻，北疆联盟的两位宇宙霸主岐血宫主、卑鄞尊者正在破空飞行。

这颗原始星太大，从旋涡通道出口到罗峰待的山林，光速飞行也得近大半个小时，这也是岐血宫主、卑鄄尊者还没赶到的原因。

北疆联盟的一些其他超级存在都在急忙朝罗峰所在的这颗原始星赶来，包括那位覆魔之主。

即使是那位覆魔之主，也得先飞到通往罗峰所在原始星的旋涡通道，通过旋涡通道后再飞往罗峰待的山林。

每颗原始星直径都是1000亿千米，就算以每秒30万千米的速度，一小时仅仅能飞行10亿千米左右，若是距离旋涡通道远一点，那得很久时间才能赶到。

北疆联盟安排的强者已然是最快能赶到的一群存在了。

“快看，金光！”

“是那只金角巨兽。”

岐血宫主和卑鄄尊者都看到了。

他俩是从那条旋涡通道朝罗峰那儿赶去的，罗峰现在正朝那条旋涡通道所在的方向前进，他们自然能看到彼此。

“嗯？”新幽海分身和金角巨兽分身都看到了那两道流光，“或许是其他异族强者，不太可能是追杀我的，哪有这么快？若是无法回到外界，那么我去其他原始星也行。”

嗖！

金角巨兽分身继续飞行，只是略微转弯和那两道流光拉开距离。

呼！呼！

那两道流光却猛地转弯，迅速逼近。

“不好，是来对付我的！那是北疆联盟的岐血宫主，旁边那位是卑鄄尊者！”一直保持警惕的金角巨兽分身瞬间认出岐血宫主和卑鄄尊者，顾不得其他，立即先将新幽海分身收入世界戒指。

岐血宫主、卑鄄尊者都是宇宙霸主级的存在，而且还不是一般的宇宙霸主。

宇宙霸主之间是有区别的。

一般在法则感悟、秘法创造上都达到宇宙尊者级巅峰，战斗力可匹敌最普通宇宙之主的宇宙尊者被称为宇宙霸主。

可是，拥有普通至宝的宇宙霸主与拥有高等至宝的宇宙霸主自然不同；人类族群的宇宙霸主，和生命基因层次提高了8000倍的宇宙霸主级的特殊生命，自然也不同。

岐血宫主就拥有一件高等至宝。

卑鄤尊者是擅长灵魂攻击的宇宙霸主。

“金角巨兽，你逃不了了！”

“交出神剑！”

两道声音同时传来，一道低沉雄浑，一道高昂无比。

第1036章

岐血之矛

岐血宫主、卑鄄尊者名声在外，绝对不好惹。金角巨兽分身当即一振金色双翼，画出一道弧线，直接朝另外一个方向飞去。

“没想到这么早就被发现了，通往外界的旋涡通道很可能已经被盯上了。我去那儿，就是自投罗网。哼，大不了，我通过其他旋涡通道，去其他原始星上。”

远处的岐血宫主、卑鄄尊者冷漠地看着这一幕，显然，一切尽在掌控中。

“交给你了。”岐血宫主道。

卑鄄尊者遥遥看着金角巨兽分身，眼眸中隐隐闪过一道银光。

忽然，周围时间的流速变了，一道无形的灵魂攻击瞬间穿过空间，追上了金角巨兽分身，直接钻入金角巨兽分身体内，开始侵蚀每一分神力。每一分神力都蕴含着生命印记（灵魂印记），一旦被侵蚀成功，罗峰就死定了。

“镇守！”金角巨兽分身催动神力，塔珠顿时发出无数丝线并完全连接整个神体。

轰！轰！轰！

灵魂攻击一次次侵袭神力，然而罗峰本身的意志就极为强大，更别说还有塔珠，灵魂攻击根本无法撼动金角巨兽分身一丝一毫。

卑鄄尊者满意地看着远处半空因为阻力速度越来越慢的金角巨兽分身，当即传音给旁边的岐血宫主：“我感觉得到我的灵魂攻击应该没成功，不过他在抵抗灵魂攻击的同时也受到了影响，下面交给你了。”

“哈哈哈……看我的吧！”岐血宫主划出一道流光，直接冲向远处的金角巨兽分身。

卑鄤尊者在后面紧紧跟随着。

“金角巨兽！”岐血宫主高高举起他手中的长矛，尖端上的三道红色划痕开始显现出血红色法则秘纹，一股血腥气息笼罩着岐血宫主，令岐血宫主的双眸渐渐变得赤红，散发着无尽煞气，他迅速逼近金角巨兽分身。

“给我——破！”

岐血宫主发出一声低吼，完全燃烧全身神力，将能量灌入手中的长矛后猛地挥动长矛。长矛犹如血红色闪电，直接刺向似乎刚刚惊醒只来得及合拢双翼的金角巨兽分身。

长矛所过之处，空间直接扭曲起来，产生了肉眼可见的空间旋转波纹。

长矛刺在了金角巨兽分身的双翼上。

这一击，威力巨大。

金角巨兽分身仿佛一颗流星，直接被冲击力撞得远远飞去。

“快追，别让他借力逃掉！”岐血宫主连忙道。

嗖！嗖！

卑鄤尊者、岐血宫主连忙在后面追。

“好强的威力！”金角巨兽分身在这股冲击力下化为一颗流星远远飞去，同时感受着自身的伤势，“我刚刚假装受到影响，想要感受下传说中的岐血宫主的可怕长矛。没想到，岐血宫主果真名不虚传，弑吴羽翼似乎都没起多大作用！”

金角巨兽分身早就知道遭到的攻击力越强，普通至宝的作用越小。

弑吴羽翼是飞行类至宝，虽说能将双翼当成盾牌起到阻碍作用，但在防守上毕竟不如真正的铠甲类至宝。

以金角巨兽分身的感觉来看，弑吴羽翼应该仅仅削去了一半的攻击力，而后劫甲则将剩下的攻击力削弱到只剩万分之一。

两相结合，金角巨兽分身只遭受岐血之矛两万分之一的攻击力。

“那股攻击力能凝聚，穿透弑吴羽翼、劫甲后，剩余的在我体内肆虐，最终完全湮灭。”金角巨兽分身暗惊，“刚才那一下，竟然令我有了些许的损伤。”

相比于金角巨兽分身庞大的神体，这点损伤不值一提，可还是令金角巨兽分身很震惊。

这可是削弱到两万分之一后的威力，若是没有劫甲，仅仅凭借普通至宝，自己催动其第二形态，恐怕能削弱到十分之一就算不错了。

两万分之一和十分之一，差距巨大。

实力相差千倍，岐血宫主完全能一掌击灭对手，自己不损耗丝毫。

如封王巅峰级不朽神灵击杀封侯级不朽神灵时，根本不需要耗费神力，轻易就能击杀。

“他的气息怎么没弱下去？”后面穷追不舍的岐血宫主大惊，“即使他催动普通至宝的第三形态，但我消耗了近千分之一的神体施展究极秘法，配合岐血之矛，在我这一击下，至宝能将攻击力削弱到百分之一就算不错了，而他竟然没受重伤，为何？”

嗖！

金角巨兽分身双翼一振，速度不断暴增。

“好快！卑鄙尊者，快，拦住他！”岐血宫主道。

“交给我。”

卑鄙尊者遥遥看向前方逃窜的金角巨兽分身，再度施展灵魂攻击，可是这次金角巨兽分身的速度根本没有受到丝毫影响，且继续加速，已然快接近光速。

“不受影响？”卑鄙尊者露出吃惊之色。

“上当了。”岐血宫主传音道，“看来刚才他根本就没受到影响，恐怕自持防御能力逆天，故意接我一矛。可恶的家伙，他在侮辱我！在侮辱我！”

“卑鄙尊者，你立即拦住他，我要让他知道，侮辱我的后果！”岐血宫主咆哮着，眼眸发红。

自从拥有岐血之矛后，他心中的戾气越来越盛，平常还能控制，可一旦被引爆，他会完全发狂。

而完全发狂的他，是最可怕的。

卑鄙尊者冷漠地看着远处的金角巨兽分身，当即一挥手，嗖，三万把密密麻麻的黑色匕首出现并破空飞去，这是卑鄙尊者拥有的念力兵器，作为一名擅长灵魂攻击的强者，在操控念力兵器方面当然也不会弱。

强者的速度是比不过念力兵器的。只见念力兵器不断逼近金角巨兽分身，很快，就铺天盖地地笼罩了角巨兽分身。

“不好！”飞速逃窜的金角巨兽分身看到密密麻麻的黑色匕首顿感不妙。

“羽翼之盖！”金角巨兽分身当即撑开双翼，金灿灿的双翼变大，挡住绝大多数黑色匕首，还有些许从下方直接刺向金角巨兽分身的腹部。

无数把黑色匕首狠狠撞击在金角巨兽分身身上。

下方是无尽的荒野，高空中急速飞行的金角巨兽分身速度锐减，后面追着的卑鄙尊者、岐血宫主则迅速逼近。

“两个可恶的家伙，还在追！我有劫甲在身，他们两个还以为能奈何得了我！之前不过是想要感受下传说中的岐血之矛，才故意装作受到灵魂攻击的影响，否则，哪有机会攻击到我？

“用念力兵器阻碍我？哼，若是我施展金线极光镜……领域类宝物的阻碍能力可比你的念力兵器强多了！”

金角巨兽分身朝后方冷漠地看了一眼，他根本没将岐血宫主、卑鄙尊者当成威胁。虽说金角巨兽分身在攻击手段上要差得很，但凭借劫甲和自身强大的神体，完全能让卑鄙尊者、岐血宫主陷入绝境。

“不管怎样都得甩掉他们两个，否则我的布局将会被他们看得一清二楚。甩掉他们前，让他们感受一下我的反击！”

“嗷——”

金角巨兽分身忽然低吼一声，双翼猛地一振。

嗖！

金角巨兽分身直接画出一道弧线，轰隆隆地冲向卑鄞尊者和岐血宫主，这顿时令岐血宫主大喜，当即吼道：“愚蠢的金角巨兽，你竟然找死，我当然会满足你的愿望！”

燃烧神力的岐血宫主直接迎战金角巨兽分身。

金角巨兽分身双翼如刀，快速袭来。

“哈哈哈……”岐血宫主手中的岐血之矛蒙着一层红光，他完全陷入最疯狂的境地。

仿佛两颗星球碰撞。

轰！

空间震动。

只见金角巨兽分身咆哮着用锋利的羽翼一次次切割岐血宫主，岐血宫主则一次次闪躲，同时刺出手中的长矛。他刺出长矛的手法很诡异，一次比一次快，长矛的威力不断暴增，神体的气息也变得越来越强。

……

岐血宫主首先暴退，他眼眸中的红光已经消散，他没有了之前的暴虐，反而惊怒起来。

“怎么回事？岐血，你的究极秘法十三矛都没用吗？”卑鄞尊者飞来，“你的十三矛是岐血之矛中蕴含的特殊秘法，你不是说，燃烧神体施展十三矛，虽然越往后自身神体消耗量越大，但没有宇宙霸主能撑住？”

岐血宫主的第一击仅仅消耗自身千分之一的神体，第二击神体消耗量增加，越往后越消耗自身神体，最后足足消耗自身近9%的神体。

“这……这……”岐血宫主眼眸中满是惊讶，“不可能，不可能！我……我消耗了9%的神体，可是他……他的气息竟然没有弱下去！”

卑鄞尊者、岐血宫主都惊讶地看着远处的金角巨兽分身。

金角巨兽分身冷冷地看了他俩一眼，发出一声低吼，那浩浩荡荡的金线极光域瞬间笼罩方圆上亿千米，一时间卑鄞尊者、岐血宫主完全困在其中，他俩都面色大变："是领域类宝物！"

嗖！

金角巨兽分身双翼一展，迅速飞离，暗暗嘀咕着："该走了。

"不过这岐血宫主真厉害，我有劫甲护体，都令我损失了万分之一的神体，若是体形小点的宇宙霸主，怕是得湮灭吧。"

第1037章

求救

空中，岐血宫主、卑鄸尊者这两大宇宙霸主彼此对视，眼眸中有着惊骇。

“真是厉害！”卑鄸尊者道，“这位星空巨兽联盟的超级强者，不仅有领域类重宝，还有飞行类至宝，此外，他保命的至宝应该是高等至宝！”

“对，必定是高等至宝！而且已经能催动其第三形态。”岐血宫主声音低沉地道，“若仅仅是普通至宝，在我岐血之矛的攻击下，他不可能这么轻松！”

他们俩齐声道：“麻烦大了！”

催动高等至宝的第三形态，再配合巨大的神体……这些足以让其他宇宙霸主感到绝望。

越是顶尖的超级强者越是难以陨落。

宇宙霸主本就难陨落，即使敌不过也能逃走，而像这种有高等至宝且能催动其第三形态，神体又大得离谱的，几乎无敌手，除非实力差距极大，比如宇宙之主，比如一些宇宙霸主级的特殊生命。

“我们是没办法了。”卑鄸尊者道，“而且还让他发现了，我们的布置恐怕要失效了。”

“那怎么办？”岐血宫主道。

“一、我们不能承认和这只金角巨兽交过手，没有其他强者看到，我们不说，没有人会知道。”卑鄸尊者道，“二、我们现在乖乖听从联盟的命令，回到旋涡通道。北疆联盟的宇宙之主亲自统筹布置，在出口、离神剑出世地最近处的几条旋涡通道都布置了人手，到时候覆魔之主还会亲自到来，自然不会让那只金角巨兽逃掉。”

岐血宫主点头。

北疆联盟是宇宙最强大的九大势力之一，他们的布置，又有几个能逃出？

原始星一片广袤又古老的森林里，金角巨兽分身潜伏其中，眼眸中有着一丝忧虑。

“怎么办？原先的计划已经行不通了。”

之前罗峰在虚拟宇宙知道了剑河罗神剑的消息后，立即决定逃跑，当时是打算逃到外界的。

按照原先的计划，先飞行到旋涡通道处，然后金角巨兽分身和魔杀族分身、新幽海分身暂且分开，金角巨兽分身将所有宝物交给魔杀族分身，魔杀族分身携带着新幽海分身，直接变成泥土隐匿起来。接着金角巨兽分身尝试通过旋涡通道，若是成功，魔杀族分身跟着通过旋涡通道；若是失败，直接让金角巨兽分身自爆，在外界的地球人本尊立即通过虚拟宇宙向混沌城主求救。

那条旋涡通道是离人类疆域最近的一条通道，混沌城主赶来后，完全可以凭借强大实力带走魔杀族分身。

这个计划简单、直接、有效。

可是，刚刚和岐血宫主、卑鄄尊者交战后，金角巨兽分身立即改变了计划。

“他们俩都飞到这儿来找我，显然北疆联盟的动作非常快，估计是黑剑出世时，北疆联盟的宇宙尊者就已经认出了黑剑就是剑河罗神剑。”金角巨兽分身暗道。

金角巨兽分身从岐血宫主、卑鄄尊者和他交战的情况能够判定：北疆联盟反应最快，很可能已经布好了局。

北疆联盟的宇宙之主恐怕正在尽快赶来，说不定，会比混沌城主赶来的时间更早。

“我现在跑去旋涡通道，免不了一场厮杀，没有必要。

“那我该怎么办？

“前往最近的旋涡通道吗？”

金角巨兽分身思索着。

“一颗原始星上有一万零八十一条旋涡通道，旋涡通道之间的距离一般是数亿千米，从一条旋涡通道到另外一条旋涡通道，一般得花费大半个小时才能飞到。

“现在离自己最近的旋涡通道，只需要约十五分钟就能飞到。

“北疆联盟布局时一定也考虑过，那么离剑河罗神剑出世地较近的几条旋涡通道都应该安排了人手，如果我冲过去，就是自投罗网。”

去通往外界的旋涡通道，危险。

去周围较近的旋涡通道，也危险。

去远处的旋涡通道呢？怕是在飞行过程中，北疆联盟的宇宙之主就降临了。

宇宙之主掌控一方时空，即使隔着遥远距离，也能完全压制金角巨兽分身。

“凭借魔杀族分身的变化之术、天赋秘法呢？”金角巨兽分身暗自摇头，“魔杀族分身来自普通族群，天赋秘法复制是一般的天赋秘法，只是比较独特罢了，并非无法破解。”

北疆联盟可是宇宙九大超级势力之一，面对他们的布局，魔杀族分身想要逃出去，难，难，难！

“只能向老师求救了。”金角巨兽分身道。

虚拟宇宙，雷霆岛之巅，笼罩在无尽气流的宫殿中。

罗峰跨过大殿门槛，进入殿内，走到殿内深处停下，恭敬地喊道：“老师。”

一道金色身影走出。

“罗峰，”混沌城主看着罗峰，微笑道，“你这会儿应该在原始星，找我有事？”

“弟子有紧急的事情。”罗峰不敢迟疑，连忙道，“弟子是让金角巨兽分身带着魔杀族分身前往原始星的。”

混沌城主听着，这点他当然知道，因为罗峰的地球人本尊正在千宝河境内。

“我在原始星上机缘巧合下夺得了剑河罗的一个部件。”罗峰道。

“哦，是你？”混沌城主惊诧，随即笑了，“我刚刚得到情报，说星空巨兽联盟的两只星空巨兽得到了剑河罗的部件，我还在想，若是剑河罗的部件到了我人类族群手里，就是和刺环联盟谈判的重要筹码。”

罗峰连忙道：“是的。可是，弟子现在遇到了大麻烦，北疆联盟也知道了这件事，并且已然开始布局对付弟子。”

“详细说来。”混沌城主皱眉。

“是。”

罗峰立即开始详细说来，提到了岐血宫主、卑鄤尊者。

“你在他们手里竟然没有吃亏？”混沌城主惊诧地看着罗峰。

岐血宫主、卑鄤尊者绝对是颇有实力的宇宙霸主。罗峰能硬扛下这两位的攻击，让混沌城主不由得感到震惊。

几乎一瞬间，混沌城主就推测出，罗峰定是拥有防御类至宝，而且怕是高等至宝。

虽然推测出来了，但混沌城主并没有追问。

罗峰身上早就有了一堆秘密，比如为何在不朽级时神体就那般强大，甚至比很多宇宙尊者还强大。

混沌城主是亲眼看到罗峰突破成为不朽神灵的，罗峰引起的本源法则降临的动静是何等可怕，而且罗峰现在在千宝河境内，他神体之强大，以混沌城主对一方时空的掌控，完全能够判断出罗峰的神体比一些宇宙尊者的还强。

这一切，混沌城主都没追问。

“罗峰定是得到了一些机缘，或许遇到了某个大能，或许是大破灭时代前的……”混沌城主暗道。他很乐意见到此种情况，不管弟子到底有什么特殊际遇，总之，弟子的实力自然是越强越好。

罗峰越强，代表人类族群即将拥有一位新的支柱般的超级存在。

“弟子的战斗实力还是不如岐血宫主他们，只是凭借神体庞大能硬扛下来而已。”罗峰说着。

“神体庞大也是实力的一部分。”混沌城主却道。

罗峰急切说道：“老师，现在的局势想必老师也知道了，北疆联盟的强者都直接来追杀我了，显然早早就开始布局了，现在我该怎么办？去哪一条旋涡通道似乎都有危险，还请老师指点。”

“你还算明智，没自作聪明。”混沌城主笑道，“单凭你自身的能耐，肯定会被抓住。”

“北疆联盟的实力足以和我鸿盟媲美，而且论强者数量，论族群数量，更是比我们多得多。”混沌城主感慨，“不仅有各种特殊生命，还有一些血统强大的拥有天赋秘法的族群，这些族群的天赋秘法巧妙得很，要找到你简直轻而易举。”

“你的天赋秘法复制是一种很厉害的隐匿手段。如果不靠天赋秘法，那么只有成为宇宙之主，完全掌控一方时空，才能看出问题。”

罗峰点头。

掌控一方时空后，实力的确很逆天，像罗峰的天赋秘法域会被轻易破解，天赋秘法复制也会被轻易破解，而天赋秘法强化，只能让神体振幅提高100倍，到了后期也没多大用途。

所以诸多天赋秘法，对于实力弱者效果还行，可到了宇宙之主层次还能起大作用的天赋秘法就很少了。

罗峰的生命基因层次已经达到完美状态，意识进入宇宙神秘之地后被赐予天赋秘法我为宇宙，我为宇宙几乎堪称顶尖的天赋秘法之一。

“你的天赋秘法别人是可以破解的。”混沌城主道，“宇宙中有各种各样的天赋秘法，甚至因为一些特殊际遇，被宇宙赐予天赋秘法也是很正常的情况。”

“天赋秘法的层次不同，威力不同，用途也不同。彼此相克的，彼此互补的，都有。”

“不过这些天赋秘法，越到后期越无用。像吠镜王的天赋秘法是一种灵魂攻击手段，而宇宙之主随意使用一种灵魂攻击，都比他的天赋秘法要精妙得多。”混沌城主笑道。

罗峰点头。

“北疆联盟为夺得神剑布下局，你想要使用各种秘法偷偷逃出去根本不可能。”混沌城主摇头，“你也太小瞧超级势力的能耐了。”

“那我该怎么办？”罗峰道。

“为师自然有办法。”混沌城主微笑道。

第1038章

拖延时间

“还请老师指点。”罗峰恭敬地道。

混沌城主笑道：“不管你前往哪一条旋涡通道，估计北疆联盟都布置了人手，所以你要做的是不靠近任何旋涡通道。”

罗峰一怔，隐隐明白了混沌城主的想法。

“老师，你的意思是……？”罗峰道，“我在原始星上漫无目的地飞，不要靠近任何一条旋涡通道。”

“对。”混沌城主点头，“你不去任何旋涡通道，也远离剑河罗神剑出世之地，至少那些宇宙霸主想要碰到你很难，唯一抓住你的办法是——等北疆联盟的宇宙之主抵达。”

罗峰点头道：“我不去旋涡通道，的确没多大危险，可敌方宇宙之主终会降临，到时候只能束手就擒了。”

混沌城主道：“你的伪装手段在宇宙之主面前没有用，所以你根本不需要伪装。你只要让你的金角巨兽分身和幽海分身分开行动即可，并将宝物等都留给幽海分身。

“而北疆联盟的宇宙之主，一开始只会盯着两只星空巨兽来寻找，即使看到你的幽海分身，也不会在意。

“之后即使他击杀了金角巨兽分身，也找不到任何宝物。到时候他就会开始仔细探查原始星上的所有强者，不过他也不敢乱来。

“有了这点时间，我肯定能到。你只要坚持到我降临，你就脱离险境了。”

罗峰点头：“是，多谢老师。”

方法很简单，就是让罗峰拖延时间，不要去旋涡通道自投罗网。只要等到混沌城主降临，罗峰就能成功逃脱了。

“去吧。”混沌城主吩咐，“记住我说的，还有，北疆联盟的宇宙之主可能比我先到，一旦他降临了，可别被他一下子就发现了。”

“是。”罗峰点头。

人类疆域，原始秘境，千宝河境内。

轰隆隆——

浩浩荡荡的千宝河消失不见，化作一件衣衫罩在身高上万千米的混沌城主身上，混沌城主身披千宝衣，手持石棍，赤脚站在半空，遥看虚空。

他开口道：“我去一趟原始星，很快就回来，你暂时停止研究你的秘法，帮我镇守原始秘境。”

“是，师兄。”一道声音在混沌城主周围响起。

混沌城主点点头，当即一迈步，就消失不见了。

“千宝河呢？”

“千宝河消失了。”

“老师怕是出去了。”

千宝河境内那些宫殿中的一些宇宙尊者还有众多仆从都发现浩浩荡荡的千宝河消失不见了。

罗峰的地球人本尊也站在宫殿外，遥看外面的虚空。

“希望一切顺利！”罗峰道。

离剑河罗神剑出世地最近的一条旋涡通道所通往的一端，一道流光逼近。

“蔓窠尊者来了，有了他的领域类至宝，第三重的布置也有了，一切更加有把握了。任凭星空巨兽他们的手段再厉害，就算我们六位宇宙霸主敌不过，凭借诸多手段也绝对能困住他，他们绝对逃不掉！”

“有消息传来，那颗原始星上的鸿盟强者似乎也准备猎杀那两只星空巨兽。”

“麻烦了。”

“我们怎么办，在这儿死守？”

“放心，原始星大得很，又无法施展瞬移、神国传送，哪是那么好猎杀的？我们就按照计划在这儿死守。”

……

通往外界的旋涡通道下方的山林。

“岐血宫主、卑鄷尊者，你们俩来了，按理说你们是最快到达的，听忘珈尊者说你俩之前去周围探察情况了？”

山林中已然潜伏着七道身影，刚飞来的卑鄷尊者、岐血宫主迅速降落，同时岐血宫主冷冷地道：“当然是探察情况，怎么，你以为我们去对付那两只星空巨兽了？”

“难说。”

“哼。”岐血宫主、卑鄷尊者都是冷哼一声。

“若是我去对付星空巨兽，会这么快回来？从这儿到剑河罗神剑出世地，单单飞一个来回，都得许久吧？”岐血宫主冷漠地看向那个有着近千只蹄爪的生命，“捕风捉影的事，别乱说！”

岐血宫主、卑鄷尊者这时看了忘珈尊者一眼，忘珈尊者立即知晓他俩失败了。

幸好自己用了些宝物令神体恢复完好，若是自己神体受损的事被他们察觉出来，肯定会有不小的麻烦。

岐血宫主扫视周围一眼，当即盘膝而坐。

就在这时——

嗖！嗖！

上方半空的旋涡通道处，忽然出现两道身影。

“看。”

“有动静。”

北疆联盟的九位超级强者同时抬头看向半空。

“别着急，是从外界进入原始星的宇宙尊者，是鸿盟的两名宇宙尊者。”

“咦，又是鸿盟的，怎么回事，鸿盟的强者怎么会接连到来？”这令潜伏在这儿的北疆联盟的强者感到不妙。

卑鄞尊者传音道：“我们发现了剑河罗神剑的信息，鸿盟说不定也知晓了。”

“忘珈尊者，赶紧将这个消息回禀联盟，一旦鸿盟和我们争，就麻烦了。”

“好。”

……

剑河罗神剑出世的消息在鸿盟一传开，大量的宇宙尊者就都赶来了，有些纯粹是来凑热闹，他们都知道剑河罗神剑肯定会引起一场大风波，这种事情他们怎么能错过？

于是，一些距离最近的宇宙尊者已经接连赶到了，还有很多强者还在赶来的途中。

金角巨兽分身所在的这颗原始星上，已然暗流汹涌，鸿盟的强者都朝剑河罗神剑的出世地飞去，北疆联盟的则有组织地布好了局。

……

罗峰和混沌城主交谈完后，嗖的一声，荒野上空，一道流光迅速飞向远处。

“离这儿没多远就有一片山林。”金角巨兽分身遥望远处，以亚光速迅速飞去，“飞到山林就让金角巨兽分身和新幽海分身分开行动。”

金角巨兽分身速度极快，很快就到了山林上空，随即俯冲而下。

嗖！

金角巨兽分身猛地停下，蹄爪直接踩在一棵粗壮古老的大树树杈上，同时微微扭头看向自己的翅膀，只见金色羽翼微微震颤。

“怎么回事?！”金角巨兽分身此刻无比震惊。

和鳞甲翅膀融为一体的弑吴羽翼正在疯狂震颤，哧哧哧，根本不受金角巨兽分身的控制，仿佛有吸铁石在疯狂吸引着金角巨兽分身的弑吴羽翼。

“弑吴羽翼早已认主。”金角巨兽分身震惊万分，“认主的至宝是绝对听从主人的命令的，怎么会有不受控制的情况出现？而且那个方向……”

金角巨兽分身抬头看向远处，他感觉得到如果他不压制弑吴羽翼，弑吴羽翼将会带着他直接朝那个方向飞过去。

“这……这到底是怎么回事？”

那个方向的半空有一道身影站立着。

他有着约8米高的神体，粗壮的双腿，八只手臂，全身宛如金属铸造而成，没有一根毛，脑袋更是光亮，是机械族人。

这名有着八只手臂的机械族人一身黑色铠甲，他的背上有着一对黑色羽翼，这对黑色羽翼正在疯狂震颤着。

“嗯？”这名机械族人扭头看了看自己的翅膀，又看向传来吸引力的方向，“怎么回事？我的羽翼是至宝，我操控它亿万岁月，从未遇到这种不受控制的情况。”

这名机械族人实力强大且地位高。他经历过八次原始星开启，更危险更可怕的情况他都经历过，他的至宝羽翼出现不受他控制的情况却是有史以来第一次出现。

“到底是什么原因？”这名机械族人目光冷厉。

嗖！双翼一展，这名机械族人化为一道诡异的黑色流光，迅速朝他感应到的方向飞去。

金角巨兽分身四蹄站在树杈上，双翼微微展开，抬头遥遥看着半空，他能够清晰地感觉到那股吸引力越来越强了，那股吸引力似乎正在不断逼近。

“就是那个方向。

“黑点！”

金角巨兽分身瞬间看到一道黑色流光，流光中隐隐有着一个黑点，那显然是一位超级强者。

“就是他！”金角巨兽分身紧紧盯着。

远处的黑色流光不断逼近，他俯瞰下方，看到了有着一对金色羽翼的金角巨兽分身。

视线相对。

二者都看到了彼此。

“不对，是他背后的羽翼。”金角巨兽分身的目光迅速落在那名强者背后的黑色羽翼上。

这名机械族人的目光也落在金角巨兽分身背后的金色羽翼上。

双方几乎同时感应到两对羽翼在相互吸引。

“难道我的羽翼仅仅是某件至宝的一部分？”金角巨兽分身大惊，随即狂喜。

“我的羽翼难道是残缺的？”这名机械族人也露出狂喜之色。

他们看着对方，丝毫没有掩盖杀意。

（本册完）

更多精彩，尽在《吞噬星空 典藏版22》！